나를
돌보는
묵상독서

나를 돌보는 묵상독서

품위 있는 인생 후반기를 위하여

임성미 지음

북하우스

차례

1장

인생 후반전, 다시 시작하기 위하여

1 인생 후반기, 새로운 이야기를 쓸 시간 ◦ 17
2 존재함에 기뻐하기 ◦ 25
3 다르게 보기, 초월성의 세계로 ◦ 32
4 이분법을 넘어서기 ◦ 39
5 우월한 자아와 결별하기 ◦ 48
6 누가 알겠습니까? ◦ 55
7 내면의 이야기꾼에게 놀아나지 않기 ◦ 61
8 마음의 평화를 가져오는 마법의 주문 ◦ 68

2장

진정한 나를 만나는 시간

1 내 속에서 솟아나오려는 무언가 ◦ 79
2 잃어버린 영혼을 되찾는 방법 ◦ 85
3 '진정한 나'를 찾는 사람들 ◦ 90
4 분노는 내가 아니다 ◦ 98
5 지금 이 순간의 나를 느낄 때 ◦ 108
6 영혼을 이야기하는 물리학자 ◦ 114
7 두려움 없이 고통을 바라본다는 것 ◦ 122
8 우리의 영혼을 인도하는 것 ◦ 129
9 변화를 이끌어내는 힘 ◦ 136

3장

나를 돌보는 묵상독서

1 삶을 견뎌내는 용기 ◦ 153
2 자기만의 수도원 ◦ 159
3 그럼에도 나의 영혼은 기억한다 ◦ 166
4 올바른 독서는 진실한 영혼으로 읽는 것 ◦ 171
5 당신만의 만트라 ◦ 179
6 기도와 노동 그리고 묵상독서 ◦ 187
7 고통을 바라보는 힘 ◦ 194
8 타인이 이해할 수 있는 언어로 내 고통을 말하기 ◦ 199

4장

일상을 기쁨의 정원으로 만들기

1 일단 멈추기, 침묵하고 귀 기울이기 ◦ 215

2 일상 안의 수도원스테이 ◦ 221

3 명상, 자기 돌봄의 시작 ◦ 229

4 고통과 불행을 견디는 힘 ◦ 234

5 질병의 은유에서 해방되기 ◦ 239

5장

서로 돌봄, 사랑하며 살기

1 깊이 바라보기, 그리고 사랑하기 ◦ 253

2 우리가 타인의 관점에서 생각하지 못한다면 ◦ 259

3 영혼은 사랑할 때 느낄 수 있다 ◦ 266

4 우리에겐 사랑의 재발명이 절실하다 ◦ 272

5 소명이란 무엇인가? ◦ 278

6 우리는 왜 타인의 이야기를 읽는가? ◦ 287

7 관광객으로 살 것인가, 순례자로 살 것인가? ◦ 292

8 우리는 어떤 천사가 될까? ◦ 301

일러두기

1. 단행본은 겹낫표(『 』), 기사, 단편 등의 제목은 홑낫표(「 」), 영화, 텔레비전 프로그램 등의 제목은 홑화살(〈 〉)로 표기했다.
2. 이 책에서 언급된 도서의 서지 정보는 각 글의 마지막에 표기해놓았다

1장

인생 후반전,
다시 시작하기 위하여

우리 삶을 전반기와 후반기로 나누었을 때 이제 막 후반기를 맞이했거나 곧 맞이할 사람들, 그리고 이미 후반기를 살아가고 있는 사람들이 가장 바라는 것은 무엇일까요? 예순을 앞둔 저는 주변 사람들에게 자주 물어보곤 합니다. 이런 질문을 던졌을 때 대부분의 사람들이 하는 대답은 크게 세 가지로 정리해볼 수 있었습니다.

첫째, 인생 후반기에는 전반기와 다르게 살고 싶다. 둘째, 이젠 나답게 살아보고 싶다. 셋째, 보람되고 가치 있는 일, 즉 소명을 살고 싶다는 것입니다. 인생 전반기에는 사회적으로 이루고 싶었던 것, 얻고 싶었던 것에 더 관심이 있었다면 후반기에는 온전히 나 자신에게 집중하며 삶을 생생하게 느끼고 싶어 한다고 말할 수 있습니다.

여러 책과 매체에서 수없이 언급하는 하버드대 행복 실험이 이미 증명했던 것처럼, 사회적으로 한 분야에서 뚜렷한 성취를 이루었거나 부와 지위, 권력을 갖게 된 사람들도 결국 인생에서 가장 간절하게 바라는 것은 화목한 가정과 좋은 인간관계였습니다. 좋은 인간관계란 곧 사랑하고 사랑받는 것이며, 사람들이 인생에서 가장 바라는 것이겠지요.

인생 후반기를 전반기와는 다르게 살아보고 싶다는 것은 어쩌면 이 '행복'에 대한 의미를 다른 측면에서 보기 시작했거나, 혹은 삶을 좀 더 다른 관점에서 바라보고 싶어졌다는 뜻이 아닐까 생각합니다. 조금 더 구체적으로 풀어 쓰자면 우리가 흔히 생각하는 '행복' 너머의 '의미'나 '가치'에 눈을 돌리고 한 차원 높게 성장하고자 하는 욕구일 것입니다. 그래서 어떤 철학자는 인생 후반기의 과제는 행복보다 성장에 있다고 말하기도 했습니다. 가치와 보람을 느끼는 일을 하며 살고 싶다는 세 번째 소망도 우리 인생이 이젠 종착역에 점점 가까이 가고 있다는 엄정한 현실에서 비롯된 것이겠지요.

다르게 살기, 나답게 살기, 소명을 살기, 이 세 가지 소망은 하나의 주제로 묶입니다. 그것은 바로 '나'를 알고 싶다는 것입니다. 내 존재, 존재의 근원, 뿌리, 영혼, 진정한 자기 자신, 참다운 나 등등 무엇으로 표현하든 결국은 내가 무엇이고 나를 사랑하는 방법을 알고 싶다는 말입니다. 『멋진 신세계』를 쓴 올더스 헉슬리가 말년에 인류의 수많은 사상가 영성가 들이 살아온 발자취와 그들이 한 말을 엮어 『영원의 철학』이라는 책을 쓴 것도 '나를 알고자 하는' 마음, 즉 자신을 이해하고 싶다는 소망과 닿아 있습니다.

인생 후반기에 '나'를 알고자 하고 나답게 살아보고자 하는 열망은 어쩌면 지극히 당연한 과정이라고 할 수 있습니다. 인간은 '나'로 세상에 나왔고, 타인과 더불어 살아가기 위해 열심히 노력해왔지만, 결국엔 '나'라는 존재를 떠날 수 없다는 사실을 알고 있기 때문입니다. 그 때문인지 인생 후반기에는 번잡함을 피해 고요한 곳에 홀로 머물고 싶기도 하고, 철학이나 영성에 관한 책들이 눈에 자주 들어옵니다. 특별한 이유가 있어서가 아니라 자연스럽게 사유와 성찰로 눈길이 향합니다.

좀 거창한 은유를 들자면 이것은 '영웅의 귀환' 같은 것이 아닐까 합니다. 트로이 전쟁을 끝낸 오디세우스가 온갖 모험을 겪고 드디어 고향으로 돌아오듯이 우리 모두는 본래의 '집'으로 귀환하고자 하는 본능이 있는 것 같습니다. 인생 후반기를 지나는 중인 많은 사람들이 자아 찾기, 명상 등의 프로그램을 찾아다니는 것도 겉으로 보기에는 건강이나 심신의 안정을 위해서인 것 같지만 깊이 들여다보면 '나'를 찾고자 하는 인간의 본성에서 비롯된 것이라고 할 수 있습니다.

인생 후반기에 '나'를 찾는 여정은 한마디로 말하면 '변화'를 위한 모험이라고 생각합니다. 그래서 가톨릭 프란치스코회 리처드 로어 신부는 인생 후반전의 과제를 배움이 아니라 지움이라고 말했습니다. 과거에 배운 것들로 만들어진 습관과 패턴들이 현재 우리의 삶을 방해할 뿐만 아니라, 우리의 변화와 성장 또한 저지한다는 뜻이겠지요. 하지만 '지움'을 위해서는 '새로운 배움'이 반드시 필요합니다. 우리는 배우지 않고 성장할 수 없기 때문입니다. 제가 이 책에서 독자 여러분에게 전하고 싶은 것은 인생 후반전의 새로운 배움 즉, 성장을 위한 책들입니다. 제가 쉰을 넘기고 10년 가까이 읽어왔던 책들을 나누고자 합니다.

이 책을 쓸 때 제게 가장 큰 동기와 열정을 준 것은 중세 수도승들의 묵상독서입니다. 왜 우리는 독서를 해야 하는가? 존재를 위한 독서란 어떻게 하는 것일까? 이런 질문을 계속하다가 만난 사람들이 중세 수도승들이었습니다. 여러 책들을 통해 깨달은 것은 그들에게 독서란 자신을 알아가기 위한 행위였다는 것입니다. 그들은 독서를 통해 자신을 변화시키고 자신이 깨달은 것을 삶으로 살아내고자 애썼습니다.

저는 철학자 미셸 푸코가 말년에 수도승들의 독서와 삶에 관심을 갖고 연구했다는 사실을 알고 놀랐습니다. 그는 『주체의 해석학』이라는 다소 난해한 책에서 현대인의 사유와 탐구가 인식에만 머무는 것을 경계하면서, 우리의 독서는 '변형'을 위한 탐구를 해야 한다고 주장합니다. 사람들은 새로운 지식을 아는 것으로 마치 자신이 무언가를 깨달았다는 양 착각한다고 꼬집으면서, 우리가 독서와 탐구를 통해서 얻을 것은 진정으로 새로운 내가 되는 것이며, 이는 그리스도교에서 말하는 회심과 변형, 변화, 변성이라고 말하지요.

푸코가 보기에 수도승들의 독서는 자기 배려, 자기 돌봄을 위한 테크닉이고 실존의 기술이었습니다. 수도승들은 경청하고, 읽고, 쓰고, 금욕적 수행을 통해 자기 자신을 변화시키고자 했습니다. 그들은 깊은 이해와 묵상을 통해 통찰력을 얻었고, 때로는 권위 있는 스승에게 자기 내면에서 일어나는 생각과 갈등, 환상 등을 털어놓음으로써 자기 돌봄을 하였던 것입니다. 그것은 영혼을 돌보고 가꾸는 일이라고 할 수 있겠지요. 그런데 푸코가 지적한 대로 이런 전통은 근대 데카르트 이후 중요치 않게 되었습니다.

현대에 와서, 더구나 디지털 시대의 사람들은 독서할 때 반드시 묵상을 거쳐야 한다고 생각하지 않습니다. 내면의 자신을 만나기 위한 독서, 영혼을 돌보는 독서라는 말은 아주 특별한 사람들만 하는 의식으로 여겨질 정도입니다. 하지만 존재를 위한 독서는 사라진 옛 유물이 아닙니다. 오히려 디지털 시대의 피상적 사유가 문제로 떠오르면서, 또 코로나와 같은 자연의 반란을 겪으면서, 깊은 이해와 통찰을 위한 독서의 중요성이 많이 거론되고 있습니다.

저는 인생 후반기를 통과하고 있는 분들 중 나를 이해하고 돌보며 나답게 살기를 원하는 분들을 위해 이 책을 썼습니다. 독서가 바로 그 답이 되어줄 것입니다. 삶을 새로운 시선으로 바라보고 자신을 더 온전한 존재로 변화시키고 싶어 하는 분들에게 도움이 될 만한 책들을 소개합니다. 분명한 것은 변화를 위한 독서의 과정은 어쩌면 수행과도 같다는 사실입니다. 이제껏 책과 친하지 않았던 분들이라면 책과 친해지기 위한 시간이 더 필요할 것입니다. 반대로 책을 많이 읽어왔던 독자들이라면 책들이 나의 뇌를 깨울 수 있도록 침범을 허용하고 환대해주세요.

1

인생 후반기,
새로운 이야기를 쓸 시간

어느 왕국에 매일매일 고통에 시달려 불면의 밤을 보내는 왕이 있었습니다. 왕은 몇 해 전 그토록 사랑하던 왕비를 잃었습니다. 충격의 그날, 왕은 평소대로 사냥을 하러 궁궐 밖으로 나갔다가 사람들이 속삭이는 소리를 듣게 됩니다. 왕비가 궁궐에 다른 남자를 불러들인다는 것이었습니다. 왕은 즉시 말 머리를 돌려 궁궐로 돌아갔고 결국 왕비의 배신 현장을 목격하고야 말았습니다. 왕은 왕비와 그 상대를 잔인하게 죽였지만, 몇 년이 지나도록 잠 못 이루는 병에 시달리게 되었습니다.

왕은 왕비를 죽이고도 분이 풀리지 않아 모든 여성을 불신하면서 마음속 울분을 해소하고자 무서운 일을 시작합니다. 나라 안의 미혼 여성들을 데려와 결혼식을 올리고 첫날밤을 보낸 뒤 말도 안

되는 이유를 들어 그 여성을 죽이는 것입니다. 수많은 여성들이 희생되었고, 혼기가 찬 딸을 둔 아버지들은 딸들을 억지로 결혼시키거나 나라 밖으로 내보냈습니다. 이제 나라 안의 미혼 여성은 총리의 딸 세헤라자데밖에 없었습니다. 총리가 어두운 얼굴로 집에 돌아오자 세헤라자데는 아버지에게 자신이 궁궐에 들어가겠다고 합니다. 총리는 걱정되었지만 평소 영리하고 통찰력 있는 딸을 한번 믿어보기로 하지요.

결혼식을 마친 밤, 왕과 단둘이 남게 된 세헤라자데는 왕에게 이야기를 들려드리겠다고 청합니다. 오랜 고통에 시달리는 동안 거칠 대로 거칠어진 심성으로 피폐해진 얼굴을 한 왕은 별 기대 없이 시큰둥한 표정으로 허락했지요. 세헤라자데에게는 왕이 혐오와 증오라는 날개를 달고 슬픔의 늪에 빠진 가여운 한 마리 새처럼 보였습니다. 그 새는 "제발 이 고통에서 나를 벗어나게 해주오"라고 울부짖고 있었습니다.

세헤라자데의 이야기가 시작되었습니다. 이야기는 편안하면서도 진중한 울림의 목소리에 실려 강물처럼 흐르기 시작했습니다. 세헤라자데는 왕의 눈길과 숨소리를 느끼며 마치 악기를 연주하듯 이야기 속 장면과 인물들의 표정이나 말투, 감정까지 재현했습니다. 천장을 보고 누워 있던 왕은 이야기가 점점 고조되어가자 세헤라자데 쪽으로 몸을 기울이며 눈을 반짝이기 시작했습니다. 왕의 가슴이 조금씩 열릴 즈음 어느새 새벽닭이 우는 소리가 들렸습니다. 세헤라자데가 말합니다. "왕이시여, 오늘의 이야기는 여기서 멈춰야 합니다. 다음에 이어질 이야기는 다시 해가 저물면 들려드릴게요."

이미 이야기의 강물에 발을 담그기 시작한 왕은 세헤라자데를 죽일 마음이 없어졌습니다. 다음 이야기도 궁금하긴 했지만 너무 졸려서 얼른 잠자리에 들고 싶었지요. 그녀를 죽일지 살릴지는 잠에서 깬 후에 결정해도 늦지 않을 것 같았고요. 첫 왕비를 죽인 이후 처음으로 왕은 짧게나마 단잠에 빠졌습니다. 잠에서 깬 왕은 기분이 좋아졌습니다. 이 기분을 망치고 싶지 않았기에 그녀를 죽이지 않기로 합니다.

다시 저녁이 왔고, 세헤라자데는 이야기를 이어갔습니다. 왕은 조용히 듣고 있었지만 전날보다 더 들떠 있고 이야기에 몰입하는 것처럼 보였습니다. 때로 눈을 감으며 자신만 들릴 정도로 희미하고 가느다란 신음을 내뱉기도 했습니다. 이야기에 등장하는 주인공의 고통은 왕이 겪었던, 또는 겪고 있는 고통을 능가하는 것이었거든요. 그러자 잠시나마 왕은 그들이 마치 자신과 고통의 짐을 나누어지고 있는 동지 같다는 생각이 들었습니다. 무엇보다 이야기에 젖어 있는 잠시 동안 왕은 자신의 고통을 잊었습니다. 이야기에 빠져 증오심을 잊은 자신을 자각할 때면 '내일은 저 여인을 반드시 죽이리라' 하고 다짐하다가도 어느새 세헤라자데의 입에서 나올 이야기들이 어떻게 될지 궁금해 죽일 수 없다고 고개를 저었습니다.

다음날에도 그다음날에도 이야기는 이어졌습니다. 여전히 증오심이 마음을 흔들어놓기는 했지만 갈수록 흥미진진해지는 이야기에 빠져든 왕은 이제 다음 이야기를 듣고 싶어 어서 해가 저물기를 손꼽아 기다릴 정도였습니다. 왕의 얼굴에는 어릴 적 어머니나 유모에게 이야기를 들을 때 나타났던 호기심과 기쁨이 자주 보였습니다. 그리고 한 가지 변화가 일어났지요. 언젠가부터 왕이 세헤라자데에게 질문을 하기 시작했다는 것입니다. 이야기의 숨은 의미를 알고 싶어졌고, 한 걸음 더 나아가 세헤라자데가 어떤 생각을 하고 있는지 궁금해지기 시작한 것이지요.

세헤라자데는 특유의 상상력으로 등장인물의 처지와 인간관계에서 오는 갈등이나 심정을 묘사하는 한편, 인물의 입장에서 인간이라면 지니고 있는 본성과 불완전성, 죄를 짓게 하는 여러 상황들과 운명적 삶의 조건들에 대해 들려주곤 했습니다. 그때마다 왕은 인간과 삶을 바라보는 그녀의 깊은 이해심과 통찰력에 감탄했습니다. 그녀가 들려주는 이야기와 그녀의 해석으로 인해 왕은 세상과 인간을 보는 지평이 넓어졌습니다. 왕은 이야기보다 그녀와의 대화를 더 즐기게 되었고, 얼굴에는 증오와 미움이 엷어지고 자주 미소가 피어났습니다.

그렇게 1년이 지나고 2년이 지나고 3년째에 접어들면서 왕은 어느 날 자기 이야기를 들려주기 시작합니다. 그것은 자신이 살아온 이야기였습니다. 사랑하던 왕비를 처음 만나던 날의 설렘, 왕비의 간통을 알게 되었을 때 느꼈던 배신감, 치밀어오르는 분노로 인해 그녀를 죽인 일을 말할 때 왕은 세헤라자데의 품에서 아기처럼 평펑 울었습니다. 강물이 흐르듯 눈물이 멈추지 않았습니다.

왕은 죽은 왕비를 용서하면서, 용서를 구했습니다. 자신이 왕비를 깊이 알려고 노력하지 않았음을, 외롭게 내버려두었음을, 지배하고 억압했음을 뉘우치는 참회의 눈물이었습니다. 그리고 증오에 빠져 목숨을 앗아간 많은 여성들의 영혼에도 용서를 구했습니다. 그렇게 울고 난 후 왕은 세헤라자데 앞에 무릎을 꿇고 그녀를 안으며 사랑을 고백합니다. 왕의 영혼은 비로소 사랑의 품에 안착했으며 내면의 고향으로 귀환했습니다. 마침내 온전한 사랑을 찾은 것입니다.

오랜 세월 동안 전해 내려온 '천일야화'는 분노와 증오에 사로잡힌 사람이 이야기를 매개로 자기 삶을 돌아보고, 타인을 이해하며 사랑할 줄 아는 인간으로 거듭나는 과정을 보여준 책입니다. 세헤라자데는 수많은 이야기를 알고 있었고, 그 이야기를 전달함으로써 왕의 마음을 움직일 수 있었습니다. 책에는 자세히 나와 있지 않지만 세헤라자데는 이미 수많은 이야기들을 채집해 읽으면서 그 이야기를 통해 내적 성찰을 얻었을 것이고, 주변 사람들과 이야기를 매개로 깊은 대화를 나눔으로써 이야기가 변화와 치유를 가져올 수 있다는 사실을 체득하고 있었을 것입니다. 그런 자신감 없이 왕과 결혼한다는 것은 무모한 일일 테니까요.

'아라비안 나이트'라는 제목으로 초등학교 도서관에서 발견하여 읽었던 이 책은 제 기억 속에 남아 있는 가장 오래된 책입니다. 제 삶을 돌아봤을 때 저는 이야기꾼 세헤라자데에게 저 자신을 투영시키고 그녀를 제 내면의 서사적 주인공으로 간직한 채 그녀와 함께 성장한 것 같다는 생각이 듭니다. 저 또한 세헤라자데처럼 이야기에서 얻은 많은 감동을 다른 사람들에게 들려주어서 그들의 마음을 열고자 했습니다.

아마도 저는 그때부터 이야기가 마치 연금술처럼 사람의 마음을 움직여 변화로 이끈다는 것을 어느 정도 깨닫고 있었던 듯합니다. 그렇기 때문에 세헤라자데는 제가 들여다본 거울에서 발견한 저의 캐릭터 가운데 하나였습니다. 제가 가르치는 일을 업으로 살아온 것도 세헤라자데와의 운명적 만남과 깊은 관련이 있을 것입니다. 저의 정체성은 세헤라자데가 그랬듯이 이야기를 새롭게 짓는 일보다는 이야기를 전달하는 사람에 가깝습니다.

세헤라자데의 이야기를 통해 자신의 삶을 바꾸고 변화시킨 왕은 어떨까요. 왕의 변화는 이야기꾼이 들려준 이야기의 내용에서 시작되었지만, 변하고자 하는 동기는 치유되고 싶다는 절실함과 절박함에서 비롯되었을 것입니다. "증오는 증오하는 자의 것이다" 같은 말이 있듯이 타인을 미워하고 타인의 목숨을 죽이는 삶은 지옥이나 다름없으니까요. 하지만 변화되기 위해서 무엇을 어떻게 해야 할지 왕은 몰랐습니다. 그는 신음하고 울부짖기만 할 뿐 자기의 고통을 어떻게 치유할 수 있는지를 알지 못했지요.

그렇습니다. 왕은 자신이 어떤 과정을 통해서 치유되었는지 설명할 수 없었지만, 오늘날 뇌 과학자와 심리학자들은 이 과정을 과학적으로 설명해줍니다. 심리학자들은 우리가 남들과 함께 웃으면

뇌에서 고통에 대한 내성을 상당히 키워주는 엔도르핀이 나온다고 말합니다. 우리가 어떤 이야기를 들으며 함께 공감하는 순간 고통이 완화될 수 있다는 것입니다. 왕도 세헤라자데와 오랜 시간을 함께하며 이야기의 주인공들에게 공감하는 동안 차츰 고통을 견디는 힘을 길렀다고 볼 수 있겠지요.

'천일야화'의 주인공 세헤라자데와 왕은 우리가 인생 후반기를 어떻게 살아야 할 것인가에 대해 귀중한 깨달음을 던져줍니다. 우리는 세헤라자데가 그랬듯이 인류가 축적해온 책이라는 귀한 자원을 일상의 삶에 적용할 줄 아는 이야기꾼이 되어야 합니다. 탁월한 이야기꾼 덕분에 왕은 자기 삶을 변화시킬 수 있었습니다.

조너선 갓셜은 『이야기를 횡단하는 호모 픽투스의 모험』이라는 책에서 이야기꾼은 '구슬림'이 목적이기 때문에 어떻게든 상대방의 마음을 얻으려고 재미와 공감이라는 양념을 사용하여 이야기를 만든다고 말합니다. 이 구슬림이 좋은 관계와 치유를 가져오는 '지혜'가 될 것인지, 상대방을 내 편으로 끌어들여 제 욕망을 채우려는 '사리사욕'이 될 것인지는 이야기꾼의 인성에 달려 있겠지요. 분명한 것은 지혜로운 이야기꾼 곁에는 늘 사람들이 많다는 점입니다. 사람들은 이야기꾼이 들려주는 이야기를 듣고 살아갈 힘과 용기를 얻습니다. 그러므로 지혜로운 이야기꾼은 가족과 주변 사람들로부터 존경과 사랑을 받습니다.

또한 왕의 변화는 왕 스스로 자신의 문제를 인식하고 개선하려는 의지가 있었기에 가능한 일이었습니다. 왕을 변화로 이끈 근본적인 이유는 이야기 자체의 힘도 있겠지만, 더 근본적인 것은 이야기 너머에 있다고 생각합니다. 왕은 수많은 이야기들을 듣는 동안 인간이란 자기 삶의 이야기를 만들고, 자기가 만든 이야기 때문에 울고 웃는 존재임을 깨달았을 것입니다. 왕 자신도 왕비의 배신이라는 과거의 상처를 이야기로 만들어놓고 그 이야기에 벗어나지 못한 상태였음을 자각한 것이지요. 그는 배신과 상처받은 감정을 주제로 이야기를 지어냄으로써 자기 삶을 갉아먹고 있었습니다. 그는 상처받은 인생 드라마의 주인공이 된 자신의 '영화'를 매일 관람한 시청자였던 셈이지요. 왕은 세헤라자데가 들려주는 이야기들을 통해 비로소 자신의 상태를 객관적으로 주시하고 바라봄으로써 자기 이야기라는 환상에서 벗어나게 된 것입니다.

인생 후반기에는 바로 삶이라는 자신의 책을 새롭게 해석하고 바라볼 줄 아는 독자가 되어야 할 것입니다. 결국 이야기를 듣고 읽고 해석하고 적용하고 깨달음을 얻는 과정은 자신을 변화시키는 연금술과 같다고 할 수 있습니다.

변화하고 싶다면 변화를 위한 낯선 길을 떠나야 합니다. 수많은 책들이 품고 있는 주제를 한마디로 말한다면, 그것은 바로 '변화의 여정', '변화를 위한 방법'일 것입니다.

2

존재함에 기뻐하기

어느 날 저는 리처드 로어 신부가 쓴 『위쪽으로 떨어지다』를 읽고 있었습니다. 프란치스코 수도회 소속의 사제로 50년 넘도록 세계 여러 나라를 다니며 강연과 피정避靜을 하는 분입니다. 오래전에 이분의 또다른 저서인 『내 안에 접힌 날개』라는 책을 읽은 적이 있는데, 사제로선 드물게 에니어그램을 연구하여 책을 낼 정도로 인간 본성에 대해 연구해오셨지요. 로어 신부는 칼 융의 분석심리학을 공부하고 토머스 머튼, 마르틴 부버, 토머스 키팅 등으로부터 깊은 영향을 받았으며, '행동과 묵상 센터'를 창립하고 운영하면서 묵상 전통의 회복을 주장하는 분입니다.

그날 제가 읽고 있던 『위쪽으로 떨어지다』는 그리스도교 입장에서 인생 후반전을 어떻게 살아갈 것인가를 피력한 책으로, 종교적 내용임에도 불구하고 아마존 베스트셀러에 올라 미국의 많은 독자들로부터 사랑을 받은 책입니다. 비록 직접 만나 뵌 적은 없지만 책을 읽는 것만으로도 힘 있는 목소리가 들려오는 듯하지요.

그런데 그날 책을 읽던 도중에 문득 다른 책이 떠올랐습니다. 독서 모임에서 어떤 분께 소개를 받고 사두었던 데이비드 브룩스의 『두 번째 산』이라는 책이었습니다. 인생 후반전을 잘 보내기 위한 책으로만 알고 있었지요. 저는 책장에 꽂힌 그 책을 꺼내어 펼쳤습니다. 무려 600페이지나 되는 두꺼운 책이었어요. 그 두꺼운 책을 아무 생각 없이 펼쳤을 때 저는 깜짝 놀랐습니다. 제 눈앞에 리처드 로어 신부의 『위쪽으로 떨어지다』라는 책 제목이 나타난 것입니다. 저자가 그 책을 소개한 페이지를 제가 딱 펼친 거예요!

그 순간 너무 놀라 소름이 돋았습니다. 그저 신비로울 따름이었지요. 이런 일이 있을 때마다 저는 우리의 의식이 제가 모르는 사이에도 뭔가 새로운 일을 꾸미고 있는 것 같다는 생각이 들곤 합니다. 제가 나아갈 길을 미리 알려주는 안내자처럼 말이에요. 마치 제가 어떤 흐름이나 물결에 올라탄 느낌입니다.

저는 『위쪽으로 떨어지다』와 『두 번째 산』을 여러 번 읽으면서 많은 영감을 얻었습니다. 두 사람 모두 인생 후반전을 인생의 새로운 기회로 삼을 것을 강조합니다. 새로운 기회란 성공을 위한 새로운 비즈니스를 의미하는 게 아니라 깊은 차원의 의미를 발견하는 것, 살아 있음을 느끼는 것, 진정한 기쁨의 세계에 들어가는 것 등을 말합니다. 이것에 대해 『두 번째 산』에는 『나니아 연대기』를 쓴

C. S. 루이스의 말이 적절하게 인용되어 있습니다.

"우리가 발견하지 못했던 어떤 꽃의 향기, 우리가 듣지 못했던 어떤 곡조의 울림, 우리가 한 번도 가보지 못했던 어떤 나라의 소식을 감지하는 무언가가 내면에 존재한다."

이 말을 들으면 인생 후반전을 맞이한 사람들이 왜 그토록 길가에 핀 꽃 한 송이에도 감탄하고 음악에 심취하는지 짐작할 수 있습니다. 그들의 휴대폰에 가득 찬 꽃 사진과 풍경 사진이 이 사실을 증명하고 있지요.

리처드 로어 신부는 인생 후반전에 우리에게 필요한 것은 그동안 배워 알고 있는 것을 지우는 작업이라고 말합니다. 변화는 배움보다 배운 것을 지움에 달려 있다는 뜻입니다. 저는 이 말을 듣고 세계적으로 알려진 역사학자 유발 하라리가 얼마 전 방송사 인터뷰에서 한 말이 떠올랐습니다. "왜 역사를 배워야 하나요?"라고 묻는 아나운서에게 그는 "역사를 배우는 이유는 역사로부터 벗어나기 위해서입니다"라고 대답했습니다. 과거를 공부하는 이유는 과거에 예속되고 지배받기 위해서가 아니라 그것으로부터 해방되기 위해서라는 말에 전적으로 공감합니다. 우리는 얼마나 자주 과거로부터 답습된 것들을 자신의 정체성으로 삼아 그것으로 다른 사람을 이기고 지배하려 했던가요.

또 얼마나 자주 젊을 때 배운 것, 경험한 것을 근거로 삼아 내가 맞다고 우겼던가요. 그러다가 꼰대가 되는 건 시간문제지요.

그렇다고 우리가 젊었을 때 배운 것들이 무익하다는 것은 절대 아닙니다. 인생 전반기에 우리는 단단한 정체성을 형성함으로써 앞으로 나아가고 성취해야 했습니다. 달라이 라마가 "규범을 잘 배우고 따르라. 그러면 그것을 잘 깨트릴 수 있을 것이다"라고 말했듯이, 전반기에 법과 질서를 따랐다면 후반기에는 그것 너머로 나아갈 수 있어야 한다는 것이 리처드 로어 신부의 의견입니다. 분석심리학자 칼 융 역시 인생 후반기를 매우 중요하다고 강조한 사람인데, 그는 "사람은 오전 인생의 프로그램으로 오후 인생을 살 수 없다"라고 말했습니다. 이들이 강조하는 요점은 인생 후반전이 우리 인생에서 새로운 기회라는 것입니다.

오후 인생을 새롭게 살았던 위대한 모델로 장 지오노의 소설 『나무를 심은 사람』에 나오는 엘리라는 노인을 추천하고 싶습니다. 노인은 쉰다섯의 나이에 사랑하는 가족을 모두 잃고 절망에 빠졌지만 황무지에 나무를 심는 것으로 삶을 살아갑니다. 매일 씨앗을 고르고 나무들을 보살피는 일을 30년 가까이 계속 함으로써 울창한 숲을 만들었고 황폐해진 마을을 다시 젊은이들이 넘치는 곳으로 바꾸었습니다. 그에게는 자신이 가꾸는 숲의 땅 주인이 누구인지는 전혀 중요하지 않았지요. 그는 살아남기 위해서가 아니라 나무처럼 존재하기 위해 숲을 가꾼 것입니다.

헤밍웨이가 쓴 『노인과 바다』의 주인공 산티아고 노인도 그런 사람입니다. 산티아고는 매일 아침 바다로 나갑니다. 물고기 한 마리 못 잡는 날이 계속되어도 그는 바다로 갑니다. 그러던 어느 날 거대한 청새치를 만나 죽기 살기로 사투를 벌인 끝에 마침내 낚시에 성공하지만, 예상치 못하게 나타난 상어 떼에게 청새치를 다 뜯어 먹히고, 청새치의 뼈대만 겨우 남긴 채 돌아옵니다. "인간은 파멸당할 수는 있을지 몰라도 패배할 수는 없다"라고 말하는 노인의 말에서 끝까지 생의 열정을 포기하지 않는 위대함이 느껴집니다.

너무나 유명해진 위 소설의 주인공과 비슷한 분을 직접 만난 적이 있습니다. 장마가 끝난 후 풀로 뒤덮인 도시의 공원에 여러 명의 조경 기능사와 일꾼 들이 일하고 있었습니다. 부러진 나뭇가지들을 자르고 무성해진 풀을 베어내고 있는 한쪽에 묵묵히 풀을 뽑고 있는 노인이 있었습니다. 그분은 몇 시간째 쪼그리고 앉아 능숙하게 풀을 뽑고 있었지만 싫은 내색 한번 하지 않았습니다. 저는 그분의 나이가 올해 여든 살이라는 점에 놀랐고, 자신이 하는 노동을 부끄럽게 여기거나 한탄하지 않고, 오히려 당당하고 자신감 넘치는 모습에 놀랐습니다. 여든이 되어서까지 노동을 해야 하는 노인의 현실을 개탄한 사람도 있겠지만, 저는 생기 넘치는 그 노인의 얼굴에서 살아 있는 영혼을 만나는 느낌이었습니다.

인생 후반전을 맞이한 사람들 대부분이 인생 전반전에는 바쁘게 사느라 이루지 못했던 것들을 시도해보거나 보상받고 싶어 합니다. 자기 삶의 밑바닥에 머물면서 온갖 무익하고 파괴적인 방법으로 과잉 보상을 시도하기도 하지요. 열등감을 극복하는 데 초점을 두고 지나치게 거기에만 몰입하는 경우도 있습니다. 개인적인 성공의 탑 쌓기를 멈추지 않고, 하염없이 뭔가 부족하다고 여기며 애쓰다가 생을 마감하거나, 끊임없이 자기 과신에 시달리다가 스스로 피해를 입고 생애를 마치기도 합니다.

하지만 전반부 인생에서 경험하지 못한 것들, 예를 들어 가족과 부모의 보살핌이나 안전, 자부심 등을 후반기에 와서 맛보려고 하는 것은 분명 문제를 일으킬 수 있습니다. 물론 인생 전반전에서 확립한 자기 정체성을 후반전까지 끌고 와서 계속 성공의 달콤함을 맛보려고 하는 경우도 분란을 일으킬 수 있습니다.

인생 후반전은 배우기보다 지우기라는 말의 뜻은 지나간 과거의 일이 더 이상 지금 이 순간에 존재하는 기쁨을 앗아가지 못하도록 하면서, 타인들의 시선이나 세상의 기준에 연연하지 않고 당당하게 자기가 하고 싶은 일을 하라는 것으로 해석할 수 있습니다. 전직 사제였던 이반 일리치가 『누가 나를 쓸모없게 만드는가』에서 한 말이 귀에 쟁쟁합니다.

> "우리 인생의 3분의 1은 무엇을 처방받아야 할지 배우고, 나머지 3분의 2는 자신의 습관을 관리하는 저명한 전문가의 고객으로 살다 생을 마친 시대로 기억될 것이다."

저에게 이 말은 '자기'를 잃은 존재, '영혼'을 잃은 현대인을 가리키는 말로 들립니다. "온 천하를 얻어도 자기 영혼을 잃으면 무슨 소용인가?"라는 말이 있듯이 인생 후반전은 살아남기 위해 춤을 추는 시기가 아니라 존재 자체의 기쁨을 위해 춤을 추어야 하는 때입니다.

「위쪽으로 떨어지다」, 리처드 로어, 이현주 옮김, 국민북스, 2018

「두 번째 산」, 데이비드 브룩스, 이경식 옮김, 부키, 2020

「나무를 심은 사람」, 장 지오노, 최수연 그림, 김경온 옮김, 두레, 2018

「노인과 바다」, 어니스트 헤밍웨이, 이인규 옮김, 문학동네, 2012

「누가 나를 쓸모없게 만드는가」, 이반 일리치, 허택 옮김, 느린걸음, 2014

3

다르게 보기,
초월성의 세계로

하루는 중년을 위한 독서 강의 시간에 서른 초반의 젊은 여성이 눈에 띄었습니다. 눈을 동그랗게 뜨고 어떻게 오셨냐고 물으니 이런 말을 합니다.

"친정어머니가 올해 예순다섯인데 너무 힘듭니다. 저를 만나면 늘 못 살겠다, 억울하다 같은 말을 반복합니다. 끝없이 이어지는 불평에 저도 지친 것 같아요. 그래서 요새는 만남을 피하고 있어요. 하지만 마음은 편하지 않습니다."

그 젊은 여성은 어머니를 조금이라도 이해하고 싶어서, 한편으로는 자신도 그 나이가 되었을 때 그렇게 한탄의 말을 늘어놓는 사람이 될까 겁이 나서 강의에 오게 되었다고 했습니다. 그 여성의 말을 들으며 저는 두 가지 입장에서 생각해보았습니다. 하나는 나이 든 어머니의 곁에서 어머니의 고통스러운 이야기를 들어야 하는 딸의 입장이고, 다른 하나는 자신의 고통에 딸이 귀 기울여주기를 바라는 어머니의 입장입니다.

가족이니까 고통을 나누어야 한다고 생각은 하지만, 시간이 지날수록 들어야 하는 쪽이나 말하는 쪽이나 불편하고 불만족스럽고 지치는 경우가 많습니다. 그러다가 결국은 아예 도망을 가서 몇 년 동안 안 만나고 살게 되기도 합니다. 남보다 못한 관계가 되어버리는 것이지요. 꽤 많은 가족이 이런 식의 관계 맺기를 하고 있는 것 같습니다.

그 여성의 어머니가 겪고 있는 고통의 심각성이 어느 정도인지는 알 수 없지만 결국 고통을 바라보고 극복하는 책임은 어머니의 몫이라고 할 수 있습니다. 인생 후반기를 보내는 사람들은 젊음을 지나왔기에 극복할 수 있는 지혜 또한 삶의 경험에서 찾을 수밖에 없습니다. 전반기를 보내고 있는 청년들이 나이 듦에서 오는 여러 문제들을 이해하기란 아직 어려울 겁니다.

물론 인생 후반기라는 말이 반드시 나이로만 구분 지을 수는 없다고 생각합니다. 어떤 사람은 인생의 전반기에 삶을 새롭게 바라보는 놀라운 전환을 경험하기도 하니까요. 일찍 깨달은 사람들이 있는 거지요. 한편으론 살 만큼 살았다는 노인들에게서도 매우 철부지 같은 행동들을 발견하곤 합니다. 그렇지만 생물학적이든 사회적이든 인생의 후반기에 접어든다는 것은 전반기와는 다른 삶을 요구받는다고 생각합니다.

인생 전반기는 자신이 살아보지 않은 미래를 상상하고 자신이 추구하는 것을 향해 앞으로 나아가기에 바쁘지만, 인생의 후반기에 접어들었거나 그 길을 가고 있는 사람들은 자신이 더 이상 젊지 않기에 전반기와는 다른 뭔가 새로운 인생을 살아야 한다고 생각하게 되지요. 적어도 제가 만난 제 주변의 인생 후반기 사람들은 그렇습니다. 그들은 이제까지와 다르게 살아보려고 합니다.

인생을 이렇게 전반기와 후반기로 나누는 것 자체가 불편하다고 항의하는 분도 있을지 모르겠습니다. 늘 그렇듯이 독자 여러분들께서 스스로 삶의 전환에 대한 직관을 느꼈거나, 어떤 목소리를 인지하셨다면 제가 이 책에서 말하는 것에 상당 부분 동의하실 겁니다. 그리고 자신만의 고민이 아니라는 점에서 안심하실지도 모르겠습니다.

어쩌면 이 책은 저를 포함하여 제 주변의 인생 후반기를 맞이한 사람들, 그리고 그날 강연에서 만난 젊은 여성의 어머니를 생각하며 썼다고 할 수도 있습니다. 왜 인생 후반기를 보내는 많은 사람들이 살아온 것에 대한 감사보다는 후회와 원망, 허망함으로 남은 인생을 허비하며 살아가는 것일까요? 객관적으로 보기에는 그만하면 잘 살아왔고 괜찮아 보이는 사람들이 여전히 불안에 시달리고 온갖 무익하고 파괴적인 방법으로 자신을 괴롭히고 있는 것은 무슨 이유에서일까요?

우리는 왜 자기 인생을 비극적 서사로 되새김질함으로써, 오히려 사랑하는 가족들을 지치게 하고 멀어지게 한다는 것을 깨닫지 못하는 것일까요? 왜 우리는 사랑을 주기보다 사랑받고자 몸부림치는 후반기를 보내고 있는 것일까요? 제가 보기에는 인생 후반기를 살아가는 수많은 사람들이 여전히 스스로를 과시하거나 젊은 날에 못 이룬 것에 대한 과잉 보상 심리에 시달리며 사는 것처럼 보입니다.

어떤 50대 후반 여성은 아침에 스마트폰을 켜고 자신이 싫어하는 정치인이 등장하는 뉴스나 유튜브, 블로그 등에 미움의 댓글을 다는 것이 일상이 되어버렸다고 말했습니다. 그 정치인을 미워할수록 더더욱 그 정치인의 행보에 주목하게 되고 미움이 커지는 것 같다고 그 스스로 말합니다. 그런데도 어느덧 댓글을 달고 있는 자신을 발견하곤 합니다.

끊임없이 새로운 사람들을 사귀는 것을 낙으로 삼는 사람도 있습니다. 유명 강사, 저술가, 예술가 들의 강연을 찾아다니고 그들과 친분을 쌓는 일에 몰두합니다. 유명인들을 만나서 그들로부터 좋은 영향을 얻고자 하는 것이 결코 나쁜 일은 아닙니다만, 단지 유명인과의 친분을 과시하면서 그것으로 자아를 확장하는 재미에 빠져 있다면 문제가 될 수 있겠지요.

물론 인생 후반기를 꽤 만족스럽게 살아가는 사람들도 적지 않습니다. 그들은 잔잔한 미소로 주변을 편안하고 환하게 만들어주며 평화롭게 살아갑니다. 그들에게는 조용한 분별과 초연함이 느껴집니다. 그들은 성공에 매달리거나 조급해하지 않으며 자기 의견을 고집하지 않습니다. 그들은 타인의 말을 깊이 있게 들으려 하되 대답을 보류합니다. 무엇보다 우리를 감탄하게 만드는 것은 그들의 삶에 대한 새로운 방식과 태도입니다.

데이비드 브룩스가 쓴 『두 번째 산』이라는 책에서 참 아름답고 뭉클한 사연을 읽었습니다. 병원에서 청소부로 일하는 루크라는 사람의 이야기입니다. 루크가 일하는 병원에는 어쩌다 싸움판에 휘말렸다가 다쳐서 의식불명 상태로 누워 있는 청년 환자가 있었습니다. 이 청년의 아버지는 날마다 청년의 곁을 지키며 깨어나기만을 기도하고 있었습니다. 하지만 여섯 달이 지나도 청년은 깨어나지 않았습니다.

그러던 어느 날 루크는 그 청년이 누워 있는 병실을 여느 때와 다름없이 청소했습니다. 그때 병실에 그 청년의 아버지는 없었습니다. 아마 담배를 피우려고 잠시 자리를 비운 것 같았지요. 그런데 그날 오후 병원 복도에서 루크와 우연히 마주친 그 아버지는 다짜고짜 루크에게 왜 자기 아들 병실을 청소하지 않았느냐고 쏘아붙였습니다. 보통 이런 경우 사람들은 "아까 청소했는데요. 아까 담배 피우러 간 사이에 했어요"라고 대답할 것입니다.

하지만 루크는 그렇게 하지 않았습니다. 그는 곧장 아무 대꾸 없이 병실로 가서 다시 청소했습니다. 청년의 아버지가 보는 앞에서 말이지요. 루크는 청소를 다시 하는 동안에 전혀 화가 나지 않았습니다. 그는 그 아버지의 행동을 충분히 이해할 수 있었다고 말합니다. 자기 아들이 무려 여섯 달이나 식물인간 상태로 누워 있는데 어떤 아버지가 온전한 마음일 수 있을까요.

저는 루크와 같은 삶의 태도야말로 '초월성'의 경지라고 생각합니다. 초월성은 특별한 명상이나 수련을 통해 도달하는 저 너머의 세계가 아니라 타인의 처지와 아픔으로 들어가서 그 아픔에 연민과 공감을 느끼고 함께하려는 행동이라고 할 수 있습니다. 조금 더 설명하자면, 초월성은 옳다 그르다, 좋다 나쁘다, 내 편 네 편, 선과 악과 같은 대립적이고 이분법적인 사고를 뛰어넘는 것이라고 할 수 있습니다. 상대방이 분명히 억지를 피운다고 알면서도 이를 나무라지 않고 가만히 들어주는 것, 혹은 깊이 공감하는 태도라고 할 수 있습니다.

정신과 의사 정혜신 님은 『당신이 옳다』라는 책에서 어느 노인의 이야기를 들려줍니다.

> "하루는 광화문에서 천막을 치고 시위 중인 세월호 유가족들에게 삿대질을 하며 욕하는 노인 곁에 앉은 적이 있었습니다. 어디서 오셨는지, 연세는 어떻게 되는지 등을 묻자 노인은 기다렸다는 듯이 자기 이야기를 시작했습니다. 고개를 끄덕이며 듣기를 한 시간쯤 지났을 때 노인이 '제가 유가족들에게 너무 심했습니다. 미안합니다'라고 말했습니다."

이렇듯 '초월성'은 자기 에고의 벽을 뚫고 나아가 타인 속으로 넘어가는 것입니다. 대부분의 사람들은 아무 잘못도 없는 자신에게 욕을 하거나 편견을 갖고 대할 때, 상대방이 자신을 무시한다고 여겨서 방어적으로 행동하고, 분노의 감정에 동조하여 큰소리로 항의할 것입니다.

하지만 루크는 본질이 무엇인지를 알기에 외부의 어떤 자극에 휘둘리지 않았습니다. 상대방의 분노가 자기를 향해 던지는 돌도 아니고 자기 존재를 위협하는 것도 아니라는 것을 알았습니다. 그래서 같이 분노할 필요가 없었습니다. 그는 자신을 돌보는 방법을 터득했으며 나아가 타인을 사랑하는 법도 알고 있는 사람입니다.

우리는 루크처럼 행동하기가 결코 쉽지 않다는 걸 알고 있습니다. 그렇지만 성인의 경지만큼이나 어렵고 힘든 일은 아닐지도 모릅니다. 자기 존재의 본질은 어떤 경우에도 존엄하다는 자각과 깨달음이 있다면 말입니다. 먹구름이 잠시 태양을 가린다 해도 빛이 사라질 수 없는 것처럼 내면에 생생하게 살아 있는 존재의 빛이 있음을 잊지 않는다면 우리도 루크처럼 겸손하고 평온한 삶을 살아갈 수 있을 것입니다. 『두 번째 산』은 바로 인생 후반기에 그런 삶을 원하는 사람들을 위한 책입니다.

『두 번째 산』, 데이비드 브룩스, 이경식 옮김, 부키, 2020

『당신이 옳다』, 정혜신, 해냄, 2018

4

이분법을 넘어서기

앞서 언급한 청소부 루크의 이야기는 우리가 더 이상 자신을 내세우지 않아도 충분히 기쁘게 살 수 있음을 보여줍니다. 진정으로 겸손한 사람은 자기의 불완전함을 없애려고 하는 사람이 아니라, 자신과 타인의 불완전함을 용서하고 허용하며 끌어안은 사람입니다. 그러니까 인생 후반전은 이성의 삶에서 '초이성'의 삶으로 넘어가야 한다는 말이기도 합니다. 좀 근사하게 표현하자면 흑백논리나 이분법적 사고를 뛰어넘는 초월적이고 관조적인 삶을 말합니다.

아주 작은 소설, 프랑스 작가 미셸 깽이 쓴 『처절한 정원』에는 초등학교 선생님으로 일하면서 주말에는 어릿광대가 되어 무대에 오르는 아버지가 등장합니다. 이야기의 주인공인 아들은 그런 아버지를 이해할 수 없어 창피해하고 급기야 증오하기에 이릅니다. 그러나 어릿광대가 된 아버지에겐 사연이 있지요. 제2차세계대전 때 청년이었던 아버지는 동생과 함께 약간의 영웅심으로 레지스탕스에 가입합니다. 그들 형제에게 맡겨진 첫 임무는 독일군 보급부대가 통과하는 기차역의 변압기를 폭파하는 것이었습니다. 형제는 아무도 없는 기차역에서 무사히 임무를 성공시킵니다. 그런데 그들은 곧 독일군에게 포로로 잡히고 맙니다. 독일군이 기차역을 폭파한 범인을 잡기 위해 인질을 잡아 가두었는데 하필이면 그들 형제가 애꿎게 잡혀가게 된 것이지요. 인질은 그들 형제 말고도 두 사람이 더 있었습니다.

네 사람은 언제 죽을지 모르는 비참한 처지가 되어 흙구덩이에 갇혀 있었습니다. 그런데 그들을 지키는 독일군 병사 한 명이 구덩이 위에서 그들에게 어릿광대짓을 보여줍니다. 그의 이름은 베른이었습니다. 그는 인질들이 잠시 불행한 처지를 잊고 포복절도하도록 만들어주는 한편, 먹을 것을 나누어주기도 했습니다. 비록 적군이었지만 그의 몸짓과 말은 인질들의 마음을 움직였지요. 그런데 갑자기 네 사람은 구덩이에서 풀려나게 됩니다. 진짜 범인이 스스로 자수를 했고 총살을 당했다는 것입니다. 진짜 범인이었던 형제는 어안이 벙벙했지요.

전쟁이 끝난 후 형제는 놀라운 사실을 알게 됩니다. 자신들이 기차역을 폭파할 때 사실은 전기공이 그곳에 있었다는 것, 폭발로 인해 심각한 부상을 입어 목숨이 위태로웠다는 것이었습니다. 그리고 그의 아내가 남편에게 권유해 자신이 범인이라고 거짓 자수했다는 것을 말입니다. 얼마 남지 않은 생명으로 인질들을 살리기 위한 결단이었습니다. 결과적으로 전기공은 자신을 위험에 빠트린 범인들을 살리기 위해 목숨을 바친 셈이었지요. 이 사실을 안 두 사람이 얼마나 충격을 받았을지는 굳이 말하지 않겠습니다.

그후 주인공의 아버지는 초등 교사를 하면서 주말이면 어릿광대가 되어 무대에서 사람들을 웃게 만드는 일을 하며 살아갑니다. 삼촌으로부터 이런 사연을 전해들은 아들은 아버지와 화해하고 아버지가 세상을 뜬 후에는 아버지처럼 어릿광대가 됩니다. 아버지는 세상을 뜨기 전 아들에게 역사의 흑백논리에 휘둘리는 것은 어리석은 짓이라는 유언을 남기고 꼭 독일어를 배우라고 당부합니다.

아버지가 어릿광대가 된 것은 그때 아버지와 삼촌을 챙겨주었던 독일군 병사 베른의 직업이 바로 어릿광대였기 때문입니다. 한번은 독일군 대장이 진짜 범인이 자수하지 않으면 흙구덩이에 있는 인질 네 명 중 한 명을 총살하겠다고 협박을 했습니다. 그러면서 누가 먼저 죽을지 정하라고 했습니다. 그러자 네 명의 인질들은 제비뽑기를 하여 희생양을 정하는 게 낫다고 하지요. 그때 흙구덩이 위에서 베른이 외칩니다. "죽고 사는 일을 타인의 손에 맡기거나 다른 사람의 목숨을 빼앗는 대가로 자신이 살아난다면 인간으로서 존엄성을 포기하는 것이고, 악이 선을 이기는 것에 동의하는 것이라고 생각하네. 악의 편에 있는 독일 군복을 입고 있는 나 자신이 부끄러울 따름이야"라고 말이지요. 희생양을 만드는 반인륜적 행위를 해서는 안 된다는 논리였습니다.

아버지가 아들에게 역사의 흑백논리에 휘둘리지 말고 독일어를 배우라고 한 이유도 베른의 말과 행동에 감동을 받았기 때문일 것입니다. 하지만 흑백논리로부터 해방되기란 결코 쉽지 않습니다. "나는 옳고 상대방은 그르다"는 논리는 항상 '정의'의 논리로 포장되어 강화됩니다. 특히 이런 흑백논리에 취할수록 상대방이 다른 의견을 이야기했을 때, 나는 옳고 상대방은 그르다는 잘못된 확신에 빠져 나의 말이 곧 '정의'라는 논리로 포장되기 마련이지요. 나이를 먹을수록 더 확고부동하게 자신의 정치적 입장만을 고수하고, 심지어 언성까지 높여가며 싸우는 일이 많아지는 이유는 무엇일까요? 도덕 심리학자 조너선 화이트가 쓴 책 『바른 마음』에 따르면 태어날 때부터 우리가 어떤 정치적 성향을 띨 것인지 대략적으로 정해져 있다고 합니다. 물론 자라면서 그 성향이 더 강화되거나 주변의 영향에 의해 달라질 수도 있겠지만 세상을 바라보고 해석하는 우리의 정신적 틀이 정해져 있다는 것이지요.

이런 정신적 틀, 다시 말해 세상을 바라보는 프레임이 극단적 흑백논리로 드러나게 되는 가장 큰 이유는 아마도 사회적 연결을 통해 소속됨으로써 안정감을 느끼는 심리와 관계가 있을 것입니다. 인간은 다른 사람들과 친밀하게 연결되고 집단에 소속되는 것이 생존에 유리하다는 점을 오랜 진화 과정에서 터득해왔거든요. 겉으로는 '옳음'이나 '도덕'을 내세우지만 더 깊이 들어가보면 집단

안에서 같은 생각을 공유함으로써 강한 유대감을 갖고자 하는 욕구가 있음을 알 수 있습니다. 여러 연구에 따르면 이런 욕구는 대부분 무의식적이기 때문에 자신이 이분법적 사고에 갇혀 있다는 생각 자체를 하지 못하는 경우가 많습니다. 그만큼 흑백논리는 집단적이고 이념적이며 역사적입니다. 그 뿌리가 매우 깊다는 뜻입니다.

또한 '나는 옳고 너는 틀리다'는 생각은 '자기 보존' 혹은 '자기 우월감' 같은 뿌리 깊은 관념에서 비롯된다고 할 수 있습니다. 내가 옳고 타인이 틀리다는 것을 증명할수록 자신이 더 우월하다고 착각하는 것입니다. 타인을 도덕적인 잣대로 심판함으로써 나는 괜찮은 사람이고 잘 살고 있다는 것을 확인받으려는 심리라 할 수 있겠지요. 이런 흑백논리는 대중적으로 사랑을 받았거나 명망 있는 대상에게 더 집중되어 어떤 틈이라도 발견하는 순간 여지없이 심판대로 불러 올리지요. 겉으로는 공공의 정의를 내세워 그를 심판한다고 하지만 깊이 들여다보면 그가 내 편이 아니기에 더욱 증오하고 혐오하는 것입니다.

자기 우월성을 확인받고자 흑백논리에 집착하는 것은 어쩌면 내면 깊이에 숨어 있는 '두려움' 때문일 수도 있습니다. 누군가로부터 버림받을지도 모른다는 두려움이 우월성을 붙잡고 있는 것일 수 있습니다. 성경에 가장 많이 나오는 말이 '두려워하지 말라'라고 합니다. 무려 360회 이상이 나온다는 걸 보면 인간이 얼마나 온갖 두려움에 시달리며 살고 있는지를 짐작할 수 있습니다.

『처절한 정원』에서 주인공의 아버지와 삼촌을 인질로 넘긴 사람들은 언젠가 축구 시합에서 진 적이 있어 앙심을 품었던 같은 프랑스 사람들이었지요. 한편이라 믿었던 사람들이 적에게 팔아넘긴 셈입니다. 두 사람이 언제 총살당할지 모른 채 처절한 구덩이에서 절망에 빠져 있을 때, 그들을 배꼽 빠지게 웃게 만든 사람은 아이러니하게도 독일군 보초병이었습니다.

독일 병사가 포로로 잡힌 주인공의 아버지와 삼촌에게 선사한 '웃음'은 주인공의 아버지와 삼촌에게 처참한 환경과 죽음에 대한 두려움에서 벗어나 존재의 기쁨을 인식하게끔 도와주었다고 생각합니다. 그 웃음은 외부의 억압이나 심지어 총칼 앞에서도 사라질 수 없는 '인간성'을 의미합니다. 함께 웃는 그 순간, 독일군 병사와 포로들은 국적을 초월했고, 아군과 적군이라는 경계가 허물어졌습니다.

그 웃음은 인간이란 국적이나 인종, 종교로 분리된 존재가 아니라 모두 똑같이 거룩하게 창조된 존엄한 존재임을 말해준 것입니다. 아버지와 삼촌은 독일 병사에게서 진정한 인간성과 휴머니즘을 발견했습니다. 이것이야말로 흑백논리로 무장한 선민의식으로부터 해방되어 진정한 존재로 거듭날 수 있는 첫걸음인 셈이지요.

이와 관련하여 19세기에 활동했던 존 러스킨의 이야기가 있습니다. 그가 쓴 책의 제목은 『나중에 온 이 사람에게도』인데, 성서에서 가져온 것입니다. 신약성서 「마태복음」 20장에는 포도밭 주인과 일꾼 이야기가 나옵니다. 어느 날 포도밭 주인이 일꾼을 구하러 아침 일찍부터 집을 나섭니다. 그는 하루 품삯으로 데나리온 은화 한 닢을 주기로 하고 일꾼들을 데려오지요. 주인은 오후 늦게까지 여러 번이나 장터에 나가서 일꾼들을 불러모아 포도밭으로 들여보냅니다. 이윽고 해가 저물었습니다. 품삯을 주어야 할 시간이 왔지요.

그런데 주인은 모든 일꾼에게 똑같이 데나리온 한 닢을 줍니다. 이에 아침 일찍부터 온 일꾼들은 항의하기 시작합니다. 나중에 늦게 온 자들은 한 시간만 일했고 자기들은 아침부터 온종일 일했는데 어찌하여 저들에게도 똑같은 품삯을 줄 수 있냐고 불만을 토하지요. 그러자 포도밭 주인은 이렇게 대답합니다. "나는 잘못한 것이 없소, 나중에 온 이 사람에게도 당신과 똑같이 나눠주는 것이 내 뜻이오."

이 이야기를 이해하기 위해서는 빠진 부분을 알아야 합니다. 포도밭 주인이 한차례 일꾼을 구하고 다시 마을로 돌아가자, 아무 일도 하지 않고 빈둥거리고 있는 사람들이 보였습니다. 포도밭 주인은 그 사람들에게 "당신들은 왜 온종일 이렇게 하는 일 없이 빈둥거리고 있소?"라고 물었지요. 그들은 "아무도 우리에게 일을 시켜주지 않아 이러고 있습니다"라고 대답했습니다. 이미 일손을 구한 뒤였지만 포도밭 주인은 그 사람들이 일할 수 있도록 자신의 밭으로 보내지요.

존 러스킨의 말에 따르면 나중에 온 일꾼들은 오늘날 실업으로 내몰린 노동자를 가리킨다고 합니다. 사회경제적 약자의 다른 이름이지요. 냉혹한 경쟁에서 밀려나 고통과 설움에 시달리는 사람들, 불안하고 힘든 처지에 놓인 모든 사람들이 바로 나중에 온 일꾼들입니다. 존 러스킨은 우리가 흔히 생각하는 '공평'의 기준을 뛰어넘어 사회적 약자를 포용하고 연대할 줄 아는 새로운 관점을 제시하고 있습니다. 그는 "사람이 추구해야 할 것은 더 많은 부가 아니라 소박한 즐거움이고 더 깊은 행복이다"라고 말했는데, 여기서 그가 말하는 더 깊은 행복이란 타인의 행복에도 관심을 갖는 자세입니다.

1904년 남아프리카공화국에서 변호사 생활을 막 시작하던 간디가 러스틴의 이 책을 읽었다고 하지요. 그는 자서전에 "한번 읽기 시작하자 놓을 수가 없었다. 나는 그날 밤 잠을 이룰 수 없었다. 나는 내 생활을 그 책의 이상에 따라 바꾸기로 맘먹었다"라고 썼습니다. 이런 깨달음을 얻은 간디는 교외에 땅을 마련해서 피닉스 정착촌이라는 공동체를 세웠습니다. 그곳에서는 인종이나 종교에 관계없이 누구나 함께 어울려 소박한 삶을 누릴 수 있었습니다. 그리고 모두가 육체노동에 참여했습니다. 간디가 걸어간 위대한 길은 여기서 시작된 것입니다.

『처절한 정원』에서 아버지는 비참한 구덩이에 갇힌 포로에게도 웃음을 주기 위해 노력하는 독일 병사에게서 민족과 인종을 초월한 거룩함을 보았기 때문에 그를 본받는 마음으로 어릿광대가 되었다고 해석할 수 있습니다. 그것은 인간 존재의 존엄성을 의미합니다. 인간에게 무슨 자격이나 능력이 있어서 대접을 받는 것이 아니라 존재 그 자체로 신성함을 갖고 있다는 것을 어릿광대는 말하고 싶었던 듯합니다. 저는 이 아버지가 아군과 적군이라는 흑백논리를 벗어던졌기 때문에 이런 깨달음을 얻을 수 있었다고 생각합니다. 성경의 일화에서 공평함에 대한 통찰을 이끌어낸 존 러스킨에게서는 조건을 따지지 않고 끌어안는 포용력을 느낍니다. 편을 가르는 이분법적 사고와 나와는 다른 입장에 처한 사람을 낮잡아 보는 자아와 결별함으로써 우리는 자유를 얻습니다.

『처절한 정원』, 미셸 깽, 이인숙 옮김, 문학세계사, 2018

『바른 마음』, 조너선 하이트, 왕수민 옮김, 웅진지식하우스, 2014

『나중에 온 이 사람에게도』, 존 러스킨, 곽계일 옮김, 아인북스, 2020

5

우월한 자아와 결별하기

10여 년 전에 특별한 프로그램에 참여한 적이 있습니다. 유명 서점과 경기도교육청이 시도한 것으로, 전직 교장 선생님과 기업 임원 출신 은퇴자 들을 대상으로 하는 독서교육이었습니다. 그분들에게 독서교육에 대한 기초 이론과 실행 방법을 알려주어 지역의 평생교육원이나 어린이집, 지역아동센터 등에서 적절한 봉사를 할 수 있게 한다는 취지로 실시하는 프로그램이었지요. 제가 맡은 시립도서관에 갔더니 스무 명 정도의 수강생이 강의실에 앉아 있었습니다.

첫 만남에서부터 공간을 압도하는 힘이 느껴졌습니다. 모든 시선이 저에게 집중되고 있었는데 호기심 어린 눈빛 한구석에는 "나도 한때 교사였거든! 얼마나 잘하는지 보겠어!"라는 경계심도 엿

보였습니다. 서로 인사를 나누면서 자기소개를 하는 시간을 가졌는데, 대부분이 중고등학교에서 교장을 지낸 분들이었고, 초등학교의 교장 선생님이셨던 분과 기업에서 임원까지 지낸 분도 몇 분 있었습니다.

첫 시간을 마쳤을 때, 수강생 한 분이 다가왔습니다. 혹시 질문하실 게 있는지 물었더니 "선생님, 수업을 할 때에는 수업 목표를 제시해야 하는 거 아닌가요?" 하고 마치 교생실습을 하러 온 초보 교사의 잘못을 꼬집어 훈계하는 듯한 표정으로 말했습니다. 제가 "아, 알겠습니다. 내일부터는 꼭 수업 목표를 먼저 제시하겠습니다" 하고 공손히 대답하니 그냥 돌아서셨지요. 수업은 총 10회로 진행됐는데, 처음 몇 번은 분위기가 엄숙하고 딱딱했습니다. 수업 중 재미있는 그림책을 읽어도 다들 굳은 표정으로 듣고만 있을 뿐이었습니다.

다른 수업에서 아이들이나 보호자에게 책을 읽어줄 때면 책마다 예외없이 웃음이 터지는 장면이 있는데 그런 장면에서조차 아무도 웃는 사람이 없었습니다. 프로그램이 절반쯤 지나고 나서야 어색한 분위기가 풀어지고 편안한 대화도 많아졌지요. 어깨에 잔뜩 들어갔던 힘도 빠진 것처럼 보였습니다. 교육 과정이 끝난 후에 동아리를 만들어 동화 구연과 연극을 하기로 했다는 소식을 들었을 땐 깜짝 놀랐답니다.

요새는 어딜 가나 쉰 후반 또는 예순을 넘긴 수강생들을 흔히 만나게 됩니다. 오랫동안 한 직장에서 일해온 분들을 만날 때 하나

같이 공통적으로 느껴지는 것은 일과 자아가 마치 한 몸이 된 것처럼 보인다는 점입니다. 35년간 공무원으로 은퇴한 여성은 한동안 결재의 악몽에 시달렸다고 했습니다. 무언가를 결정해야 할 때, 하다못해 외출하려고 옷을 입거나 음식점에서 메뉴를 정할 때마저도 윗사람에게 결재를 받아야만 할 것 같은 기분이 든다는 것이었습니다. "이게 옳은 결정일까? 잘못되면 어떻게 하나?" 하는 생각이 불쑥불쑥 솟아난다고 했습니다.

이때 가장 중요한 것은 '알아차림'이 아닐까 생각합니다. '내가 지금 이렇구나!' 하고 상태를 파악한 뒤 '그럴 수 있지' 하고 스스로에게 말을 거는 것입니다. 자신이 과거에 늪에 빠져 있다는 것을 알아차려야 하는 이유는 그 늪이 내가 현재를 충분히 경험하는 데에 방해가 되기 때문입니다.

사람이라면 누구나 익숙함을 편하게 생각합니다. 그래서 우리는 아주 쉽게 과거로 돌아가고, 과거에 매달린 채로 끊임없이 분석하지요. "저 사람은 정말 말버릇이 안 좋군. 10년 전에 본 학부모랑 비슷해. 그때 참 안 좋았지. 분명히 저 사람도 문제가 있을 거야." 이런 식으로 우리는 계속 과거를 떠올리면서 이야기를 만듭니다. 혼자서 드라마의 대본을 쓰고 있는 셈입니다.

물론 과거의 경험은 우리가 지혜를 얻을 수 있는 자원이기도 합니다. 경험을 적절하게 활용할 수 있다면 우리는 정말 아름다운 후반전을 보낼 수 있을 것입니다. 그런데 아쉽게도 우리 대부분은 익숙하게 반복해온 과거의 경험과 직업적으로 수행해온 습관, 직장에서 획득하여 누렸던 지위의 안정감과 권력의 달콤함에 쉽게 젖어들고 맙니다. 그것들로 우리 자신을 두껍게 포장하곤 하지요. 더 이상 그런 지위를 갖고 있지 않음에도 그 지위를 놓아버리지 못하고 상실할까봐 두려워합니다.

과거에 가졌던 지위나 명성, 권력, 재산이 오히려 진정한 나 자신과의 만남을 방해하고, 다른 사람들에게서 있는 그대로의 모습으로 사랑받을 수 있는 기회를 앗아갈 수 있다는 것을 알아차려야 합니다. 어느 교수가 배달원이 자신을 아저씨라고 불렀다는 이유로 엘리베이터에서 배달원을 폭행했다는 기사를 읽은 적이 있습니다. 오랫동안 지위를 자아로 착각해온 사람들이 흔히 범하는 잘못입니다.

앞서 인생 후반전은 그동안 배운 것을 지우는 시기라고 했지만, '지움'은 간단히 이루어질 수 있는 게 아닌 듯합니다. 자신이 갑옷을 입고 있다는 걸 알아차리기조차 쉽지 않으니까요. 사실 살아오면서 내 몸과 마음에 축적되어온 문화라는 구성물로부터 자유로운 사람은 아무도 없을 것입니다. 프랑스 철학자 미셸 투르니에가 쓴 『방드르디, 야생의 삶』을 읽으면 우리의 자아를 거울처럼 볼 수 있습니다.

널리 알려진 이 책은 대니얼 디포의 『로빈슨 크루소』를 모티프로 하여 쓴 소설로, 주인공의 이름도 로빈슨입니다. 『방드르디, 야생의 삶』 전반부는 『로빈슨 크루소』처럼 무인도에 난파된 로빈슨이 홀로 섬에서 고군분투하며 살아가는 이야기입니다. 그런데 소설의 진짜 재미는 방드르디라는 야생의 청년이 등장하면서부터입니다. 로빈슨은 방드르디를 처음부터 하인으로 대합니다. 로빈슨이 장군이면 방드르디는 병사였습니다. 로빈슨이 기도하는 성직자가 되면 방드르디는 성가대 소년이 되었고, 여행할 때는 짐꾼, 사냥할 때는 몰이꾼이 되었습니다. 심지어 로빈슨은 방드르디에게 급료를 지불하고 하인의 노고를 치하하거나 질책하는 시간을 갖습니다.

저는 이 대목부터 계속 웃음이 나오기 시작했습니다. 둘밖에 없는 섬에서 권력을 휘두르고 만족해하는 로빈슨의 행동이 얼마나 우스운가요. 마치 개그 프로그램을 보는 것 같습니다. 우스꽝스러운 몸짓의 찰리 채플린이 떠오르기도 했어요. 로빈슨은 방드르디가 미개하다고 믿고 있기 때문에 문명인으로서 그를 가르치는 것을 대단한 사명으로 여겼습니다. 소설을 읽는 독자는 로빈슨의 행동이 희극배우처럼 느껴질 수 있지만 로빈슨은 자신의 사고와 행동이 마땅하다고 여겼을 것입니다.

하지만 이야기는 디포의 『로빈슨 크루소』와 다른 양상으로 흘러가기 시작합니다. 어느 날 화약이 폭발하면서 로빈슨이 구축해 놓은 문명의 흔적들이 몽땅 사라져 로빈슨과 방드르디의 관계는 대전환을 맞이합니다. 로빈슨은 방드르디에게 야생에서 생존하는 법을 배우고, 그를 통해 자연 세계의 숭고함마저 경험하거든요. 그는 문명인의 삶에서 해방되는 기분을 느낍니다. 로빈슨과 방드르디는 이제 평등한 우정의 관계로 깊은 이해와 소통을 나누게 됩니다.

그러나 결말 부분에서 다시 한번 반전이 일어납니다. 어느 날 이 섬에 '화이트버드호'가 나타난 것입니다. 무려 28년 만이었지요. 이젠 쉰 살이 된 로빈슨에게 문명사회로 돌아갈 기회가 찾아온 것이지만, 그는 섬에 남기로 합니다. 오히려 문명사회로 떠난 사람은 방드르디였습니다.

로빈슨은 왜 남았을까요? 로빈슨은 화이트버드호 선원들의 무례하고 거칠고 오만한 행동에 놀라서 견딜 수 없는 어지러움을 느낍니다. 원주민을 천대하고 함부로 여기는 그들의 태도가 너무나 천박하고 역겨워 토할 것 같았던 것입니다. 방드르디와의 이별이 로빈슨을 절망스럽게 했지만 그는 섬에 숨어든 어린 소년을 발견하고 그와 함께 새로운 삶을 살기로 결심합니다.

로빈슨이 이제부터 꿈꾸는 섬 생활은 축제와 웃음과 놀이를 즐기는 것입니다. 로빈슨은 이제 인생 후반전을 맞이합니다. 그의 후반전은 축제와 웃음과 놀이로 채워질 것입니다. 그는 문명사회에서 습득하고 체화한 권력과 서열의 자아에서 해방되었습니다. 인생 후반기에 들어선 뒤에도 여전히 권력과 지위로 감싼 자아의 갑옷을 입은 채 사는 것은 로빈슨이 방드르디 앞에서 문명인 흉내를 내던 우스꽝스러운 모습을 따라 하는 것과 다름없습니다.

도서관에서 은퇴자 독서교육 강의를 한 지 몇 년이 흐른 후 우연히 그때 수강생이었던 분을 다시 만나게 되었습니다. 어찌 지내시냐고 했더니 어린이집과 도서관 등에서 어린이들에게 이야기를 들려주는 '이야기 할머니'로 바쁘게 활동하고 있다며 정말 행복하다고 하셨습니다.

「방드르디, 야생의 삶」, 미셸 투르니에, 고봉만 옮김, 문학과지성사, 2014

6

누가 알겠습니까?

제가 아주 좋아하는 책 『술 취한 코끼리 길들이기』를 쓰신 아잔 브라흐마 스님이 『시끄러운 원숭이 잠재우기』라는 책을 출간하셨기에 얼른 읽어보았습니다. 역시 기대한 대로 단순하면서도 심오한 진리와 인생의 지혜가 담겨 있는 책입니다. 읽다가 웃음이 크게 터진 적도 여러 번입니다.

이 책 안에서 「좋을지 나쁠지 누가 알겠나」라는 이야기가 가장 기억에 남아 있습니다. 옛날에 어느 왕이 살았는데 사냥을 나갔다가 손가락을 다쳐서 주치의를 불렀습니다. 왕이 "아무 일 없겠는가?" 하고 묻자 의사가 대답합니다. "좋을지 나쁠지 누가 알겠습니까?" 얼마 후 왕은 상처가 덧나자 다시 의사를 불러 확실히 괜찮은 거냐고 묻습니다. 그러자 의사는 같은 말을 합니다. "좋을지 나쁠지 누가 알겠습니까?" 왕은 불안한 마음이 들었고 아니나 다를까 며칠 만에 왕의 손가락은 너무 심하게 곪아서 결국 잘라야만 했습니다.

화가 머리끝까지 치민 왕은 의사를 감옥에 넣으며 말했습니다. "감방에 갇히니까 기분이 어떠냐, 이 돌팔이야!" 그러자 의사는 이번에도 또다시 "좋을지 나쁠지 누가 알겠습니까?" 하고 대답합니다. 왕은 의사가 제정신이 아닌 것 같다고 외친 다음 자리를 떴습니다. 몇 주 후 왕은 다시 사냥을 하러 떠났지요.

그런데 사냥감을 쫓다가 그만 길을 잃었고 왕은 숲속에 사는 토인들에게 붙잡히고 맙니다. 그날은 토인들의 축제 날이었어요. 이에 토인들은 왕을 밀림의 신에게 제물로 바치고자 큰 나무에 묶었지요. 무당이 주문을 외우면서 춤을 추기 시작합니다. 그러다가 무당이 소리칩니다. "가만! 이 사람은 손가락이 하나 없다. 신께 바칠 제물로는 불경스럽구나. 풀어줘라!"

풀려난 왕은 며칠 동안 숲을 헤매다가 궁으로 돌아왔고 곧장 지하 감옥으로 달려가 의사에게 말합니다. "좋을지 나쁠지 누가 알겠느냐고 말할 때 네가 멍청이라고 생각했는데 이제 보니 그대가 옳았다. 내가 나빴네. 미안하구나." 그러자 의사가 대답합니다. "무슨 말씀이십니까? 저를 감옥에 가둔 건 좋은 일이었습니다. 제가 사냥에 따라나섰다면 제가 잡혀서 제물이 되었을 것입니다."

이와 비슷한 이야기는 여러 편 있지만 들을 때마다 익숙함에 젖어 살아가는 우리의 굳은 몸과 마음을 흔들어 깨웁니다. 무슨 일이 생겼을 때 좋을지 나쁠지는 아무도 모릅니다. 좋고 나쁘다 같은 판단도 지극히 주관적이어서 많은 일들이 생각하기에 달려 있지요. 살면서 일어나는 일들에 좋다거나 나쁘다거나 하는 식으로 한쪽으로만 확신할 수는 없습니다. 새옹지마라는 고사성어의 유래처럼 좋다고 하는 일이 나쁜 결과를 가져오기도 하고, 나쁘다고 여긴 일이 좋은 일을 가져오기도 하니까요. 그러므로 어떤 사건이 일어났을 때 바로 확신하거나 제단하지 말고 그것이 어떤 결과를 가져올지 차분히 지켜보면서 기다릴 줄 알아야 하는 것이지요.

구약성서의 전도서에 나오는 "무슨 일이나 다 때가 있다"는 구절도 우리의 섣부른 확신을 돌아보게 합니다. 그림책 『무슨 일이든 다 때가 있다』에서는 이 구절을 이렇게 표현하고 있습니다. "날 때가 있으면 죽을 때가 있고, 심을 때가 있으면 거둘 때가 있다. 울 때가 있으면 웃을 때가 있다. 얻을 때가 있으면 잃을 때가 있다." 이 밖에도 우리는 죽일 때와 살릴 때, 허물 때와 세울 때, 슬퍼할 때와 기쁠 때, 버릴 때와 모을 때, 껴안을 때와 거리를 두어야 할 때, 잡을 때와 놓아줄 때, 입을 다물 때와 열 때, 사랑할 때와 미워할 때 등 수많은 때를 맞이하고 보내면서 인생을 살아갑니다.

이 구절은 특히 인생 후반기 사람들에게 더 특별한 의미가 있다고 생각됩니다. 무슨 일이든 다 때가 있다는 말은 중의적인 의미를 지니고 있습니다. 인생에서 매 순간 주어진 시간, 그때 그 순간이 가장 중요하다는 뜻도 있고, 반면 중요하다고 여겼던 순간이나 일에 대해 너무 집착하거나 후회하지 말라는 뜻도 있습니다. 삶의 순간순간이 소중하고, 선택이 중요하지만, 한편으로 우리는 그 중요한 순간에 일을 그르쳤거나 잘못을 저질렀거나 불행한 일을 당했을 수 있습니다. 하지만 지나간 일에 머무를 수는 없는 법이지요. 삶을 계속 살아가려면 늘 새로운 때에 집중해야 합니다. 삶은 늘 새롭고 변화하기 때문입니다. 지나간 일에 얽매이지 말고 지금을, 현재를 열심히 살되, 걱정하지 말고 나아가라는 뜻이 담겨 있다고 봅니다.

저는 앞서 말한 성경의 구절을 읽으면서 노자가 말하는 '관계성'과 일맥상통한다는 생각이 들었습니다. 노자의 말에 따르면 이 세상은 서로 대립적이라고 여기는 것들이 상호 갈등과 모순을 품고 공존한다고 합니다. 옳고 그름, 좋음과 나쁨, 빛과 어둠은 모두 서로 함께 있고 공존하며 세계를 이룬다는 뜻이지요. 세상을 가치 지향으로 바라보는 공자와 달리 노자는 사실 그대로를 보라고 조언합니다.

> "있음과 없음은 서로를 낳아주고, 어려움과 쉬움은 서로를 전제로 성립하며, 길고 짧음은 상대를 드러내주고, 높고 낮음은 서로에게 기대며, 앞면과 뒷면은 서로 따라다닌다."

태어남과 죽음, 심을 때와 거둘 때 등은 모두 대립적인 것 같지만, 노자가 보기에는 그 둘 중 어느 쪽이 더 무겁거나 더 가치가 있지는 않습니다. 그래서 경계를 품을 줄 알아야 한다고 그는 말합니다. 지나친 확신이 문제를 일으킨다는 것입니다. 어떤 경우 사랑은 사랑하지 않아서 깨지는 것이 아니라 너무 사랑해서 깨지기도 한다는 것이지요. 광신하지 않는 것, 자신이 진실이라고 믿는 어떤 것이 진실이 아닐 수도 있다고 견제할 줄 아는 것이 내공입니다.

'좋을지 나쁠지 모른다'를 말할 때 떠오르는 유명한 이야기가 또 있습니다. 옛날 이스라엘의 지혜로운 솔로몬왕이 신하에게 심부름을 시킵니다. "이 세상에 그 어느 것과도 비교할 수 없는 마술 반지가 있다고 들었다. 그 반지는 슬픈 사람을 기쁘게 하고, 기쁜 사람을 슬프게 하는 반지다. 그것을 구해 오너라." 솔로몬왕은 그런 반지가 어디에도 없다는 것을 알고 있었지만 신하를 골탕 먹이기 위해 그런 명령을 내린 것이었습니다.

신하는 온 세상을 돌아다니며 그런 반지를 찾고자 했습니다. 하지만 그런 반지가 있을 리 없었지요. 그러던 어느 날 허름한 시장 구석에서 반지를 팔고 있는 노인을 보고 혹시나 하는 마음에 솔로몬왕이 말한 반지가 있는지 물었습니다. 노인은 신하의 얼굴을 찬찬히 보더니 반지 하나를 찾아 무언가를 새겨 넣어 그에게 건넸습니다. 신하는 그 반지를 솔로몬에게 바쳤습니다. 반지를 받아든 솔로몬은 문구를 보고 매우 놀랍니다. 반지에는 이렇게 새겨져 있었습니다. "이 또한 지나가리라."

반지에 새겨진 문구는 곤란한 명령을 받은 신하만이 아닌 솔로몬왕을 겨냥한 말이기도 했습니다. 노인은 그가 가진 재산, 권력, 지혜까지도 언젠가는 다 사라질 수 있다는 것을 말하고 싶었을 것입니다. 이 유명한 문구는 수많은 사람들에게 전해졌을 뿐만 아니라 교황의 대관식에서도 사용되었다고 합니다.

그러므로 우리가 할 일은 이러쿵저러쿵 좋으니 나쁘니 고심하며 하루하루를 보내기보다 현재의 삶을 받아들이고 즐기며 사는 것입니다. 나에게 오고 있는 변화들을 수용하면서 사는 것입니다. 나이 들어감, 신체 능력의 저하, 인지능력의 퇴화, 가난, 상실, 고립 속에서도 계속 살아가는 것입니다. 왜냐하면 우리 삶은 늘 잃음이 있으면 얻음이 있고, 좋음이 있으면 나쁨이 있고, 고통이 있으면 기쁨이 있기 때문입니다.

특히 인생 후반기에는 지나간 과거의 불행한 때를 떠올리며 괴로워하고 회한에 휩싸이기 쉽습니다. 우리는 늘 과거라는 곳간을 방문하지만, 그 곳간에서 어떤 물건을 꺼내오는가는 나 자신에게 달려 있습니다. 인생 후반기의 삶이 통합적으로 완성을 향해 나아가려면, 결국 자기 삶을 긍정하고 의미를 부여하는 성찰의 힘이 중요하다는 것을 다시 한번 되새깁니다.

「시끄러운 원숭이 잠재우기」, 아잔 브라흐마, 각산 엮음, 나무옆의자, 2018

「무슨 일이든 다 때가 있다」, 다이앤 딜런, 레오 딜런, 강무홍 옮김, 논장, 2004

7

내면의 이야기꾼에게 놀아나지 않기

예순을 넘긴 토니는 아내와 이혼하고 혼자 살아가고 있습니다. 평범한 날을 살아가던 그에게 어느 날 우편물이 배달됩니다. 그에게 우편물을 보낸 사람은 사라 포드라는 여성으로, 토니에게 500파운드와 일기장을 남겼습니다. 사라 포드는 40여 년 전에 토니가 잠깐 사귀었던 여자 친구의 엄마였는데, 그녀가 보낸 일기장은 토니의 고등학교 시절 친구인 에이드리언의 것이었지요. 여자 친구도 아니고 여자 친구의 어머니가 남긴 유산이라니, 더구나 에이드리언의 일기장을 왜 몇십 년 전 사귀었던 여자 친구의 어머니가 갖고 있는 것일까요?

의문투성이의 우편물 정체를 풀어가던 토니는 기억 저편의 과거를 다시 회상하게 됩니다. 그는 고등학교를 졸업하고 베로니카라는 이름의 여자 친구를 사귀었습니다. 베로니카의 집에 초대받아 놀러 간 적도 있었지요. 그런데 그때 만난 베로니카의 엄마에게서 좀 기묘한 느낌을 받았던 기억이 있습니다. 사랑에 서툴렀던 토니는 베로니카와 자주 다투게 되고 결국 둘은 헤어집니다. 그리고 얼마 후 친구 에이드리언과 베로니카가 사귄다는 말을 듣습니다.

토니는 그 소식을 접한 후 뒤끝 없이 에이드리언과 베로니카를 축하해주었다고 기억합니다. 무려 40년이 넘는 세월 동안 자신이 그렇게 행동했다고 굳게 믿고 있지요. 하지만 두 사람에게 보냈던 편지를 읽으며 실제로는 결코 그렇지 않았다는 것을 확인하기에 이릅니다. 편지는 말로 차마 옮기기 힘들 만큼 저주스러운 말로 가득 차 있었습니다. 토니는 얼마나 오랫동안 왜곡된 기억으로 살고 있었던 걸까요! 마치 그가 던진 저주가 효력을 발휘한 것처럼 에이드리언과 베로니카에게는 고통으로 얼룩진 삶이 펼쳐졌습니다. 토니는 충동적으로 분노의 화염병을 던졌으면서 그것이 두 사람의 삶에 어떤 파문을 가져왔는지는 까마득히 모르고 있었습니다. 그 모든 것들을 늙어서야 알게 되었지요.

이 이야기는 맨부커상을 수상한 줄리언 반스의 소설 『예감은 틀리지 않는다』를 간략하게 요약한 것입니다. 독자들이 과거의 기억을 더듬어가는 토니의 모습을 바라보면서 격하게 공감하는 점은 바로 '기억'의 애매함과 기억에 대한 우리의 편견입니다. 우리에게 정확하다고 자부할 수 있는 기억이란 과연 얼마나 될까요. 이 소설은 읽는 이를 반성하게 하고 겸손하게 만듭니다. 우리는 대개 내가 당한 불행한 일을 더 많이 기억하는 경향이 있습니다. 진화학자나 인지심리학자들도 인간은 부정적인 일에 더욱 민감하게 반응하고, 긍정적인 기억보다 부정적인 기억을 더 많이 간직한다고 말합니다.

우리는 그동안 무의식중에 타인에게 상처가 되는 말을 얼마나 많이 뱉었을까요? 우리가 관대하게 용서받은 일은 또 얼마나 많을까요? 그런데도 우리는 자신이 상처받은 것만 더 오래 기억하고 때때로 미운 감정에 휩싸이곤 합니다. 소설에서 나이 든 토니가 할 일은 자괴감에 휩싸여 스스로를 탓하기보다 옛 친구를 만나 용서를 빌고 동시에 과거의 자신을 용서하는 것입니다.

저는 이 소설을 읽으면서 왜 인간은 편향된 기억으로 자신의 이야기를 구성하게 되었을지 궁금해졌습니다. 그래서 읽은 책이 『스토리텔링 애니멀』입니다. 저자 조너선 갓셜은 인류가 이야기를 즐기게 된 이유는 어디까지나 그 이야기가 남의 이야기이기 때문이라고 말합니다. 여러 뉴런 연구들에 따르면 우리가 이야기를 읽고 어떤 감정을 느낄 때, 우리의 특정 신경망이 활성화된다고 해요. 이야기가 허구임을 알더라도 정서적 뇌는 그 허구 이야기를 현실처럼 처리한다는 소리지요.

그런데 안타깝게도 세부 사항은 기억 저장고에 없다고 그는 말합니다. 즉, 세부 사항은 뇌만 알고 있을 뿐 우리가 각별히 노력하지 않는 한 세세한 기억들을 간직할 수 없다는 뜻입니다. 그러다보니 우리가 하는 행동은 기억을 바탕으로 하지만, 대부분 무의식적

행동으로 드러납니다. 또한 우리 뇌에는 저마다 셜록 홈즈가 들어 있어서, 현재 관찰되는 것을 '역추리'해 과거의 기억에서 끄집어온 것들로 원인과 결과를 엮어 자신에게 생긴 사건을 판단하려고 합니다.

이렇게 우리의 뇌는 기억의 서사를 자신에게 유리한 쪽으로, 혹은 생존에 유리한 방향으로 재구성해왔고, 이러한 '이야기하는 마음' 덕분에 인류는 삶을 좀 더 일관되고, 질서 정연하며, 유의미한 경험으로 받아들이게 되었다고 저자는 말합니다. 그러므로 어쩌면 이 '이야기하는 마음'의 욕구는 '의미 중독'이라 말할 수 있습니다. 세상에서 의미 있는 패턴을 찾아내지 못하면 스스로 의미를 부여하려고 할 정도이니까요.

저는 이 책에서 '픽션은 전체적으로 볼 때 매우 도덕적이다'는 문장이 인상 깊었습니다. 왜 인간은 도덕적인 이야기를 지어내고 싶어 할까요? 어쩌면 인간의 도덕적 본성이 그런 충동을 일으켰을 수도 있고, 이야기가 그런 도덕성을 유지시켜 관습적 패턴을 지속시켜왔을 수도 있을 것입니다. 이와 관련해서 『반지의 제왕』을 쓴 J. R. 톨킨은 우리 마음 안에 있는 선함을 향한 구원의 질서가 우리에게 선이 승리하는 문학을 즐기게 한다고 말한 적이 있습니다.

저자인 조너선 갓셜은 허구의 주인공들을 '먹사람'이라고 부릅니다. 저자 말마따나 이 먹사람들은 이야기로 세상을 뒤흔듭니다. 먹사람들은 그게 영화이든 책이든 비디오 게임이든 세상에 대한 사실과 도덕적 논리를 가르치고 두려움과 희망, 불안을 불러일으켜서 우리의 행동을 변화시킵니다. 사람들은 허구와 현실을 구분할 줄 안다고 믿지만 항상 그렇지는 않습니다. 환상과 현실은 우리의 기억에서 재구성되고 채색됩니다.

왜 우리는 이야기꾼의 장단에 놀아나는 걸까요? 『달과 6펜스』의 작가 서머싯 몸에 따르면 픽션 작가들이 메시지라는 가루약을 스토리텔링이라는 달콤한 잼과 섞기 때문입니다. 사람들은 스토리텔링의 달콤한 잼을 허겁지겁 삼키느라 가루약의 쓴맛은 알아차리지 못하는 것이지요.

위에서 소개한 『예감은 틀리지 않는다』에 나온 토니가 그랬듯이 기억은 실제로 일어난 사건을 정확하게 기록한 것이 결코 아닙니다. 그것은 사건을 재구성한 것이며 크고 작은 세부 사항 중에서 상당수는 의심스러운 것들입니다. 기억이 곧 완전한 허구는 아닐지라도, 원본이 아닌 각색에 불과하다는 것이지요. 그러므로 과거란 실제로는 존재하지 않는 세계입니다. 기억과 과거 모두 마음속에서 창조한 환상이라고 할 수 있습니다.

"미래는 우리가 살고 싶은 세상을 만들어내기 위해 머릿속에서 돌리는 확률 시뮬레이션이며, 과거는 미래와 달리 실제 일어났지만 우리 마음속에서는 마음 시뮬레이션으로 표현된다"라고 줄리언 반스는 말하고 있습니다.

그렇다면 왜 우리는 왜곡된 기억을 갖게 된 것일까요? 심리학자 제롬 부르너는 "기억은 진실 말고도 여러 주인을 섬긴다"라고 말합니다. 우리가 과거를 잘못 기억하는 이유는 삶이라는 이야기에서 주인공 자리를 지키려고 하는 본성 때문입니다. 그래서 가끔 자기기만이 일어나는 것이지요. 좀 거창하게 말하면 우리 인생은 이야기를 짓고 싶어 하는 욕구가 만들어낸 작품일지도 모릅니다. '이야기하는 자아', '서사적 자아'라는 말이 대두된 것도 이런 배경이 있기 때문입니다.

『예감은 틀리지 않는다』와 『스토리텔링 애니멀』이 인생 후반전 독자들에게 던지는 의미는 무엇일까요? 『스토리텔링 애니멀』의 저자 조너선은 결론 부분에서 몇 가지 조언을 하고 있습니다. 첫째는 이야기를 통해 공감 능력을 키우라는 것입니다. 그러면 삶의 딜레마를 훨씬 수월하게 헤쳐 나갈 수 있기 때문이지요. 하지만 반대로 이야기에 맹목적으로 빠져드는 것은 조심해야 한다고 경고합니다. 이야기가 지닌 메시지에 휘둘릴 수 있으니까요.

우리가 할 일은 자신의 기억을 지나치게 맹신하지 않는 것입니다. 그리고 자기의 기억으로 만들어낸 자기 이야기, 자전적 서사를 마치 다른 사람의 이야기처럼 귀 기울여 듣는 것입니다. 내면의 이야기꾼에 의해 악용당하고 있지는 않은지 확인할 필요가 있습니다. 우리는 누구나 나를 주인공으로 내세운 부정확하고 자기 맘대로인 기억이라는 제목의 이야기를 내세워 현재라는 창을 바라보고 있다는 것을 강하게 인식할 필요가 있습니다. 내가 무엇을 재료로 삼아 내 삶의 이야기를 구성해왔는지 돌아보는 것이 후반기 인생을 살아가는 우리에게 주어진 과제일 것입니다.

마지막으로, 자신이 만든 이야기 구조를 알아차렸다면, 이제부터는 다른 이야기를 시작하겠다고 결심해야 합니다. 그 결심 후에 쓰일 새로운 이야기는 과거라는 자원을 활용하되 무조건 답습하지 않고, 새로운 나를 주인공으로 만들어내는 여정이 될 것입니다.

『예감은 틀리지 않는다』, 줄리언 반스, 최세희 옮김, 다산책방, 2012

『스토리텔링 애니멀』, 조너선 갓셜, 노승영 옮김, 민음사, 2014

마음의 평화를 가져오는 마법의 주문

조용한 절의 선당에 승려들과 신도들이 앉아 스승 스님의 말씀을 기다리고 있습니다. 스님은 깜짝 놀랄 말로 법문을 시작합니다. "오늘 밤에는 여러분에게 마법의 주문을 알려드리려고 합니다." 사람들은 놀란 눈으로 기대에 차서 스님의 다음 말을 기다렸지요. "갈등의 싹이 트려고 할 때, 누군가와 맞서게 될 때, 이 주문을 마음속으로 세 번만 반복하세요. 진심으로 세 번만 되뇐다면 여러분의 근심은 여름날 아침 풀밭에 맺힌 이슬처럼 사라질 것입니다."

모두가 숨죽이며 기다린 주문은 "내가 틀릴 수도 있습니다"였습니다. 책에서 스님의 이 말을 읽는 순간 저는 "아, 그렇지!" 하고 고개가 끄덕여졌습니다. 생각하고 또 생각해봐도 "내가 틀릴 수도 있습니다"라는 말은 마법의 주문이 맞습니다. 이 말은 우리를 겸손으로 이끌어주는 말입니다. 내가 옳다고 강하게 믿으며 상대방의 잘못을 지적하고 싶을 때, 아주 잠깐이라도 이 말을 떠올린다면 파국으로 치닫는 것을 멈출 수 있을 것입니다.

『내가 틀릴 수도 있습니다』라는 책을 쓴 비욘 나티코는 스웨덴 사람으로 17년간 불교의 수행승으로 살다가 마흔여섯 살 때 승복을 벗고 고향으로 돌아왔습니다. 결혼도 하고 사람들에게 명상을 가르치며 살던 그는 2022년 1월 루게릭병으로 세상을 떠났지요.

제목에서부터 편안한 기운이 느껴지는 이 책을 읽는 내내 제 마음도 참 평화로웠습니다. 오래전에 감명 깊게 읽었던 아잔 브라흐마 스님의 『술 취한 코끼리 길들이기』에서처럼 단순하면서도 명쾌한 지혜의 말씀이 온 가슴으로 빛처럼 쏟아져 들어온 느낌이었습니다. "옳다는 것이 결코 핵심은 아니라네." 책에서 글쓴이의 스승님이 자주 했다는 말도 가슴속으로 흘러들어왔습니다.

"내가 틀릴 수도 있습니다." 우리는 이 말이 얼마나 좋은 말인지 잘 압니다. 그런데 막상 화가 치솟거나 내 의견을 주장할 때 이 말을 떠올리기가 쉽지 않습니다. 그래서 나티코 스님은 떠오르는 생각을 다 믿지 말라고 조언합니다. 자기 생각에 의심을 품으며 조금은 거리를 두거나 덜 심각하게 접근하면 자기답게 살기가 쉬워진다는 것이지요. 그는 이것을 인간에게 부여된 초능력이라고 말합니다. 마음에서 불쑥 떠오르는 생각을 막을 방법은 없습니다만 그 생각을 믿을지 말지는 선택할 수 있다는 거예요.

하지만 얼마나 어려운 일이면 이를 '초능력'이라고 했을까요. 그는 태국의 밀림에서 탁발승으로 하루 한 끼를 먹으며 17년간 수행하면서 이 초능력을 얻고자 했습니다.

우리는 자신의 직감과 생각을 지나치게 믿어버리는 경향이 있습니다. 주변에서 일어나는 온갖 일을 정확하게 해석할 수 있다고, 전부 간파할 수 있다고 과신하는 것이지요. 내가 옳은 판단을 내렸고, 좋은 선택으로 상황을 잘 통제하고 있으니 당연히 원하는 결과를 얻을 것이라 믿습니다. 마치 어린아이가 착하게 살면 복을 받게 된다는 옛이야기를 믿듯이 말이지요.

나티코 스님이 말한 대로 내가 내 인생을 통제할 수 있다는 생각은 우리를 자꾸 과거로 끌고 갑니다. "그때 그렇게 하지 말았어야 했어", "내가 더 현명했어야 하는데" 하고 되뇌이면서 회한에 빠지곤 하지요. 결국 우리 안에서 솟아나는 이런 생각들이 끊임없이 우리를 괴롭히는 것입니다. 그래서 이런 생각에 빠질 때마다 나티코 스님은 "내가 틀릴 수도 있습니다"라는 주문을 떠올리라 당부합니다. 우리 생각이 틀릴 수 있다는 사실을 인정하는 자세가 곧 지혜를 얻는 초능력입니다.

저는 나티코 스님이 환속을 결심하고 집으로 돌아온 후 우울에 빠졌다는 것을 솔직하게 고백했을 때 더 감동받았습니다. 오랜 수행을 한 스님도 새로운 삶을 앞두었을 때 자신이 스웨덴에서 가장 불행하고 실패한 사람으로 전락한 것 같았다고 말합니다. 그는 밤마다 내면에서 솟아나오는 절망의 목소리를 들었습니다. "아무도 나와 함께 있고 싶어 하지 않겠지. 영적 성장을 위해 17년 동안 공을 들였는데 겨우 이 모양 이 꼴이로군." 그는 18개월 동안 그런 우울한 기분에 빠져 지냈지만, 결국은 스님으로 살면서 얻은 '초능력'을 사용해 어둠 속에서 빠져나올 수 있었습니다.

우리는 흔히 정신력 혹은 내공이나 영성이라는 것도 오랜 훈련을 통해 어떤 수준이나 경지에 이르고 나면 더 이상 고통이나 불행에 시달리지 않을 것이라고 생각합니다. 하지만 결코 그렇지 않다는 사실을 이 나티코 스님은 증언하고 있습니다. 다만 명상이나 여러 수행을 통해 내적 평화를 경험한 사람은 좌절감이나 불행을 맞닥뜨릴 때 그것을 헤쳐 나가는 방법을 알고 있다는 점이 다를 뿐입니다.

그러므로 책을 쓴 스님이 말한 '초능력'은 꼭 배워야 할 삶의 기술인 것 같습니다. 그냥 관념적으로 이해하는 것이 아니라 일상생활을 하는 동안 부정적인 생각에 휩쓸릴 때마다 자신이 부정적인 생각을 하고 있음을 얼른 알아차리고 "내가 틀릴 수도 있습니다"라는 말을 뱉어보는 건 어떨까요? 18개월간의 임상적 우울증에서 겨우 벗어난 후 나티코 스님은 명상 교육을 시작했지만 처음엔 자신이 없었다고 말합니다. 하지만 많은 사람들의 친절과 환대가 그에게 용기를 주었고, 차차 많은 이들에게 자신이 배운 것을 나눌 수 있게 되었습니다.

알베르트 아인슈타인은 "사람은 자신의 인생을 다른 사람의 인생과는 별개인 것으로 경험한다. 이것은 의식이 지어내는 일종의 시각적 망상이다. 우리가 할 일은 스스로 만든 감옥에서 나와 연민을 통해 일체로서의 현실을 발견하는 것이다"라고 말했습니다. 이 말은 타인과 나를 별개의 분리된 존재로 보고, 내 생각, 내 감정만을 중심에 놓는 습관의 문제점을 지적한 것이라고 봅니다. 불쑥불쑥 솟아나오는 생각에 끌려다니다보니 괴로움이 끊이지 않고, 그것이 우리 존재의 기쁨을 갉아먹는 거겠지요. 페니 피어스가 쓴 두툼하고 묵직한 책 『인식의 도약』에서 발견한 주옥같은 문장이 있습니다.

> "용서는 지금 이 순간을 경험하기 위해 과거의 일을 마무리하고 과거로부터 오염당하는 일을 멈추는 것이다. 원한을 품는 것은 다른 사람은 물론이고 자기 자신에게도 자유를 허락하지 않는 행위이다. 용서를 하면 당신은 모든 사람에게 유익하도록 현실을 다시 그려낼 수 있게 된다."

원한을 잠재우고 용서함으로써 자유를 얻는 길은 "내가 틀릴 수도 있습니다"라고 겸손하게 말하는 데서 출발합니다. 인생 후반전, 우리가 취득할 것은 자격증이 아니라 겸손이라는 초능력입니다.

『내가 틀릴 수도 있습니다』, 비욘 나티코 린데블라드, 토마스 산체스 그림, 박미경 옮김, 다산초당, 2022

『인식의 도약』, 페니 피어스, 김우종 옮김, 정신세계사, 2015

2장

진정한 나를 만나는 시간

인생 후반전을 맞이한 사람들이 갖고 있는 대표적인 소망은 '나답게 살고 싶다'는 것입니다. 다들 이제는 나로 살고 싶다고 외치지요. 많은 사람들은 '참다운 나를 만나고 싶다'라는 바람으로 혼자 여행을 떠나거나, 휴식을 위해 고요한 곳을 찾아가 머물고, 종교 단체에서 하는 여러 수련 프로그램에 참여합니다. 제 주변에는 산티아고 순례를 떠나고 싶어 하는 사람들이 참 많습니다. 순례는 원래 성지 순례와 같이 종교적 의미가 강한 단어였는데, 최근 들어서는 진정한 자신을 만나는 내면 여행이라는 뜻으로 여기는 것 같습니다.

"나는 누구인가?" 혹은 "나는 무엇인가?" 이런 질문은 일견 고리타분해 보일지언정 여전히 우리 삶 전체를 꿰뚫는 핵심적인 질문이라고 생각됩니다. 더구나 인생 후반전에 들어섰거나 살아가고 있는 사람들에게 '나'라는 단어는 더 특별하게 다가옵니다.

저는 10여 년 전에 어머니를 떠나보냈습니다. 돌아가시기 전에는 병상에 계셨는데 중환자실에 들어가시면 하루에 두 번 면회를 할 수 있었지요. 중환자실로 어머니를 만나러 갈 때마다 저는 마음 속에서 강하게 울려퍼지는 목소리를 들었습니다. 그 목소리는 이렇게 말했어요. "아, 인간은 결국 신 앞에서 홀로 설 수밖에 없구나!" 아무리 가족이 있더라도 죽음을 앞둔 순간 나의 유일한 동반자는 '나 자신'이라는 점을 뼈저리게 느끼는 순간이었습니다. 삶의 최후까지 함께하는 존재는 바로 '나'라는 것을요.

특정 종교인이 아니어도 사람들은 나이를 먹어가면서 더 자주 '나'에 대해 사유하고 성찰하게 되는 것이 순리인 듯합니다. 그것은 성취를 위해 달려오면서 잊고 지냈던 '나'를 찾고 나와 친하게 지냄으로써 내적 평화를 얻고자 하는 마음에서 비롯된 것일 수도 있습니다.

바쁘게 산다는 이유로 인생 전반전에는 무관심 속에 방치해두었던 '나'라는 존재가 후반전에 들어서면서 예사롭지 않게 가슴을 두드리는 것은 아마도 '내 영혼은 어찌 될 것인가? 죽음 이후에도 영혼은 남을 것인가?' 같은 질문들이 내면에서 솟아오르기 때문일 것입니다.

'나'를 말할 때 쓰이는 단어들은 사실 매우 추상적입니다. 정신, 성격, 마음, 감정, 자아, 자기, 영혼, 신, 존재, 원천, 빛, 영성 등 참

많습니다. 존재의 근원, 본질, 신성한 존재, 영적 존재, 실재, 내면의 빛과 같은 말도 있습니다. 이토록 많은 단어들이 있지만 저는 그중 '영혼'이라는 단어가 가장 맘에 듭니다.

영혼이라고 하면 죽은 후에 몸에서 빠져나가는 어떠한 기운 같은 것이라고 생각하는 분도 계시겠지요. 하지만 적어도 제가 그동안 읽은 책에서 만난 수많은 영성가들과 심리학자, 철학자, 종교학자들이 말하는 '영혼'은 그런 의미가 아니었습니다. 요즘은 영혼을 '참다운 나', '진짜 자기'와 같은 말로 대체하기도 합니다. 이렇게 '참다운 나'를 찾겠다고 하는 것은 아마도 우리가 흔히 '나'라고 여기는 현재의 모습이 진정한 의미의 나가 아니라고 보기 때문일 것입니다.

바로 이 '참다운 나' 혹은 '영혼'이 무엇인가에 대해서 말하고자 하는 게 2장의 핵심입니다. "나답게 살고 싶다", "나로 살겠다", "나를 돌보며 살겠다"와 같은 말에 담긴 '나'가 무엇인지를 알아보기 위해서 '나를 찾는 사람들', 즉 영혼을 찾은 사람들의 이야기를 소개하려고 합니다.

저는 지그문트 프로이트나 칼 융이 탐구한 인간 내면의 무의식이나 영혼을 이론적으로 말하고자 하는 게 아니고 어디까지나 '영혼'에 대해 말하는 책, 영혼을 만난 사람들의 체험을 담은 책들을 소개함으로써 인생 후반전 독자들이 찾고자 하는 '영혼'에 대한 갈증을 조금이나마 해소해드리는 게 목적입니다. 여기서 제가 소개하는 책들이 대부분 서양 그리스도교의 영향을 받은 책이기 때문에 '하느님'과 같은 말이 종종 언급될 것입니다. 특정 종교가 아닌 보편적인 입장에서 신, 또는 영혼이라는 말로 대체해 받아들여주시길 바랍니다.

1

내 속에서 솟아나오려는 무언가

"내 속에서 솟아나오려는 것, 그것을 나는 살아보려고 했다. 왜 그것이 그토록 어려웠을까?"

『데미안』 맨 앞 장에 나온 이 말은 제가 늘 외우고 다니는 구절입니다. 지금도 이 문장을 말하거나 들으면 왠지 가슴이 저려옵니다. 꽤 오래전부터 저는 '영혼'이라는 단어에서 어떤 설렘과 끌림을 느꼈습니다. 아마도 그런 느낌은 예민한 사춘기에 수녀님들을 만나 그분들로부터 가르침을 받으면서 더욱 촉발되었던 것 같습니다.

고등학교 1학년 때 종교 시간에 환등기로 시청했던 영화 〈갈매기의 꿈〉은 저에게 매우 강렬한 인상을 남겼습니다. 그때부터 초월적 세계에 대한 막연한 동경이 생겼고 『카라마조프가의 형제들』, 『데미안』과 같은 소설들을 잘 이해하지 못하면서 읽고 또 읽으며 생각에 잠기곤 했습니다. 삶은 눈에 보이는 것이 전부가 아니라 그 너머에 뭔가 알지 못하는 세계가 있을 것이라는 생각과 그것에 대한 묘한 궁금증 같은 것이 일었지요.

신비주의에 대한 동경이 제 삶 밑바닥에 시냇물처럼 흐르고 있다는 생각이 들기 시작한 것은 열아홉 살 겨울이었습니다. 서울에 있는 대학에 진학하기로 결정된 뒤 졸업을 앞둔 그 겨울에 저는 책에 푹 빠져 있었습니다.

그러던 어느 날 밤 평생 잊지 못할 꿈을 꾸었습니다. 꿈속의 장소는 제가 다니던 학교 교정이었고 저는 커다란 플라타너스 나무 옆에 서 있었습니다. 그 순간 뭐라고 표현하기 힘든 신비한 빛의 무리가 저와 나무를 감싸며 빙빙 돌기 시작했습니다. 가만히 보니 그 빛은 희면서도 연한 무지갯빛이었지요. 저는 지극한 황홀감에 빠져서 '이게 꿈은 아니겠지? 꿈이라면 깨어나지 말기를' 하고 빌었습니다.

아쉽게 꿈에서 깨어난 뒤에도 저는 그 빛을 다시 보고 싶어서 자꾸 눈을 감았습니다. 밤이면 다시 그 꿈을 꾸어보려고 시도하곤 했지요. 저는 제게 온 그 빛을 제 나름대로 해석해보았습니다. 이제 대학생이 되고 성인으로 살아갈 새로운 세상에 대한 희망의 빛일 거라고 말이지요. 40년 정도 지난 지금에 와서 볼 때 그 빛이 늘 제 존재 안에 있었다는 생각이 듭니다. 어쩌면 저를 돌보고 삶을 안내하는 빛이었을 수 있을 것 같습니다.

살아오는 동안 다시 한번 그 빛을 만난 것은 서른 살 때였습니다. 결혼을 하고 아이를 낳고 삼 년째가 되는 해였습니다. 아이를 키우면서 육아 일기를 쓰고 있었는데, 문득 육아 일기만이 아닌 살아온 날들을 글로 써보아야겠다는 생각이 들었습니다. 누구에게 보여주기 위한 것이 아니라 오로지 저 자신을 위한 글쓰기를 하고 싶었던 것입니다.

저는 두툼한 노트 한 권을 사서 써내려가기 시작했습니다. 먼저 제가 태어나기 전에 돌아가신 할아버지 이야기부터 시작했습니다. 어려서 들었던 조상들의 이야기, 할머니가 시집와서 구 남매를 낳고 기른 이야기, 집성촌에서 자란 어린 시절, 제가 만났던 동네 사람들의 이야기들도 썼습니다. 학창 시절 친구들의 이야기, 대학 시절 이야기, 그리고 결혼하고 지금에 이르기까지 기억 속에 있는 모든 것들을 써보았습니다.

그렇게 노트 몇 권을 다 채웠을 때, 놀랍게도 깊은 내면에서부터 올라오는 울림이 있었습니다. 그것은 제 안에 수도자로서 살고 싶은 열망이 자리한다는 자각이었습니다. 그 순간 저는 열아홉 살 때 만났던 그 빛이 제 안에 있고, 그 빛이 제게 말을 걸고 있다는 생각이 들었습니다. 사실 '나 홀로 자서전'을 쓰기 몇 해 전 저는 큰 아픔을 겪었습니다. 뱃속에 있던 첫아이를 사산한 것이었지요. 예정일을 며칠 앞두고 배가 몹시 아파 병원에 갔을 때 이미 태아는 심장이 멈춘 상태였습니다. 엄청난 고통 끝에 저는 죽은 아이를 낳았고 열흘 동안 아이를 낳아 기쁨에 겨워하는 산모들 사이에서 몸조리를 해야 했지요.

그때의 허무함과 빠져린 고통은 일종의 죽음 체험이었습니다. 그런 일을 겪은 후 저는 많은 종교와 영성 서적들을 닥치는 대로 읽었습니다. 그중에서 토머스 머튼의 『칠층산』이 가장 기억에 남는 책입니다. 명문대를 졸업 후 봉쇄수도원에 들어가 영성의 세계에 안착한 그분의 내적 여정에 감응하고 공감하며 읽었던 것 같습니다. 16세기 가톨릭의 영성가 아빌라의 성 테레사가 쓴 『영혼의 성』도 읽었습니다. 토머스 머튼이나 아빌라의 테레사에 대해 비록 다 이해하지는 못했지만 마음 깊은 곳의 무언가를 두드리는 책들이었습니다.

아마도 그런 책들을 읽으면서 글쓰기를 했기 때문에 더욱 내면의 소리에 귀를 기울이게 되었을 거라는 생각이 듭니다. 그리고 저는 그때 들었던 그 울림, 나 자신의 영혼과 만나고 싶다는 갈망이 지금 이 순간까지도 이어져왔음을 느낍니다. 혼자 자서전을 쓰고 나서 2년 후, 저는 지금 몸담고 있는 수녀회와 만났고, 25년을 넘긴 지금까지 수녀님들과 함께 이런저런 교육을 해오고 있습니다. 제 영혼이 저를 이곳으로 이끌어온 것이라고 생각합니다.

삶이 이끄는 대로 가는 것은 마치 그래야만 했던 것처럼 자연스럽게 흘러가는 냇물의 흐름에 몸을 맡기는 것과 같습니다. 그리고 흐르는 냇물에 반짝거리는 빛처럼 삶은 놀랍고 신비한 이야기를 품고 있습니다. 제 인생에서 일어난 모든 사건이 그저 우연하게 겹

쳐진 것이라고 해도 제게는 삶의 신비로운 서사로 기억됩니다. 그건 오직 저만이 걸어온 저의 길이고, 제 삶이니까요.

헤르만 헤세가 『데미안』에서 '내 안에서 솟아나오려는 것, 그것을 살아보려고 했다'라고 쓴 것처럼, 저 또한 삶에게 나를 맡기고 따라온 셈입니다. 그래서인지 저는 제가 수녀원에서 일한 지난 세월에 대해 만족합니다. 아마도 오스카 와일드가 "당신 자신이 되라. 다른 것은 이미 다른 사람들이 가져가버렸다"라고 말했듯이 저는 오래전부터 나 자신이 되어 나답게 살고 싶다는 열망이 강했고, 그런 내적 열망에 순종하려고 애쓰며 살았던 것 같습니다.

수많은 책에서 영성가들은 영성을 진정한 나 또는 존재의 근원, 존재의 빛으로 표현합니다. 그들은 우리 내면의 가장 깊은 중심부에 신성한 힘, 헤아릴 길 없는 순수의식이 있다고 말합니다. 그리스도교로 말하자면 그리스도 곧 성령이고, 불교로 보면 불성일 것입니다. 가톨릭의 수도자이면서 명상가로 널리 알려진 토머스 머튼은 이것을 진짜 자기True-Self, 참다운 나라고 말합니다.

『영적 휴머니즘』이라는 역작을 쓴 비교종교학자 길희성 교수에 따르면 진짜 자기는 인간의 불변하는 영적 본성입니다. 동아시아의 유교권에서는 이것을 인간의 본연지성이라고 하고, 불교에서는 불성, 여래장如來藏, 그리스도교에서는 성령, 퀘이커리즘Quakerism에서는 인간 내면의 빛, 힌두교에서는 아트만ātman이라고 합니다. '참다운 나'를 가리키는 대동소이한 이 말들은 '모든 사람의 본성에 내재하는 신성'이라는 것입니다. 다른 말로 표현하면 절대적 앎,

자각과 깨달음의 실재인 것입니다.

아마도 이런 말들을 통틀어 '영혼'이라고 말로 표현할 수 있을 것 같습니다. 어떤 말로 표현하든 어떻게 설명하든 저는 우리 존재 원천으로서 영혼을 알아차리고 만나고 느끼는 것이 우리 삶에서 가장 소중한 일이라고 생각합니다. 우리의 책 읽기도 그 최종 목적지는 결국 영혼이라고 할 수 있을 것입니다. 아마 우리가 흔히 말하는 '영혼의 고향'이 그것이 아닐까요?

『데미안』, 헤르만 헤세, 전영애 옮김, 민음사, 2000
『영적 휴머니즘』, 길희성, 아카넷, 2021

2

잃어버린 영혼을 되찾는 방법

"어떤 사람이 있었습니다. 일을 아주 많이, 빨리하는 사람이었지요. 영혼은 어딘가 멀리 두고 온 지 오래였습니다."

『잃어버린 영혼』이라는 그림책은 이렇게 시작합니다. 어느 날 출장길의 호텔 방에서 한밤중에 잠이 깬 이 남자는 숨이 막힐 것만 같은 기분이 들었고, 자신이 있는 곳이 어딘지, 왜 거기에 있는지, 심지어 이름마저도 기억이 나지 않았습니다. 마침내 트렁크에서 여권을 찾아낸 그는 자기 이름이 '얀'이라는 것을 알았지요.

병원을 찾은 그에게 현명하고 나이 든 여의사는 그가 영혼을 잃어버렸다고 말해줍니다. 영혼이 주인의 속도를 따라잡지 못해서 한참 뒤처져 있다는 것이었습니다. 의사는 이 증상을 고칠 수 있는 특별한 약은 없고, 다만 자기만의 어떤 장소에 편안히 앉아서 영혼을 기다리는 수밖에 없다고 말합니다. 그날부터 얀이라는 남자는 영혼을 기다리기 시작합니다. 우선 다니던 직장을 쉬고, 도시 변두리에 작은 집을 구해 매일매일 의자에 앉아서 기다립니다.

『잃어버린 영혼』에는 그를 찾으러 오는 영혼과 영혼을 기다리는 얀의 모습이 계속 이어집니다. 그리고 어느 오후, 마침내 그의 앞에 영혼이 서 있었습니다. 영혼이 주인의 품에 안긴 순간 그의 몸에서 푸른 잎의 식물이 자라나기 시작합니다. 그는 푸른 화분들로 가득한 거실에서 영혼과 대화를 나눕니다. 그의 얼굴에는 비로소 미소가 떠오릅니다. 그는 이제 영혼이 따라올 수 없는 속도로는 아무것도 하지 않으려고 조심합니다. 마지막 장면, 아름다운 나무들과 꽃들에 둘러싸인 생명력 넘치는 그의 집이 보여준 대로 그는 영혼과 함께 잘 살아가겠지요.

2018년 노벨문학상을 받은 올가 토카르추크가 쓴 이 그림책에는 한 남자의 내적 여행이 담겨 있습니다. 여러 평론가들이 말하듯이 이 그림책은 속도에 쫓겨 살던 한 남자가 과감하게 '멈춤'을 시도함으로써 자기 영혼을 돌보기 시작하는 이야기입니다. 책에서 영혼이 남자를 찾으러 올 때 보여주는 장면들은 어릴 때 뛰어놀던 놀이터, 숲속, 공원, 집으로 향하던 길, 축제 날, 해변의 모래사장과 같은 공간들입니다. 그곳에는 소중한 가족과 친구가 있습니다.

제목은 '잃어버린 영혼'이지만, 영혼은 잃어버릴 수 있는 어떤 형상이 아니라 우리 존재 그 자체이고 우리의 근원이라는 점에서, 주인공은 영혼을 잃어버렸다가 찾은 게 아니라 영혼을 만났다고 말하는 게 맞을 것입니다. 미국의 시인 랠프 에머슨에 따르면 영혼은 지성적으로 이해하거나 과학적으로 검토할 수 있는 것이 아니며, 오직 느끼고 사랑하고 즐기는 것입니다. 그러므로 에머슨의 관점으로 보면 '잃어버린 영혼' 같은 것은 없습니다. 영혼에 접속하는 법을 잊어버린 사람들만 있을 뿐입니다.

저에게는 이 그림책에서 주인공이 영혼을 만나기 위해 오랫동안 기다린 장면이 인상 깊게 남아 있습니다. 이 기다림은 다른 말로 하면 내면의 소리를 듣는 것이겠지요. 주인공인 얀은 그동안 외부에서 요구하는 속도에 맞춰 사느라 내면의 소리를 듣지 못한 날이 많았을 것입니다. 그래서 그는 '멈춤'을 결심하고 '고독'을 자처합니다. 고독은 외로움의 상태가 아니라 의도적으로 외부와 거리를 두는 의지적 행동이라고 할 수 있습니다. 묵상을 시작하는 것이지요.

이 책에서 인상 깊은 그림은 주인공이 영혼을 기다리고 있는 집의 실내 풍경입니다. 집안은 늘 깔끔하게 정돈되어 있고, 식탁보가 깔린 식탁 위에는 찻잔이 가지런히 놓여 있으며, 작은 화분에서는 화초들이 자라납니다. 그는 자기 집 식탁에 앉아 차를 마시고, 화분을 가꾸고, 누군가에게 편지를 쓰거나 스스로를 위한 글을 씁니다. 찻잔이 여러 잔인 것을 보면 가끔 동물들과 친구들을 초대해 이야기를 나누기도 한 것 같습니다. 이런 묘사들을 통해 주인공이 일상의 삶을 충실하게 가꾸고 있음을 짐작하게 합니다. 우리가 소박한 일상에 충실할 때 영혼을 만날 수 있다는 것을 말하려는 게 아니었을까요?

어떤 심리 치료사는 집안일을 '묵상의 길'이라 말하기도 합니다. 우리가 날마다 하는 일은 우리의 성격뿐 아니라 삶 전체의 질에도 영향을 미친다는 것이겠지요. 매일 집안에서 해야 할 일, 밥 짓는 일에서부터 방을 쓸고 닦고, 의복을 세탁하는 일들이 우리의 영혼에 생기를 줍니다. 집안일을 무조건적으로 찬양하자는 말이 아닙니다. 우리가 일상을 보내는 집안 구석구석과 사용하는 물건 하나 하나가 우리의 심상에 상당한 영향을 준다는 점을 말하고 싶은 것입니다. 벽에 걸어놓은 십자고상이나 화가의 그림을 바라보는 일, 그것 자체가 묵상이 됩니다. 빨래를 널고 거둬서 개키는 순간에도 우리는 가족들을 삶을 떠올리고 그들을 위해 기도할 수 있습니다.

여러 매체와 책에서 '고독'이나 '외로움', '혼밥' 등은 부정적인 단어로 쓰입니다. 하지만 위의 그림책 주인공처럼 고독 속에서 자기 내면으로 들어가 일상을 편하게 지내는 모습은 오히려 자신의 영혼과 잘 지내고 있다는 생각을 들게 합니다. 이 그림책을 읽으면서 문득 우리나라 옛이야기 『팥죽할멈과 호랑이』가 떠올랐습니다. 산속에서 홀로 살던 할머니를 호랑이가 나타나 잡아먹으려고 할 때 집안에 있던 밤톨, 맷돌, 쇠똥, 지게, 멍석 같은 사물들이 머리를 써서 할머니를 구해주는 내용입니다.

재미로만 보았던 이 그림책을 인생 후반에 와서 다시 찬찬히 읽어보니 홀로 살면서 일까지 하고 있지만 우울해하거나 원망하지 않고 살고 있는 할머니의 모습이 새삼 경이롭게 다가옵니다. 할머니가 호랑이라는 위험을 이겨낸 비밀은 평소에 자그마한 사물들과 소통을 할 만큼 일상을 충실하게 살았기 때문일 것입니다.

『새는 날아가면서 뒤돌아보지 않는다』라는 책에서 저자인 류시화 시인은 "정원사가 있는 곳에 정원이 있다"는 말을 하였는데, 저는 이 말을 아주 좋아합니다. 일상 안에서 스스로를 기쁘게 만드는 공간의 창조자가 되라는 뜻일 겁니다. 영혼을 만나려면, 즉 영혼을 잃지 않으려면 소박한 일상을 소중히 여기며 정성을 다해야 하는 것이고 그것을 위해 멈춤과 묵상이 필요함을 다시 깨우치게 됩니다.

『잃어버린 영혼』, 올가 토카르추크, 요안나 콘세이요 그림, 이지원 옮김, 사계절, 2018
『팥죽 할멈과 호랑이』, 서정오, 박경진 그림, 보리, 1997
『새는 날아가면서 뒤돌아보지 않는다』, 류시화, 더숲, 2017

3

'진정한 나'를 찾는 사람들

오늘날 영혼이라는 단어는 매우 복잡한 이미지를 떠올리게 만드는 단어입니다. 제가 누군가에게 "영혼이 무엇인지에 대해 말하겠다"라고 하면 대부분의 사람들은 저를 특정한 종교의 신자이거나 무슨 심령과학을 연구하는 사람쯤으로 치부할지도 모르겠습니다. 그만큼 영혼이라는 말은 너무 많이 쓴 바람에 닳고 닳아져서 이제는 원래 무엇이었는지조차 희미해져버린 말처럼 들립니다.

그렇다면 영혼이라고 말할 때 떠올리는 종교의 현주소는 어떠할까요? 혹자는 조만간 종교가 사라질 것이라고 말하기도 하지만 여러 책과 자료들을 보면 종교가 그리 쉽게 사라질 것 같지는 않습니다. 영성을 연구하는 미국의 켄 윌버가 쓴 『통합영성』이라는 책에서 본 내용인데, 영국 옥스퍼드 대학교에서 설립한 종교체험

연구소에서 2000년 초에 조사한 결과, 75퍼센트 이상의 응답자가 자신의 경험에 영적인 차원이 있음을 알고 있다고 답했답니다.

또 2010년 미국 UCLA에 의해 수행된 조사에 따르면, 미국에서 약 79퍼센트의 대학 초년생들은 영성이 그들의 삶에서 매우 중요하며 무려 네 명 중 세 명이 기도를 하고 있다고 응답했습니다. 그러면서도 교수나 부모와 종교에 대해 이야기하기가 곤란하며 그리스도교 친구들과는 더더욱 어렵다고 답했다는 것입니다.

그러니까 영성에 대한 관심이 매우 크지만 기존의 종교인들과 영적 차원에 대해 대화하기가 힘들다는 것이지요. 이런 조사들을 보면 꽤 많은 사람들이 종교와 영성을 다르게 보고 있음을 느낄 수 있습니다. "종교에서 영성으로!"라는 말이 나온 것도 그런 맥락입니다. 이 말은 영국의 사회학자 폴 힐라스가 한 말인데요, 그는 "현대 종교에서 일어나고 있는 종교 지형의 변화는 영성 혁명, 종교에서 영성으로이다"라고 간명하게 말했습니다.

이미 상당히 많은 사람들이 스스로를 "영적이지만 종교적이진 않다"라고 말합니다. 이는 영적인 세계의 체험을 갈망하면서도 관례화된 제도와 형식의 틀 속에 갇힌 기성 종교에 대해선 강한 거부감을 갖고 있는 이중적인 태도를 보여줍니다. 여기서 제도화된 종교라고 하면 흔히 교리, 신화, 의무적인 믿음, 낡고 퇴색한 제의 등을 떠올리지요. 반면 개인적인 가치 기준, 현재의 각성, 내면의 실재, 깨달음의 과정 등을 '영적'이라고 여기는 것 같습니다. '영성'을 제도 종교의 지평을 넘어선 것으로 인식하고 있는 것입니다.

이런 인식은 일명 '인본주의 종교'라는 새로운 유행을 만들고 있습니다. '영적' 체험을 갈망하는 무신론자들이 공동체 의식을 형성하고, 관계를 지속하며, 내면의 작업을 수행하고, 음악이나 미술 등 예술을 통해 삶의 통찰을 얻으려고 시도하는 것입니다. 대표적으로 무신론자로 알려진 알랭 드 보통은 공동체 정신이 붕괴한 현대에서 "신은 죽었다"라고 말하면서, 기성 종교가 갖고 있는 좋은 정신들을 '훔쳐서' 무신론자를 위한 종교를 만들자고 말합니다. 그는 『무신론자를 위한 종교』라는 책도 썼습니다.

실제로 2013년 런던에서 두 명의 코미디언이 무신론자들의 교회를 만들었는데, 그들은 노래 부르기, 소집단 유대감 형성, 희망을 주는 이야기를 하면서 모임을 가진다고 합니다. "더 잘 살고, 자주 돕고, 더 많이 감탄하라"가 그들의 모토이고, 자신들을 '인본주의 신비가'라고 부릅니다. 또 다른 무신론자로 반종교적 논쟁가로 알려진 샘 해리스는 열성적인 명상가입니다. 그는 깨달음의 방법으로 명상을 적극 추천하면서 온라인으로 명상 강의를 합니다. 그는 명상하기 위해 꼭 경전을 외거나 종교에 귀의할 필요는 없으며, 그저 고요함 속에서 자신의 내면을 관찰하는 것이면 충분하다고 주장합니다.

이런 흐름 속에서 종교 인구는 줄어드는 반면 명상하는 사람들은 늘어나고 있습니다. 세계적으로 영향력 있는 저자 유발 하라리를 비롯해 빌 게이츠, 오프라 윈프리 등 유명인들이 매일 명상을 하고 있다는 것이 알려지면서 명상에 대한 관심은 더욱 증폭되는 분위기입니다.

유발 하라리는 “내 고통의 가장 깊은 원천은 나 자신의 정신 패턴에 있다. 고통은 외부 세계의 객관적 조건이 아니다. 나 자신의 정신이 일으키는 정신적 반응이다. 이것을 깨닫는 것이 고통의 발생을 그치는 첫걸음이다”라고 말하면서 “명상은 세상을 보는 방법론이고, 관찰하고 주시하는 것”이라고 합니다.

하지만 제가 보기에 종교와 영성은 결코 서로 배타적인 말이 아닙니다. 종교에서 영성으로 옮겨간 것이 아니라 종교 본연의 정체성이 무엇인가에 대한 물음이 강하게 대두되었다고 보는 게 맞을 것입니다. 영성을 바탕으로 하지 않는 종교는 없으니까요. 어쩌면 ‘다시 종교로’라는 말이 더 어울릴지도 모르겠습니다.

『멋진 신세계』의 작가 올더스 헉슬리가 말년에 쓴 『영원의 철학』은 인류 역사에서 영성을 체험하고 깨달은 사람들의 말과 글을 집대성해 엮은 책입니다. 이 책 서문에서 그는 “모든 사람의 최종 목표는 자신이 누구인가를 발견하는 것이다”라고 말하고, 인류 역사 속에서 족적을 남긴 수많은 철학자, 사상가, 영성가 들이 추구한 공통된 주제는 ‘자기 이해’였다고 밝혔습니다.

헉슬리는 그들은 “자신이 누구인지 깨닫게 될 때까지, 삶을 사유하였으며, 인간 존재의 궁극적 이유는 신성한 근본 바탕과 결합하는 앎의 추구였다”라고 말합니다. 그러니까 헉슬리는 이 우주에 존재하는 사물과 생명, 마음의 세계에는 본질적인 ‘신성한 실재’가 있다는 입장입니다. 헉슬리가 책에서 말한 대로 이미 붓다와 예수를 비롯한 인류의 스승들에게서 그것들을 확인할 수 있습니다. 그리스도교 안의 수많은 수도자들이 보여준 수행 방법은 물론이고, 몸과 감각, 생각, 느낌 등을 지속적으로 관찰하고 사유하는 불교의 전통적 수행 방법 모두가 내면의 진정한 '나'를 찾고 이해하려는 방식이었다고 할 수 있습니다.

『지금 이 순간을 살아라』를 쓴 세계적인 영성가 에크하르트 톨레는 생각과 감정, 마음, 의식이라는 말의 개념을 조금 구분지어 설명합니다. 생각과 감정은 우리가 살아가면서 무의식적으로 외부의 사물과 사건에 반응함으로써 형성된 것들입니다. 주로 과거에 경험한 기억에 의해 재생되고, 강화되며, 종래에는 습관으로 남아버립니다. 그리고 이런 생각과 감정은 미래에 대한 온갖 시나리오들을 만들어냄으로써 두려움과 불안과 같은 파장을 일으킵니다. 마음이란 이러한 생각과 감정들의 집합체인데요, 불행한 마음, 행복한 마음과 같은 말들처럼 우리의 상태를 나타냅니다. 반면 '의식'은 근원적인 에너지와 같습니다. 생각과 감정의 숲을 헤치고 더 깊이 들어가면 순수의식의 세계를 만날 수 있고, 톨레는 그것을 '영혼'이라고 말하는 것 같습니다.

베네딕트회 사제로 수많은 영성 책을 낸 안셀름 그륀은 영혼이 자리 잡고 있는 그곳을 옹달샘으로 비유하기도 합니다. 『어린 왕자』에서 왕자가 사막에서 우물을 찾아냈던 것처럼 우리의 내면 어딘가에 있는 영혼을 '우물'로 표현하기도 합니다. 물론 영혼은 어떤 공간을 의미하는 것은 아닙니다. 편의상 그렇게 설명하는 것뿐이지요. 어쩌면 그것은 모든 거짓이나 가면, 역할, 길들여진 것들을 벗겨내고 나서 만나는 '진실'이라고도 할 수 있을 것입니다. 우리가 만들어낸 문명 속에서 배우고 습득한 '지식의 체계'가 아닌 근원적인 힘일 수도 있습니다.

영성, 순수의식, 신성, 근원의 힘, 진실 등 어떤 말로 표현하든 인간은 내면의 깊은 곳에서 영혼과 접속하고자 열망이 있다고 생각합니다. 『영혼이 이끄는 삶』은 바로 이런 열망으로 삶을 채운 사람, 바로 미국의 시인이자 영성가였던 랠프 에머슨의 삶과 영성을 담은 책입니다.

오늘날 수많은 책에 단골로 등장하는 에머슨은 원래 할아버지와 아버지의 뒤를 이어 목사가 되었지만 사랑하던 아내 엘런을 결혼 18개월 만에 잃은 후 깊은 고뇌에 빠져 지내다가 결국 목사직을 내려놓고 무작정 유럽으로 여행을 떠납니다. 그때가 1832년이었습니다.

여행에서 돌아온 후 에머슨은 명상과 공부를 통해 영혼이 보편적인 의식의 일부라는 결론을 얻고, "신은 외부가 아니라 우리 안에서 찾아야 한다"라고 말하기 시작합니다. 보스톤 외곽의 작은 마을에 정착한 그는 시와 에세이를 쓰고 강연을 하며 자신의 생각을 펼쳐나갑니다. 헨리 데이비드 소로가 오두막을 짓고 살았던 월든 호숫가 땅은 원래 에머슨의 소유였습니다. 소로는 에머슨과 친하게 지내면서 그의 영향을 많이 받은 사람이고요.

이 책은 에머슨에게 매료된 샘 토로드라는 전직 디자이너가 쓴 책입니다. 토로드는 원래 잡지 디자이너였는데, 2008년 랠프 에머슨의 책 『자연』의 일러스트 에디션을 편집하고 디자인하면서 에머슨을 만나게 되었다고 합니다. 그 당시 토로드는 30대 초반으로 이혼의 아픔과 평생 간직해온 전통적인 종교와도 단절을 겪고 있었을 때였습니다. 그때 그는 매일 아침 에머슨의 글과 에머슨이 읽었던 책들을 읽으면서 자기 내면을 살피고 돌봄으로써 위기에서 벗어날 수 있었습니다.

저자 샘 토로드가 에머슨의 사상을 바탕으로 제안한 '영감을 얻는 법 9가지'를 여기에 소개해봅니다.

첫째, 푹 자고 걷기: 어느 저명한 강연자는 이런 말을 했다. "20킬로미터를 걸은 날에는 절대 연설에 실패하지 않는다." 푹 자고 걷기가 중요하다.

둘째, 편지쓰기: 생각이 고갈되었다고 느낄 때 오랜 친구에게 편지를 써보라. 편지를 쓰면서 새로운 이야깃거리가 솟아날 것이다.

셋째, 양질의 대화 나누기: 좋은 대화는 와인처럼 우리를 도취시킨다. 공감의 불 주위에 모이면 우리의 마음은 따뜻해지고 활발해진다. 지적인 활동은 전염성이 있다.

넷째, 고독한 시간 갖기: 숲속에 혼자 있는 시인이 적은 내밀한 언어가 도시의 북적이는 사람들에게 공감을 일으키듯이 가장 사적이고도 개인적인 것이 보편적인 진실이다.

다섯째, 아침을 성스럽게 유지하기: 위대한 사상가들은 아침마다 한 시간씩 명상을 하며 자신의 마음을 들여다보고 마음이 전해주는 메시지를 발견했다.

여섯째, 자연 속에서 시간 보내기: 어떤 음악가의 작품도 바람의 소리에 견줄 수 없다. 자연의 목소리를 영혼의 목소리다. 이 소리는 어떤 교회의 오르간도 도달하지 못한 신성한 곳으로 우리를 들어 올린다.

일곱째, 한 걸음 물러나기: 특정한 문제나 프로젝트로 인해 답답할 때 필요한 것은 풍경의 변화이다. 때로 익숙한 일상을 떠나는 것만으로 창조성에 불이 붙는다.

여덟째, 새로운 책 읽기: 좋은 문학 작품은 삶을 긍정하고 신뢰하게 해준다. 우리의 감각과 영혼이 조화를 이루도록 돕는다. 최고의 책은 영감을 주는 책이다.

아홉째, 인내하기: 의지력은 영감의 적이 아니라 협력자이다. 신의 은총을 품은 바람은 항상 불고 있지만 당신이 돛을 높이 올려야만 소용이 있다.

『영원의 철학』, 올더스 헉슬리, 조옥경 옮김, 김영사, 2014

『지금 이 순간을 살아라』, 에크하르트 톨레, 노혜숙, 유영일 옮김, 양문, 2008

『영혼이 이끄는 삶』, 샘 토로드, 이경 옮김, 클레이하우스, 2022

24

분노는 내가 아니다

영혼이나 영성, 진짜 나에 대해 말하고 있는 많은 책들을 읽어가던 중에 만난 사람이 켄 윌버였습니다. 수십 권의 책이 번역될 만큼 우리나라에서도 높은 관심을 받는 분입니다. 그의 책들은 대부분 쉽게 읽히지 않고 난해하게 느껴지지만 『무경계』라는 책은 비교적 대중들이 접근하기 쉬운 책입니다. 저는 이 책을 읽고 세계에 대한 인식, 세상을 보는 프레임이 망치로 한 대 맞은 것처럼 부서지는 것을 느꼈습니다. 『무경계』를 만난 지는 5년이 넘었지만 그간 다섯 번 이상 읽었고, 필사도 한 적이 있는데, 읽을 때마다 새로운 말이 눈에 들어옵니다.

"자연은 진실한 개구리와 거짓 개구리를 키우지 않을뿐더러 도덕적인 나무와 부도덕한 나무, 옳은 바다와 잘못된 바다 같은 것도 만들어내지 않는다."

이 문장 하나가 말해주듯이 우리는 아주 쉽게 대극, 즉 이쪽과 저쪽, 위와 아래, 안과 밖, 남과 북, 선과 악, 삶과 죽음, 신과 악마, 고통과 쾌락 등을 받아들입니다. 그의 말대로 이런 구분 짓기는 아담에서부터 시작되었을 것입니다. 문제는 이러한 대극이 갈등과 대립의 세계관을 만들어놓았다는 것입니다. 한 쌍의 대극 가운데 부정적이고 원하지 않는 한쪽을 근절시켜야만 비로소 우리 삶이 안전하고 행복하다는 관념이 자리 잡게 된 것이지요. 악이나 죽음, 고뇌, 질병 등을 정복해야만 선이나 생명, 기쁨, 건강이 충만해질 수 있다는 식의 사고에 사로잡힌 것입니다.

이런 이분법적 사고는 우리에게 좋은 것들만을 모아놓은 곳은 천국이고, 부정적인 것들이 모인 곳은 지옥이라는 등식을 받아들이게 했고, 오로지 '진보'만이 좋은 것이라는 생각에 사로잡히게끔 했습니다. 하지만 우리가 만들어놓은 경계는 환상에 불과하며, 대립적으로 보이는 것들이 통합을 이룸으로써 존재가 드러날 수 있다고 윌버는 강조합니다. 우리가 보기에 경계선처럼 보이는 것, 땅과 하늘이 만나는 지평선이나 빛과 그림자, 밤과 낮 등은 둘을 구분짓는 경계선이 아니라 둘이 만나는 지점을 의미합니다.

윌버가 말한 대로 이러한 모든 경계는 기술적인 힘과 정치적인 힘을 발휘하는 동시에 소외, 단편화, 갈등을 일으킵니다. 무언가에 대한 통제력을 얻기 위해 경계를 설정한다면, 통제하려는 그 대상으로부터 자신을 분리시키고 제외시켜야 하기 때문입니다. 그런데도 우리는 아주 오랫동안 이러한 경계라는 환상을 대물림해오면서 마음속에서 서로 투쟁하는 두 개의 다른 것이 존재한다고 상상하게 되었습니다. 즉, 아무런 경계도 없는 자연의 실제 영토를 놓고 마치 경계가 완비된 관습적인 지도를 만들어낸 다음 그 둘을 철저하게 혼동하고 있다는 것입니다.

다시 말하자면 우리가 이름 붙인 이름들과 사회적으로 동의하고 합의해 사용하고 있는 기호, 단어, 상징, 관념, 사고 등은 실재 그 자체가 아니라 단지 실재의 지도에 지나지 않는데도 우리는 지도와 언어가 진정한 세계인 것처럼 굳게 믿으며 살아가고 있다는 말입니다.

윌버가 한 이 말에서 철학자 움베르트 에코가 "태초에 장미는 있었고 장미라는 이름은 없었지만, 이제는 장미는 없고 장미라는 이름만 있다"라고 한 말이 떠올랐습니다. 우리는 실재로서의 장미를 있는 그대로 느끼는 게 아니라, 이미 머릿속에 심어진 장미에 대한 상징체계를 갖고 장미를 대한다는 뜻입니다. 사랑하는 연인에게 선물받은 꽃이 장미였을 때와 민들레였을 때 우리가 다른 반응을 보이는 이유는 장미와 민들레에 대한 상징체계가 다르기 때문일 것입니다. 따라서 우리는 윌버가 지적한 대로 언어가 만든 세상 속에 살면서 '환상 속 경계'를 만들었고, 그 경계가 만들어낸 대립으로 인해 전쟁터를 만들고 말았다고 할 수 있습니다.

그렇다면 이런 대립과 긴장, 갈등이 만든 전쟁터를 바꿀 수 있는 대안은 무엇일까요? 윌버가 말하는 대안은 대극을 분리시켜놓고 무조건 긍정적인 쪽으로만 진보를 추구하는 것이 아니라 그 둘을 초월하면서 감싸 안는 하나의 토대를 발견해냄으로써 대극을, 즉 긍정과 부정을 모두 통합시키고 조화롭게 뒤섞어야 한다는 것입니다. 이것이 바로 그가 말하는 '합일의식'입니다. 이것은 부정과 긍정이라는 양극으로부터의 해방을 의미하는데, 불교에서 말하는 궁극적인 지혜, 열반, 해탈, 깨달음과 같은 의미입니다.

결국 지금까지 윌버가 말하고자 하는 핵심은 양극으로부터의 해방, 분리하는 마법으로부터의 해방, 내 안의 거짓 정체성이라는 사슬로부터의 해방입니다. 그것은 애초부터 경계가 환상이었다는 사실을 알아차림으로써 투쟁 속에서 살아가는 것이 아니라 내적 평화를 누리며 살아가는 것이겠지요.

그렇다면 이제까지 논의한 경계 짓기 문제를 '나는 누구인가?'라는 질문에 적용하면 어떤 대답을 얻을 수 있을까요? 윌버는 앞에서 말한 것과 같은 맥락에서 '진정한 나', 즉 나라는 사람의 정체성을 찾는 과정을 친절하게 설명합니다.

"나는 누구인가?"라는 질문을 받으면 사람들은 예외 없이 마음속에다 일종의 정신적인 경계를 긋는다고 윌버는 말합니다. 그 경계의 안쪽에 있는 모든 것을 '나'라고 느끼고, 그 경계 밖에 있는 모든 것은 '내가 아닌 것'으로 느낀다는 것입니다. 즉 '나인 것'과 '내가 아닌 것' 사이에 경계선을 긋는 것입니다. 보통 그 경계선은 피부 경계선입니다. 피부 경계선 안에 있는 것은 모두 '나'이며, 그 밖에 있는 것은 모두 '내가 아님'이 됩니다. 물론 피부 경계선 밖에 있는 것들도 '나의 차', '나의 직업', '나의 집'이라 표현하기도 하지만 피부 경계선 안에 있다고 여기는 '나'와는 다르게 느낍니다.

피부 경계선 안쪽의 '나'라고 하는 것도 마음, 정신, 에고, 성격 등 부르는 말이 다양합니다. 가장 먼저 살펴볼 것은 '페르소나' 단계에서의 '나'입니다. 페르소나는 가면이라는 말에서 유래했는데, 사회적으로 드러내는 신분이나 직업을 비롯해 다양한 분야를 수행하면서 남의 눈에 보이는 역할과 같은 것입니다. 사람은 누구나 페르소나를 갖고 있으며 페르소나를 배우지 않고 이 세상을 살아갈 수 없을 것입니다. 이 페르소나가 겉으로 드러나는 역할로서의 나라는 것은 누구나 아는 사실입니다. 예를 들어 부모가 자식 앞에서 부모로서 모범이 되는 행동을 하는 것은 페르소나이지만 홀로 있을 때에는 역할의 옷을 벗겠지요.

"내 속엔 내가 너무도 많아"라는 노래 가사처럼 끊임없이 솟아나는 생각과 감정의 숲에서 어떤 모습이 진짜 나인지 모르겠다고 할 때를 떠올려보면 나를 규정하기가 결코 쉽지 않다는 것을 이해할 수 있습니다. 분명히 자기 마음 안에서 일어나는 것이건만 "내 마음인데 나도 모르겠다" 할 때가 있지요. 심지어 "이런 건 나일 리가 없어!", "나도 내가 무슨 짓을 할지 두렵다" 하면서 내가 원하지 않는 나의 모습을 소외시키고 억압하고, 심지어 타인에게 투사합니다. 심리학에서 말하는 이런 투사는 나의 내면에서 작동하는 부정적이거나 미숙한 면을 타인에게서 발견하는 것을 말합니다. 화가 났을 때 그 원인과 책임을 남에게 돌리는 것이지요. 이럴 때 우리는 그 타인을 유난히 미워하고 꺼리게 되지요.

또 사람들은 '몸'에 대해서는 '나의 몸'이라고 하며 '나'와 '몸' 사이에 경계선을 긋기도 합니다. 몸과 마음, 정신과 육체, 에고와 육신이라고 부르며 몸과 마음으로 떼어놓는 것입니다. 왜 사람들은 자아에게서 신체를 분리시키려고 했을까요? 이에 대해 윌버는 우리 안에 뿌리 깊게 작동하고 있는 고통과 죽음에 대한 공포 때문이라고 말합니다. "자아는 고통의 근원으로부터 벗어나려고, 신체를 마비시키고 동결시켜서 신체의 고통에 대한 무방비 상태를 완화시키려고 한다"라고 윌버는 말합니다.

하지만 신체와 자아는 결코 둘이 아니라는 것은 조금만 주의를 기울여보면 금방 알 수 있습니다. 심리적으로 투사가 일어날 때, 신체적으로도 반응이 함께 일어납니다. 만약 우리를 화나게 하는 일이 생겼을 때 우리는 그 적개심을 발산하려고 몸부림을 칩니다. 소리치고, 고함지르고, 주먹을 휘두름으로써 온몸으로 적개심이라는 감정을 발산하려고 할 것입니다. 하지만 적개심을 무작정 드러낼 수는 없습니다. 그럴 경우 관계가 틀어지고 일을 망칠 수 있으니까요.

그래서 대부분 적개심을 억압하게 됩니다. 적개심을 억압하려면 소리치고 주먹을 휘두르는 식의 신체 활동을 억눌러야 합니다. 이렇게 되면 적개심을 억압하려는 근육과 적개심을 표출하려는 근육 사이에서 전쟁이 벌어지는 겁니다. 근육의 반은 기를 쓰고 주먹을 휘둘러 적개심을 발산하려고 하지만 다른 반은 기를 쓰고 그런 활동을 막으려고 하는 것입니다.

윌버에 따르면 우리가 적대감을 억제할 경우에 턱, 목구멍, 목, 어깨, 팔 상단의 근육을 조이게 됩니다. 이렇듯 근육의 조임이 반복되면 더 이상 적개심은 느끼지 않겠지만 대신 강한 긴장과 압력이 근육에서 느껴질 것입니다. 윌버는 이것을 '블록'이라고 말합니다. 즉 '블록'은 충동을 발산하려는 근육과 억제하려는 근육들 간의 갈등으로 생겨난 결과라고 할 수 있습니다.

예를 들면 눈 주위에서 긴장감을 느낀다면, 울고 싶은 욕망을 억제하고 있을 가능성이 크다고 합니다. 관자놀이에서 긴장과 통증을 느낀다면 아마도 소리치거나 고함지르고 싶은 충동을 억누르는 중이라 생각할 수 있다고 해요. 또 웃는 것을 참으려 애쓰면 자신도 모르게 턱을 악물게 될 수도 있다는 거지요. 어깨와 목의 긴장은 억제된 분노나 적개심을 나타냅니다. 그렇다면 이 '블록'에 대해 우리는 어떤 태도를 지니는 게 좋을까요?

이에 대해 윌버는 "어떻게 하면 '내가' 능동적으로 블록을 만들어내고 있음을 알아챌 수 있을까?"라고 스스로에게 물어보라고 권합니다. 이 말의 핵심은 자신이 실제로 어떻게 근육을 긴장시키고 있는지를 직접 느껴보라는 것입니다. 다시 말해 근육을 긴장시키고 있음을 알아차릴 것, 의식적으로 느끼라는 뜻입니다.

자아와 신체의 통합은 이렇듯 '섬세한 알아차림'에 의해 이루어집니다. 그렇게 할 때 더 이상 자아와 신체 사이의 경계와 전쟁이 사라지고, 자신의 마음에 신체를 구현시키고, 신체에 마음을 불어넣을 수 있게 되는 것입니다. 이를 통해 우리는 삶에서 죽음을 수용하게 되고, 삶의 의미와 실존을 자각할 수 있다고 윌버는 말합니다.

'나는 누구인가?'에 대한 윌버의 강의는 페르소나, 에고, 심신 통합 단계에 이어 이제 '초월적인 나'라는 개념으로 넘어갑니다. 초월적인 나에 대해 윌버는 이렇게 말합니다. "나는 몸을 갖고 있다. 하지만 나는 나의 몸이 아니다. 나는 욕망을 갖고 있다. 하지만 나는 나의 욕망이 아니다. 나는 감정을 갖고 있다. 하지만 나는 나의 감정이 아니다. 나는 생각을 갖고 있다. 하지만 나는 나의 생각이 아니다."

그렇다면 나는 무엇일까요? 윌버는 한마디로 정리해 말하고 있습니다. "나는 그 뒤에 남아 있는 순수한 자각의 중심이며, 모든 생각, 감정, 느낌, 욕구에 대한 부동의 주시자이다.", "내 불안은 내가 아니다"라는 깨달음이 강해질수록 그 불안에 위협당하지 않게 될 것이라고 윌버는 단언합니다. 불안이 현존해 있더라도 더 이상 그 불안에만 묶여 있지는 않기 때문에 불안에 압도당하는 일은 없을 거라는 뜻입니다. 불안을 있는 그대로의 모습으로 철저히 수용하고, 원하는 대로 자유롭게 움직이도록 허용하면 됩니다. 불안이 사라져가는 것을 단지 보고 있기 때문에, 나는 불안이 존재하든 안 하든 잃을 것도 없고 얻을 것도 없다는 뜻입니다.

다시 설명하자면, 우리 눈앞에 괴로움이 나타났을 때 괴로움을 판단하지 않고, 회피하거나, 각색하거나, 손대거나, 합리화하지 않고 단순히 그것을 순수하게 자각하라는 것입니다. 어떤 느낌이나 경향성이 나타나더라도, 그 느낌에 대한 증오가 나타나더라도 단지 그것을 '주시'하라는 말입니다.

> "모든 괴로움의 한가운데서, 다만 '무선택적 자각'으로 머물러 있어보라. 이렇게 있을 수 있는 것은, 어떤 괴로움도 '진정한 나'를 이루고 있지 않다는 사실을 이해했을 때이다. 그것들이 나의 중심이 아니라는 점을 이해할 때, 비로소 자신의 괴로움을 비난하거나, 그것들에 분개하고, 원망하는 일도, 거부하거나 탐닉하는 일도 하지 않게 된다."

지금까지 알아본 대로 윌버는 '나'를 둘러싼 경계선 긋기를 '의식의 스펙트럼'이라는 말로 정리했습니다. 그러니까 우리가 말하는 '나'는 어디에 경계를 긋는가에 따라 아주 좁아지기도 하고 우주만큼 넓어질 수도 있는 것입니다. 윌버에게 자기 자신에 대한 이해 과정은 곧 존재의 근원을 체험하는 것입니다. 그가 말하는 존재의 체험은 어떤 사람의 궁극적인 관심이며, 존재의 가장 깊은 본성과 그 상태인 '영혼' 사이의 만남입니다. 지금 이 순간 우리 안에서 자신의 행동과 사고를 주시하고 알아차리는 존재, 그 존재가 바로 '진짜 나' 즉 '영혼'이라는 말입니다.

그는 켄 윌버의 모든 것의 이론이라는 책에서 "그리스 사람들은 '코스모스Kosmos'라는 아름다운 말을 가지고 있었다. 그것은 육체적, 감정적, 지적, 영적 영역을 모두 포함하는 모든 존재의 질서 있는 전체Whole를 의미한다. 그러나 우리 불쌍한 현대인들은 이 코스모스Kosmos를 코스모스cosmos(물질적 우주)로 축소시켰다. 물질과 몸과 마음과 혼과 영을 물질 한 가지로 축소시킨 것이다"라고 비판했습니다.

책에서 윌버가 인용한 칼 융의 말은 오래도록 제 마음에 여운을 남겼습니다.

> "인간이 영혼을 박대할 때마다 생명의 생기가 우리에게서 빠져나간다. 이로 인해 인간은 신경쇠약과 격분, 정신의 불모 등의 대가를 치른다."

『무경계』, 켄 윌버, 김철수 옮김, 정신세계사, 2012

『켄 윌버의 모든 것의 이론』, 켄 윌버, 김명권, 민회준 옮김, 학지사, 2015

5

지금 이 순간의 나를 느낄 때

앞에서 말한 '참다운 나True-Self'에 대해 더 알아보겠습니다. 수많은 영성가들은 '참다운 나'에 대하여 우리 존재의 깊은 본성과 그 상태인 영혼이라고 말합니다. 종교에 따라서 조금 다르게 표현하긴 하지만 대체로 종합해보면 '참다운 나'는 모든 사람의 본성에 내재하는 깊은 자아, 신성함, 순수의식으로 정의되는 듯합니다. 그리고 명상가들은 바로 순수 자아를 만나는 것을 깨달음이라고 표현합니다.

그렇다면 이 '깨달음'은 일부 신비주의자나 영성가, 초인, 독실한 종교인들만이 도달할 수 있는 어떤 경지일까요? 깨달음을 얻은 상태란 어떤 상태이고, 그런 깨달음은 어떻게 얻는 것이며, 독서를 통해서도 깨달음을 얻을 수 있는 것일까요? 저는 이런 질문들을 품고 여러 책들을 읽어보았습니다.

앞서 언급한 헉슬리의 『영원의 철학』뿐 아니라 톰 버틀러 보던이 쓴 『내 인생의 탐나는 영혼의 책 50』, 제임스 M. 러셀이 쓴 『영혼의 책 54』 등의 책을 읽었습니다. 각각 '마음의 평화에서 진리의 깨침까지 동서양 영혼의 탐색', '헨리 데이비드 소로에서 에크하르트 톨레까지 내면의 성장을 위한 영성 고전 읽기'라는 부제가 달린 책들입니다. 이 책들은 인류 역사에서 깨달음을 얻었다고 여겨지는 종교인, 시인, 철학가, 영성가 들이 쓴 책이나 그들의 삶을 소개하고 있습니다. 누구나 한 번쯤은 들어보았을 유명한 분들이지요.

그런데 이 두 권의 책에 동시에 소개된 사람이 있는데 바로 '에크하르트 톨레'라는 사람입니다. 에크하르트 톨레는 독일에서 태어났지만 지금은 미국에서 활동하고 있는 영성가입니다. 그의 책 『지금 이 순간을 살아라』와 『삶으로 다시 떠오르기』, 『이 순간의 나』가 대중들에게 널리 알려지면서 영향력 있는 인물로 떠올랐습니다.

그는 『삶으로 다시 떠오르기』에서 부모의 불화와 이혼 등으로 불우한 어린 시절을 보냈으며 깊은 우울에 빠져 살아갈 희망을 잃은 채 죽음을 생각했고, 실제로 죽음을 시도하기도 했다고 고백합니다. 그가 결정적으로 삶을 회복한 계기는 특별한 신비체험 덕분이었습니다. 그는 그 순간의 경험을 '진정한 나', '참다운 나'를 만났던 순간이라고 말합니다.

그는 서른을 앞둔 어느 날 밤 절망적인 두려움에 사로잡혀 있었습니다. '내가 왜 여기에서 이런 삶을 살아야 한단 말인가?'라는 의문과 함께 모든 것이 의미 없을 뿐만 아니라, 삶 자체가 끔찍스럽게 느껴졌습니다. '이런 식으로는 더 이상 살 수 없어. 도대체 나는 왜 이 모양이지?' 하고 자괴감에 빠졌던 그는 문득 이상한 생각이 들었습니다. '나 자신을 못마땅해하는 나는 누구인가? 내가 하나가 아닌 둘이란 말인가?' 갑작스러운 깨우침에 일순 모든 생각과 움직임이 정지해버렸습니다. 의식은 생생했지만 더 이상 아무 생각도 나지 않았습니다.

다음 순간 그는 알 수 없는 에너지의 소용돌이 속으로 빨려 들어가기 시작했습니다. 온몸이 떨리기 시작했는데, 그때 '저항하지 말라'는 목소리가 가슴속에 울려퍼졌지요. 갑자기 모든 두려움이 사라지면서 톨레는 그냥 아득한 공간 속으로 떨어졌습니다. 그렇게 잠시 의식을 잃다가 깨어났을 때 밖에서 새소리가 들렸습니다. 눈을 감고 있는데도, 찬란한 다이아몬드를 볼 수 있었지요. 마침내 눈을 떴을 때 새벽의 첫 햇살이 스며들고 있었습니다. 커튼을 통해 스며드는 부드러운 빛은 사랑 그 자체였습니다. 방금 태어난 것처럼 모든 것이 싱그럽고 신선했습니다.

이 체험은 톨레의 삶을 바꾸어놓았습니다. '참다운 나'를 만난 그 체험 이후 그는 세상을 새롭게 보기 시작했고, 무엇이 진정한 깨달음인지 알게 되었습니다. 거기에 그는 14세기 독일 도미니코 수도회의 수도승이었던 마이스터 에크하르트를 존경해 그 이름을 따 개명까지 하지요. (마이스터 에크하르트에 대해서는 다른 글에서 자세히 소개할 것입니다.)

톨레가 처음 쓴 책은『지금 이 순간을 살아라』입니다. 책 제목처럼 그는 삶이란 지금 이 순간에 존재하는 것이고 지금만이 유일하게 존재하는 것이라고 강조합니다. 그가 보기에 존재란 정신이나 마음, 생각으로 이해할 수 있는 것이 아닙니다. 우리가 온전히 현재에 머무를 때만이 바로 존재 자체를 느낄 수 있습니다.

우리가 깊은 자아, 근원적인 본성인 '참다운 나'를 느끼지 못하는 이유는 현재 이 순간에 머물지 못하기 때문입니다. 우리의 마음은 늘 과거의 기억 속으로 빠지거나, 미래에 대한 걱정에 몰두합니다. 마음은 늘 끊임없이 어떤 사실, 이미지, 판단, 개념을 떠올리는 활동으로 분주합니다. 타인의 시선을 의식하고 자기가 한 일을 평가하고 진단하느라 시간을 보냅니다. 그렇지 않으면 나도 모르게 무의식적으로 떠오르는 감정이나 외부로부터 촉발되는 감정에 반응하는 것으로 시간을 보내지요. 결국 우리는 생각과 감정, 판단에 휩싸여 진정한 내적 평화를 누리지 못한 채 살아가고 있는 것입니다.

그러므로 내가 나라고 굳게 믿고 있는 그 '나'는 사실 마음이 지어낸 나라고 할 수 있습니다. 오래된 습관처럼 몸에 새겨진 사고방식이나 지식 체계, 가치관, 사회공동체에 속하며 익힌 문화적 습성, 지위나 직업, 자격증이나 능력, 외모 같은 것들이 진정한 나일 것이라 믿고 있는 것입니다.

이런 것들이 모여 개성이 되고 '나'라는 존재를 타인과 분리시킵니다. 그렇기에 우리는 지위나 직업, 돈, 멋진 집, 멋진 차가 곧 나를 말해주는 것으로 착각하게 되고, 그것들을 잃으면 엄청난 상실감을 느낍니다. 마치 내 자신을 잃은 것 같은 슬픔에 빠지지요. 톨레는 우리가 마음을 자신과 동일시함으로써 '에고'라는 것이 형성된다고 말합니다. 그러니까 우리는 모두 이 에고 때문에 행복과 불행 사이를 오가며 살고 있는 것입니다.

저는 톨레가 쓴 세 권의 책을 여러 번 읽고 직접 필사하면서 그의 말에 귀를 기울였습니다. 그렇게 함으로써 그가 깨달은 내적 평화가 무엇인지 직접 느끼고 싶었기 때문입니다. 저는 톨레의 책을 읽으며 저 자신을 새롭게 들여다보았습니다. 제 감정과 생각이 진정한 내가 아니며 마음과 자신을 동일시함으로써 에고의 지배를 받는다는 것을 깨우칠 수 있었지요.

톨레를 만난 후 저는 화를 덜 내게 되었고, 미움과 증오심에 덜 빠지게 되었으며 사람들과의 관계가 훨씬 편해졌습니다. 일은 늘어났지만 몸은 덜 지쳤고 그래서 더 기쁘게 살아왔다고 말할 수 있습니다. 무언가를 잃을지 몰라 조급해하거나 상실감에 허덕이는 일도 드물어졌으며 과거의 쓰라린 기억들이나 헛된 망상에 덜 빠지게 되었습니다.

톨레를 직접 만난 적은 없지만 그는 저를 변화시킨 사람입니다. 아직도 변화는 진행 중입니다. 왜냐하면 앞으로도 저는 변화를 위한 수행을 계속할 것이기 때문입니다.

여러 번 읽은 책이지만 읽을 때마다 그의 말이 새롭게 다가옴과 동시에 매번 그의 말에 공감하게 되는 것은 우리가 아주 쉽게 현재에서 벗어나 감정과 생각의 세계로 달아나기 때문일 것입니다. 우리가 하는 행동 대부분은 자각하고 의식할 틈도 없이 순식간에 무의식적으로 행해집니다. 그리하여 화를 내고 싶지 않았건만 화를 내고 있는 자신을 발견하게 됩니다. 저는 톨레의 책들을 읽으면서 자신을 어떻게 돌볼 수 있는지를 배울 수 있었습니다. 여러분도 그의 책을 천천히 읽으면서 그가 알려준 방법들을 실행해볼 수 있을 것입니다.

『내 인생의 탐나는 영혼의 책 50』, 톰 버틀러 보던, 오강남 옮김, 흐름출판, 2009

『영혼의 책 54』, 제임스 M. 러셀, 이정아 옮김, 판미동, 2019

『삶으로 다시 떠오르기』, 에크하르트 톨레, 류시화 옮김, 연금술사, 2013

6

영혼을 이야기하는 물리학자

언젠가 맨해튼 중심가에 있는 오래된 성당의 문을 열고 들어갔을 때 느꼈던 특별한 감정을 잊을 수 없습니다. 문을 사이를 두고 이 세계와 저 세계가 완전히 다르게 느껴졌습니다. 갑자기 모든 소음이 사라지면서 고요함 속에 푹 안긴 것 같았고, 발밑이 쑥 꺼져 가라앉는 것만 같았습니다. 어둠 속에서 발가벗겨진 느낌이라고 할까요? 어둠이 마음을 씻겨준다는 느낌이었다고 표현할 수 있을 것 같습니다.

가만히 서서 보니 작은 불빛 아래 여러 사람들이 앉아 있었습니다. 그냥 침묵 중에 앉아 있는 그들을 보는 것만으로도 좋았습니다. 거룩한 공간이 주는 편안함과 아늑함에 온몸을 담근 것 같았습니다. 공간이 내뿜는 장의 에너지를 안 믿는 사람들도 있겠지만,

저는 여러 체험을 통해 거룩한 공간이 주는 치유의 힘을 믿습니다. 산티아고 순례를 마친 뒤 산티아고 대성당에서 미사를 드릴 때, 내 몸 안의 많은 것들이 스르르 녹아내리는 것을 체험했습니다. 제 의지와 상관없이 일어나는 일이었지요. 마음속에 담아두었던 누군가에 대한 미움과 원망이 눈 녹듯이 녹아버렸습니다.

'영혼'이란 무엇일까요? 앞서 말한 대로 저는 영혼에 대해 쓴 책들을 많이 읽어보았습니다. 그중에서 흥미롭게 읽었던 책이 바로 『신 인간 과학』이라는 책입니다. 다 알다시피 과학은 종교와 대립하는 것으로 인식되어왔습니다. 그런데 이 책은 과학자들과 종교인이 만나 나눈 대화를 담고 있습니다.

요즘 양자물리학자들은 종교에 관심이 많다고 합니다. 이 책은 다섯 명의 저자가 모여 쓴 책인데, 머리말을 쓴 한스 페터 뒤르라는 학자의 말에 따르면, 양자물리학자들은 연구를 통해 '물질'이 세계를 구성하는 기본 요소가 아니라는 사실을 알게 되었다고 합니다. 미시적 세계는 눈으로 보고 손으로 만질 수 있는 이 거시 세계의 축소판이 아니라는 것, 즉 원자는 물질을 그대로 축소해놓은 미니 모형 같은 것이 아니며, 물질에 대해 알려진 고전 법칙에 따라 움직이지 않는다는 것입니다. 바로 이런 이유로 물리학자들이 신학자들과 빈번히 만나고 있다 합니다.

이 책의 머리말을 쓴 한스 페터 뒤르는 물리학자면서 철학 박사입니다. 다른 저자들도 한 가지 분야만을 공부한 게 아니라 여러 학문을 넘나들며 연구한 사람들입니다. 저자 중 한 명은 자연철학과 물리학을, 가톨릭 신학자와 개신교 신학자 두 사람도 철학과 물리학을 공부했습니다. 나머지 한 명도 생물학자이면서 철학자입니다. 이 다섯 사람이 어느 날 이탈리아 토스카나라는 곳에 모여 정신, 생명, 우주, 영혼 등에 대해 이야기를 나누었고 이를 책으로 엮었습니다. 이 다섯 사람이 모인 것은 과학과 종교 간에 모종의 합의를 이끌어내려고 한 것이 아닙니다. 그들이 탐구한 것들을 서로 풀어놓고 대화를 나누려는 것이었지요.

물리학적 지식이 얕은 터라 책에 나온 내용을 전부 이해할 수는 없었지만 여러 번 읽으면서 깊은 뜻을 헤아려보려고 애썼습니다. 흥미로운 점, 의미 있게 다가온 점을 소개해봅니다.

양자물리학에서는 '객관적인 물리 현상'이란 그 '물리 현실의 관찰자'와 상관없이 독자적으로 존재하는 것이 아니라고 주장합니다. 그러니까 관찰 대상과 관찰자, 관찰 대상과 측정기기는 서로 분리될 수 없는 일체를 이룬다는 것입니다. 과거에는 물질을 쪼개고 쪼갤수록 점점 더 작은 조각을 얻게 되고, 그런 조각들은 모래알이 아무리 작아도 바윗덩어리와 동일한 구조와 속성을 지니는 것과 마찬가지로 원래의 물질과 동일한 속성을 지닌다고 생각했습니다. 그러나 현대에 와서 양자물리학에서는 원자가 이미 전통적인 의미의 '작은 물질'이 아니라는 사실을 확인했지요. 원자는 더 이상 물질이라기보다는 '장Field'이라고 하는 편이 정확한 표현입니다. 그런 장이 서로 응집하여 우리가 입자라고 보는 것이 생깁니다.

원자를 관찰해보면 물질이 아니라 일종의 비물질적인 퍼텐셜 potential•이라고 할 수 있는 장이 우리 앞에 펼쳐져 있는 현실 세계를 구성하고 있다고 합니다. 이 '장'이 우주 전체를 구성하는 유일한 요소인 셈입니다. '장'은 지극히 짧은 순간에 퍼텐셜을 만들어 내고 바로 그 순간 세계가 새로이 탄생한다고 합니다. 이때 세계는 완전히 새롭게 생겨나는 게 아니라 바로 이전 세계의 영향을 받고요.

그러니까 양자물리학에 따르면 세상은 매 순간 변화하는 '장' 속에서 살아 움직이고 있으며, 그 변화는 수많은 것들과 영향을 주고받습니다. 이미 쪼개져 있는 것들이 서로 영향을 주고받는 게 아니라 시간의 흐름에 따라 분화가 진행된다는 것이며, 따라서 양자물리학에서는 세계가 언제나 하나의 '전체'라고 생각합니다.

이런 양자물리학자들의 생각과 연결지어 '영혼이란 무엇인가?'를 두고 나눈 의견들이 특히 흥미로웠습니다. 짐작한 대로 다섯 명 모두 다른 해석을 내놓았지만 두 가지 의견이 마음에 와닿았습니다. 하나는 영혼을 바다로부터 만들어진 파도에 비유한 것입니다. 모든 것은 전체로부터 새롭게 만들어지는 동시에 그전부터 존재했던 것의 일부도 가지고 있다는 말입니다. 이 전체라는 것을 '세계 영혼'이라고 말하는 점이 신선했고, 영혼을 하느님의 전체성 안

• 힘의 장 가운데서 물질 입자가 현재의 위치에서 어느 기준점까지 이동할 때, 힘의 크기를 위치의 함수로 나타낸 양, 소위 위치 에너지.

에서 이해하거나, 하느님의 영원성을 나누어 갖는 것으로 이해하는 점도 신선하게 다가왔습니다. 신학자 니콜라우스 쿠사누스가 "모든 인간은 우주가 인간으로 변한 것이다"라고 한 것과 14세기 수도자였던 마이스터 에크하르트가 "신은 바다이고 인간은 물방울이다"라고 한 말이 무슨 뜻인지 조금은 이해가 되었습니다.

앞서 설명한 양자물리학의 원리를 활용해 뇌와 몸의 변화를 일으킬 수 있다고 주장하는 신경과학자도 있습니다. 조 스펜자라는 이름의 신경과학자는 저서 『브레이킹, 당신이라는 습관을 깨라』에서 "모든 물리적 현실은 시공간을 가로질러 하나로 연결된 광대한 그물 안에 존재하는 에너지이다"라고 말하며 양자물리학 이론이 우리 인류에게 새로운 비전의 장을 열었다고 주장합니다.

우리는 방대하고 보이지 않는 에너지장의 한 부분이며, 이 에너지장은 모든 가능성을 담고 있고, 우리의 생각과 느낌에 반응한다는 것입니다. 그에 따르면 양자물리학자들은 원자를 구성하는 작은 입자를 관찰할 경우 관찰하는 사람이 에너지와 물질의 행동에 영향을 미친다는 사실을 발견해냈습니다. 이를 '관찰자 효과'라고 부릅니다. 이 말을 다르게 표현하면 주관적인 마음이 객관적인 물질세계에 측정 가능한 변화를 만들어낸다는 것이고, 즉 마음과 물질은 본질적으로 서로 연관될 수밖에 없다는 것을 말해줍니다.

디스펜자는 우리가 이런 질문을 던져야 한다고 말합니다. "내가 매일 의식적으로, 혹은 무의식적으로 널리 내보내고 있는 것은 무엇인가?" 우리가 의식적으로든 무의식적으로든 매일 하고 있는 생각이나 느낌이 바로 지금의 존재 상태를 지속시키는 것입니다. 그 상태는 똑같은 행동을 유발하고 똑같은 현실을 창조합니다. 현실의 어떤 면을 바꾸고 싶다면 새로운 방식으로 생각하고, 느끼고, 행동해야 합니다. 즉, 경험에 대한 반응을 바꾸어야 합니다. 새로운 마음 상태를 만들어야 하고, 새로운 마음으로 새로운 결과를 관찰해야 합니다.

그런데 양자물리학이 어렵게 느껴지는 이유는 우리가 오랫동안 감각을 기반으로 생각하는 데 익숙해져 있기 때문이라고 디스펜자는 말합니다. 양자는 감각 너머의 영역에 존재하는 다차원적인 실재입니다. 그러므로 우리가 양자장에 접근하려면, 또 양자장이 우리에게 반응하게 하려면 우리가 먼저 그와 비슷한 상태가 되어야 합니다. 그 상태란 바로 우리가 흔히 말하는 '명상'과 같은 것입니다. 디스펜자가 소개하는 변화를 위한 명상은 크게 세 개의 작업입니다.

첫째는 초인지라고도 불리는 메타인지인데, 이것은 자신의 생각과 자아를 관찰하는 힘이라고 할 수 있습니다. 더 이상 생각하고 싶지 않은 것, 느끼고 싶지 않은 것을 멈추려면 먼저 우리 자신이 그동안 무엇에 집중하며 살아왔는지를 검토해보아야 합니다. 무의식 차원에서 마치 자동 소프트웨어 프로그램처럼 작동되고 있는 자신의 성격, 반사적인 행동, 자동적인 감정 반응을 주의 깊게 관찰하라는 것입니다.

두 번째는 '새로운 마음을 창조하기'입니다. 이는 오랫동안 발화하면서 굳어진 뇌의 신경망을 벗어나 새롭게 뇌 회로를 배열하는 것입니다. 이제까지와는 다른 방식으로 새로운 가능성을 상상하며, 경이로움과 탐구, 새로운 지식, 가능성, 성찰 등을 지속할 때 뇌가 과거와 다른 패턴으로 발화하도록 새로운 시냅스 연결이 추가하게 됩니다.

세 번째는 '생생하게 생각하기'입니다. 자신이 바라는 것, 변화되고 싶은 상태를 얻으려면 외부의 시끄러운 볼륨을 최대한 낮추고 고요한 침잠 속에서 생생하게 상상하는 시간을 갖는 것입니다. 이때 중요한 것은 편안하고 자연스러운 존재 상태여야 한다는 점입니다. 끊임없이 떠오르는 감정의 중독, 불안과 같은 생존의 신경망 렌즈가 아닌 감사와 긍정으로 고양된 감정으로 옮겨감으로써 변화가 가능해집니다.

『신과 인간, 과학』에 따르면 요즘 서점가에서는 신학자가 쓴 책은 외면받고, 물리학자가 쓴 책은 인기가 높다고 합니다. 예수의 기적을 믿는다고 하면 몽상가로 취급당하지만 물리학을 통해 삶의 의미를 발견한다고 하면 참신한 인식이라고 여겨지고 있는 세태라는 것이지요. 전통적인 종교보다 기초과학의 원리를 통해 존재의 심오한 의미를 찾는 일, 즉, 철학하는 물리학자들의 저서가 인기 있으며, 그리하여 물리학자가 과학을 신봉하는 우리 시대의 제사장으로 발돋움하고 있다고 말합니다.

『당신이라는 습관을 깨라』에서 조 디스펜자가 지향하는 것도 습관화된 과거에서 벗어나 새로운 내가 되는 것이고, 그것은 새롭게 될 수 있다는 변화의 가능성을 믿는 것에서 출발합니다. 제가 보기에 새롭게 거듭나고자 하는 이런 의지는 종교에서 얻고자 하는 것과 다르지 않습니다. 따라서 제 나름대로 내린 결론은 현재라는 새로운 변화의 '장' 속에서 종교의 외면적 형태는 계속 바뀌더라도 종교에서 얻고자 하는 본질적인 것, 추구하는 방향은 예나 지금이나 같다는 점입니다. 현대 물리학이 종교의 영역이라고만 여겼던 초월성에 관심을 갖게 된 것은 어쩌면 인간이 과학을 탐구하면 할수록 더 영혼을 알게 되고 영혼의 세계에 더 가까이 가게 된다는 것을 보여주고 있는 게 아닐까 싶습니다. 과학이 오히려 종교의 귀환을 촉진하고 있다는 뜻이지요.

『신 인간 과학』, 한스 페터 뒤르 외 4인, 여상훈 옮김, 씽크스마트, 2018
『브레이킹, 당신이라는 습관을 깨라』 조 디스펜자, 편기욱 옮김, 샨티, 2021

7

두려움 없이
고통을 바라본다는 것

"나는 숨지 않을 거야."

"에티, 지금 숨는 것은 비겁한 게 아니야. 숨지 않는 것이야말로 삶을 포기하겠다는 것이잖아."

"그렇지 않아. 네가 다 이해할지 모르겠지만, 나는 이 현실을 피할 수 없다고 여기기 때문에 받아들이는 것뿐이야."

1942년 6월 30일 네덜란드에 사는 모든 유대인들의 이동을 제한하고 격리한다는 명령이 내려졌습니다. 이제 유대인들은 저녁 8시부터 다음날 오전 6시까지 집밖으로 나갈 수 없고, 비유대인의 집에 살면 안 되고, 비유대인의 상점에서 물건을 살 때는 오후 3시부터 5시까지 딱 두 시간만 허락되었습니다. 유대인의 집에는 물건 배달이 금지되었고, 유대인은 비유대인의 이발소나 의료 보조

시설, 기차역에 들어갈 수 없고, 전차와 버스를 비롯해 어떤 개인 이동 수단도 탈 수 없었습니다. 심지어 전화 사용도 금지되어서 유대인들의 집에 전화가 끊겼습니다.

이런 상황에서 수많은 유대인들이 은신처를 찾아 떠났습니다. 에티 힐레숨과 그의 연인 클라스 쉬멜릭도 은신처를 찾아 떠나는 일로 다투는 중이었습니다. 클라스는 에티에게 나치를 피해 숨자고 설득하고 있습니다. 클라스는 몇 달 전부터 여동생과 함께 에티를 안전하게 피신시킬 곳을 마련했고, 심지어는 에티를 납치해서 힐베르숨에 있는 그들의 집에 숨길 계획을 세웠습니다. 하지만 에티는 계속 숨지 않겠다고 버티는 중이었습니다.

"에티, 넌 일단 살아서 세상을 위해 더 많은 일들을 할 수 있을 거야. 악마에게서 벗어나려고 애쓰는 것은 우리의 의무야. 도덕적 의무라고."

"나는 삶을 포기하는 것이 아니라, 오히려 살기 위해서 그런 거야."

"이해할 수 없군. 내가 보기에 너는 너를 희생시키려고 하는 것으로 보여."

클라스는 이제 애원하는 것이 아니라 질책하는 말투입니다. 에티는 이렇게 반박합니다.

"클라스, 난 그 어느 때보다 온전한 판단을 하고 있어. 내게 현재 가장 중요한 것은 수많은 사람들이 수용소에 가야만 한다는 사실이야. 아무리 그들이 우리를 가두고 핍박해도 그들은 결코 우리에게서 중요한 것을 빼앗을 수 없음을 알기에 나는 버틸 거야."

"아니 에티, 나치가 우리의 정신을 빼앗아갈 수 없음을 증명하기 위해서 그들에게 저항이라도 하겠다는 거야?"

"결코 그런 게 아니야. 나는 피학증 같은 것 때문에 수용소에 가려고 하는 게 아니야. 나는 그토록 많은 사람들이 겪어야만 하는 일에서 내가 면제된다고 한들 행복하지 않다는 것을 알기 때문에 가려는 거야. 살아남아서 더 좋은 일들을 할 수 있을 거라고들 하는데, 내가 남에서 뭔가를 주어야 한다면, 그것은 바로 지금 해야지. 친구들과 함께 여기에 있든 강제수용소에 있든 상관없어."

클라스는 에티를 설득할 다른 말을 찾았지만 딱히 떠오르지 않았습니다. 에티가 계속 말을 합니다.

"클라스, 내가 많은 사람들과 운명을 함께할 만큼 좋은 사람이라고 여긴다면 그건 순전히 교만일 거야. 만약 내가 살아남지 못한다면 어떻게 죽는가에 의해 내가 진정 어떤 사람인지가 밝혀지겠지."

'어떻게 저토록 초연하게 자신의 죽음을 얘기할 수 있을까?' 클라스는 예상한 것보다 에티의 결심이 확고함을 느끼고 그녀를 잃을지도 모른다는 생각에 슬픔을 느꼈습니다. '대체 무엇이 그녀의 마음을 사로잡고 있는 것일까?'

"클라스, 너무 슬퍼하지 마. 난 이미 우리 동포들과 공동운명의 짐을 짊어지기로 했어. 그들은 나의 일부야. 그리고 내가 나치를 피해 숨는 것은 두려움과 공포에 내 영혼을 빼앗기는 것과 같다고 생각해. 그런 두려움 때문에 내 영혼이 위축되고 벌벌 떨도록 하고 싶지 않아. 어쩌면 내가 숨는다면, 나는 숨어 있는 동안 내가 숨어 있다는 사실 그것 때문에 죽을지도 몰라."

클라스는 더 이상 그녀를 설득할 수 없을 것 같은 생각에 숨이 턱까지 차오르는 것을 느꼈습니다. 어떻게든 그녀를 데리고 가고 싶은 간절한 마음에 그는 순간적으로 그녀를 껴안은 후 손을 세게 잡고 끌고 가려고 해보았습니다. 하지만 그녀는 완강하게 몸을 꿈틀거리며 그에게서 벗어나 두어 걸음 떨어진 곳에서 그를 이상한 눈으로 바라보았습니다.

"에티, 대체 왜 그러는 거야? 바보같이!"

그러자 에티가 대답했습니다.

"너는 나를 이해 못 해. 나는 동포들과 운명을 함께하고 싶어!"

클라스는 더 이상 희망이 없다는 걸 느꼈습니다. 에티는 결코 숨지 않을 것이고, 결국 죽게 될 것임을, 클라스는 그녀를 두고 떠납니다.

그렇게 클라스의 곁을 떠난 에티는 수용소로 끌려갔고 아우슈비츠 수용소에서 스물아홉의 나이로 학살당하게 됩니다. 에티 힐레숨, 네덜란드 출신 유대인이었던 그가 세상 사람들에게 알려진 것은 그가 쓴 일기 때문입니다. 그의 일기는 20세기 『아우구스티누스 고백록』이라고 불려질 정도로 많은 이들에게 감동을 주었습니다. 일기의 한 부분을 먼저 소개합니다. 아래 일기 내용은 에티 힐레숨이 쓴 일기의 일부분입니다.

"인간이 지닌 깊은 슬픔에 관한 어떤 표현도 나에게는 낯설지 않았다. 나는 두려움 없이 그들의 눈에서 그들이 지닌 고통을 바라보았다. 하루가 다 끝나는 시간에 나는 항상 이런 느낌을 가졌다. 나는 이 사람들을 사랑한다. 가혹한 짐을 어떻게 견디어야 하는지 아무런 준비도 없었지만 그냥 묵묵히 참아내는 사람들을 바라보면서 그들에게 가해진 박해에 대한 비통함보다는 이들에 대한 깊은 연민과 사랑을 느낀다. 삶은 아름답다. 그리고 나는 하느님을 믿는다. 나는 사람들이 '공포'라고 부르는 상황에서도 바르게 서기를 원하고 여전히 삶은 아름답다고 말할 수 있기를 원한다."

암스테르담이 독일 점령 치하에 들어가 유대인 격리가 시작되고 나치가 유대인들을 아우슈비츠로 수송하는 과정에서 중간 지점인 베스터보르크 수용소로 보내기 시작했을 때, 그 수용소에는 유대인들을 돕는 '유대인 협회'가 있었습니다. 1942년 에티는 이 협회에 자원해 일하면서 다른 유대인들과 운명을 나누기로 결심합니다. 위 일기는 그가 아우슈비츠 수용소로 이송하기 전에 머물렀던 베스터보르크에서 쓴 것입니다. 그리고 그는 1943년 11월 30일 아우슈비츠 수용소에서 생을 마감합니다.

"나는 두려움 없이 그들의 눈에서 그들이 지닌 고통을 바라보았다"라는 문구를 읽었을 때 저는 한동안 숨이 멎은 상태로 정지되어 다음 문장으로 옮겨가지 못했습니다. 도처에 만연한 공포 속에서 어떻게 두려움 없이 타인의 고통을 바라볼 생각을 할 수 있을까? 얼른 상상이 되지 않았습니다. 그러면서 에티의 그윽하고 평온한 시선이 나에게도 머무는 것 같은 생각이 들었습니다. 바로 옆에 있는 것처럼 말이지요.

그가 쓴 일기들은 마치 그의 안에서 신이 말하는 것처럼 읽혔습니다. "나는 이 사람들을 사랑한다." 저는 몇 번이고 위의 일기를 읽어보았습니다. 너무나 아름다워서입니다. 꽃으로 말하자면 연못 위에 다소곳이 피어난 연꽃 같다는 느낌이 들었습니다. 그의 영혼이 언어의 힘을 빌려 아름다운 연꽃으로 피어난 것이라고 말할 수 있을 것입니다.

위의 대화에서 알 수 있듯이 에티는 얼마든지 나치의 손아귀에서 벗어나기 위해 숨을 수 있었던 것 같습니다. 연인을 비롯하여 많은 친구들이 그녀를 도와주려고 했습니다. 하지만 에티는 위험을 알면서도 숨지 않았습니다. 무엇이 에티가 현실을 직면하게 하고 두려움을 바라보도록 했을까요?

에티가 쓴 3년간의 일기에서 그 이유를 추측해볼 수 있습니다. 에티는 내면의 영혼을 만났던 것입니다. 자신의 가장 깊은 곳에 있는 가장 본질적인 것, 그것을 만났기에 두려움을 지켜볼 수 있었고, 그렇게 함으로써 두려워할 필요가 없음을 깨달았던 것 같습니다. 또한 그의 일기를 보면, 그는 우리의 영혼, 즉, 존재들이 근본적으로는 서로 연결되어 있다는 것을 깨달았고, 그래서 고통 중인 사람들을 돌보고자 수용소로 들어간 것이라는 생각이 듭니다. 그들을 돌보는 것을 소명으로 여긴 것입니다.

에티의 일기를 읽으면서 제게 던진 질문은 '현재 내가 가장 두려워하는 것은 무엇인가?'입니다. 두려움은 마치 그림자처럼 우리 내면에 웅크리고 있다가 불쑥 튀어나오는 감정입니다. 때로는 그 두려움에 압도당하여 두려움이라는 이름을 지닌 존재가 마치 곁에 있는 것처럼 느껴지기도 합니다.

어쩌면 두려움은 과거로부터 응축되어 온 감정과 현재의 어떤 사건이 만나면서 수면 위로 떠오르는 것일 수도 있습니다. 아마도 언젠가 크게 상심하여서 형성된 두려웠던 감정이 마음의 한쪽 구석에 박혀 있다가 비슷한 사건을 만나 불쑥 솟아났을 것입니다. 그렇다면 두려움 앞에서 숨지 않는다는 것은 무슨 뜻일까요? 그 두려움이 어디서 비롯된 것인지를 알았으니 그것을 내보내는 일이 남았겠지요. 지금 내보내지 않으면 언젠가 또 나타나거나, 어쩌면 더 강력해진 형태로 나타날지도 모릅니다. 두려움만 그런 게 아닙니다. 증오와 수치심 등도 마찬가지입니다.

에티는 두려움이나 증오가 자신의 영혼을 뒤흔들도록 놔두고 싶지 않았던 것 같습니다. 그 영혼을 지키는 것이 곧 자신을 돌보는 것임을 깨달았고, 타인들의 영혼도 돌봐주고 싶었던 것입니다.

「에티 힐레숨」, 패트릭 우드하우스, 이창엽 옮김, 한국기독교연구소, 2021

8

우리의 영혼을 인도하는 것

에티 힐레숨이 1941년부터 3년간 쓴 일기는 오랫동안 세상 사람들에게 알려지지 않았습니다. 1986년에야 그의 일기 전체가 책으로 출간되었지요. 일기가 세상에 나온 후 수많은 사람들의 입을 통해 전해지기 시작하면서 '에티 힐레숨 연구소'가 설립되어 본격적인 연구가 시작되었습니다.

그동안 여러 책에서 에티의 일기 일부가 소개되다가 국내에서도 2021년 『에티 힐레숨』이라는 제목으로 책이 출간되었습니다. 저자는 영국 성공회 사제 패트릭 우드하우스로 에티의 일기들을 소개하면서 일기에 담긴 의미를 성찰하는 글을 썼습니다. 저는 이 책이 출간되자마자 너무나 반가워 재빠르게 일독했습니다. 이 책에 나온 에티 힐레숨의 삶과 영적 여정을 소개해보겠습니다.

에티는 1914년 네덜란드 미델버그에서 고전어 교사인 아버지와 러시아 출신이며 러시아어 교사였던 어머니 사이에서 태어났습니다. 에티의 아버지는 유대인이었지만 유대교 교리에 매이지 않고 유럽 문화나 그리스도교 문화에 동화된 사람이었다고 전해집니다. 하지만 에티의 부모는 심리적으로 안정적인 사람들이 아니었던 것 같습니다. 에티의 두 동생들이 정신적인 문제로 치료를 받았다는 것만 보아도 가정의 분위기가 온전하지는 않았음을 추측할 수 있습니다.

에티는 타고난 지성으로 대학에서 법학을 공부했고, 러시아 문학 교사를 하기도 했습니다. 일기에서 보면 20대 초반 에티는 성적으로나 심리적으로 다소 불안정한 모습을 보였습니다. 그러다가 1941년부터 유대인 심리치료사 율리우스 슈피어를 만나면서 인생의 대전환을 맞이합니다. 슈피어는 쉰이 훌쩍 넘은 나이였으며, 에티의 스승이자 치료사로서 에티를 내면세계로 이끈 사람이었는데, 그는 에티에게 내면의 성찰을 위해 일기 쓰기를 권했습니다. 에티의 나이가 스물일곱이던 1941년은 독일이 네덜란드에 사는 유대인을 격리하기 시작한 해이기도 합니다.

슈피어를 만나면서 에티는 성경을 비롯해 많은 책들을 읽기 시작했습니다. 원래부터 책을 좋아하던 에티였기에 심리학은 물론 인문학 도서들, 특히 릴케와 도스토예프스키, 푸시킨, 아우구스티누스를 즐겨 읽었습니다. 성서도 반복해서 읽었습니다. 그리고 에티와 슈피어는 책을 읽고 묵상을 하고 기도를 하며 깊은 대화를 나누었다고 합니다. 에티가 그를 두고 "마음속으로 관계를 맺은 첫 사람이다"라고 했다는 걸 보면 슈피어와의 진실한 대화가 에티를 내면의 자아를 탐구하는 세계로 이끌었던 것 같습니다.

에티의 일기는 차츰 내면의 영적 대화로 바뀝니다. 어느 날부터 에티는 자신이 묵상 중에 내면의 가장 깊은 존재를 만나고 있음을 인식하게 됩니다. 그리하여 그는 내면에서 들려오는 소리에 귀를 기울이는 것으로 하루를 시작합니다. 에티는 내면의 '존재'가 '생각하는 정신'과는 다른 근원적인 에너지와 같은 것임을 알게 됩니다. 그리하여 에티는 말합니다.

> "생각으로는 감정의 어려움을 벗어날 수 없다. 전혀 다른 것이 필요하다. 귀를 기울여야 한다. 한 조각 영원과의 접촉을 회복해야 한다. 깊고 변함없는 근원에 의존해서 살아야 한다."

그런가 하면 "우리는 영혼으로 숨 쉬며 살아야 한다. 생각만으로 산다면 불쌍한 존재에 불과하다"라고 쓰면서 우리가 더 깊은 의식 차원의 통찰을 해야 한다는 것을 깨달았다고 말합니다. 그는 자신의 내면 풍경을 영혼의 풍경이라고 이름 붙입니다. 영적 상상력을 통해 자신의 내면은 거대하고 광활한 평원과 같다고 표현합니다. 그는 기차를 타고 가면서 보이는 차창 밖 풍경에 대해 이렇게 썼습니다.

"마치 기차를 타고 내 영혼의 풍경 속을 지나는 것 같다. (…) 즉 외부의 풍경은 내면의 풍경이 반영된 것이다. (…) 마치 내 영혼 속을 여행하는 느낌이었다."

결국 에티는 이렇듯 '내 안에서 가장 깊고 최선인 것'을 신이라 부르기로 합니다. 에티는 유대교 전통 안에서 자라긴 했지만 제도화된 종교의 틀과는 거리가 멀었기에 그가 발견한 신은 모든 종교에서 공통적으로 말하는 '존재의 근원'으로서의 신이라고 할 수 있을 것입니다. 즉, 우리 안의 영혼입니다. 에티는 일기에 이렇게 씁니다.

"내 속에 정말 깊은 우물이 있다. 그리고 그 우물 안에 신이 머무른다. 이따금 나도 그 안에 있다. 그러나 돌과 모래가 자주 그 우물을 막아서 신이 그 아래 묻힌다. 그러면 신을 다시 파내야 한다."

'신'을 만난 에티는 어떻게 변화되었을까요? 에티는 더욱 자주 귀를 기울이고 '경청하기'를 합니다. 그리고 자주 무릎을 꿇고 감사의 기도를 바치게 됩니다. 네덜란드에 사는 유대인들 사이에서는 수용소로 끌려간다는 소문이 파다한 가운데 대다수가 피신하거나 두려움에 떨며 긴장 속에 살고 있었던 그 시기, 에티의 일기는 감사로 채워지고 있었습니다.

에티의 일기에서 가장 놀랍고 경이로운 구절은 "우리를 도울 수 없는 신을 우리가 돕고 보살펴야 한다"라는 말입니다. 많은 사람들이 "신이 계시다면 이 비참한 일들에 침묵하실 리 없다"라고 절망하며 신의 부재를 부르짖던 때에 에티는 우리가 신을 보살펴야 한다고 말합니다. "우리가 스스로를 돕기 위해 당신을 도와야 한다"라는 에티의 말에서 그 의미를 헤아려볼 수 있습니다.

이 말은 우리의 영혼을 돌봄으로써 곧 신을 도울 수 있다는 뜻입니다. 에티의 이런 마음은 그가 재스민 꽃을 보면서 신과 나눈 대화에 나와 있습니다.

> "지난 며칠간 비바람이 치더니 집 뒤에 피었던 재스민 꽃이 모두 떨어져버렸습니다. (…) 하지만 내 속 어딘가에는 재스민 꽃이 지지 않고 예전처럼 우아하게 활짝 피어 있습니다."

에티는 신에게 눈물과 불길한 예감만이 아니라 향기로운 재스민 꽃도 드리겠다고 말합니다. 그 꽃으로 신을 편안하게 해드리겠다는 것인데, 신을 편안하게 해드리는 것, 그것은 곧 자기 안의 영혼을 돌본다는 의미입니다.

에티는 두려움이 휘몰아치는 어두운 밤길 속에서 등불을 켜고 신의 안식처로 들어감으로써 자기 존재의 아름다움을 발견하고, 그것을 지키는 법을 알았습니다. 『에티 힐레숨』의 저자 패트릭 우드하우스 신부는 "에티는 이미 자기 마음속의 두려움을 면밀히 지켜보고, 두려움의 비명이 무시무시한 불협화음을 일으킬 때 자기 가슴의 침묵에 깊이 귀를 기울이는 법을 배웠다"라고 말합니다. 그녀는 두려움이 가리키는 것과 두려움의 피할 수 없는 결과를 직시하고 받아들이면서 의식적으로 심오한 내면의 자유를 키웠다는 것입니다.

무엇이 에티를 영혼으로 인도했을까요? 패트릭 신부는 에티의 여정에 몇 가지 핵심 요소가 있었다고 말합니다. 첫째, 안심하고 내적경험을 탐구할 수 있게 도와준 무조건적인 포용적 관계가 있었습니다. 슈피어가 에티에게 그런 존재였습니다. 둘째, 에티의 여정에는 칼 융, 릴케와 같은 중요한 저술가들의 사상에 대한 지적 탐구가 있었습니다. 셋째, 멘토이자 신앙인으로서 시편, 신약성경, 아우구스티누스의 영향을 받았습니다. 넷째, 그녀의 내면에서 일어난 기도의 열망에 그녀가 응답한 것도 여정에 포함됩니다. 다섯째, 그녀가 영적 삶을 이루는 수행법을 개발한 덕분입니다.

앞에서도 언급했듯이 에티는 특정 종교를 신봉한 사람이 아니었습니다. 하지만 그녀는 신약성경을 읽었으며, 특히 사도 바울의 말씀과 아우구스티누스의 책을 여러 번 읽었습니다. 에티는 일기에서 아우구스티누스에 대해 "하느님에게 보내는 그의 연애편지에는 너무 엄숙하고 너무 열렬하고 너무 충만한 단순한 헌신이 담겨 있다"라고 쓸 정도였습니다. 베스터보르크 수용소에 도착해서 검사받은 그의 작은 가방에는 이슬람 경전인 코란과 유대교의 탈무드가 나란히 들어 있었으며, 수용소에서는 14세기 수도승 마이스터 에크하르트의 책을 많이 읽은 것으로 알려졌습니다.

이렇게 볼 때 에티를 영혼으로 인도한 것은 결국 '탐색'이라고 해도 무방할 것 같습니다. 독서와 글쓰기가 그를 내면의 진정한 자기를 만나도록 인도한 것입니다. 에티의 독서는 자신을 만나는 독서, 영혼을 만나는 독서였고, 그것은 곧 영혼을 돌보는 독서였습니다. 작가 마르셀 프루스트가 '고독 속에서 일어나는 소통의 비옥한 기적'이라고 말한 바로 그것이지요.

또 한 명의 위대한 유대인 여성 철학자 시몬 베유도 우리 영혼의 원천인 영성을 자각하기 위해서는 영적 지성이 반드시 필요하다고 역설했습니다. 그는 "영적인 삶을 준비하도록 만드는 연구들에 지성은 기쁨에 의해 연주되는 부분이다"라고 말하면서 무언가를 창출하는 것은 의지력이 아니라 갈망이고 그런 갈망과 열정은 바로 영혼의 고양에서 비롯된다고 말했습니다. 우리를 영혼으로 이끄는 것, 그것은 진정한 자기, 제 영혼에 닿고자 애쓰는 지적 탐구가 그 출발점이라는 것을 에티의 여정이 말해주고 있습니다.

9

변화를 이끌어내는 힘

"책을 수백 권 읽어도 왜 사람이 바뀌지 않을까요?"

어느 날 강연장에서 나이 지긋한 남자분이 심각한 표정으로 물어왔습니다. "아무리 책을 많이 읽어도 삶이 더 나아지는 것 같지 않습니다. 그런데도 책을 계속 읽어야 하나요?" 그분은 젊어서는 실용서나 자기계발서 위주의 독서를 해왔고, 은퇴 무렵부터는 독서 동아리에 들어가 고전을 비롯한 인문학 책들을 읽고 있다고 했습니다.

그분께 그동안 책을 읽어서 어떤 점이 좋았는지 물어보았습니다. 그랬더니 책을 읽어 새로운 지식을 알게 되면 마음이 뿌듯해지고, 훌륭한 철학자를 비롯해 많은 저자들의 주옥같은 말씀들에 감동받는다고 말했습니다. 좋은 말씀들을 읽으면서 자신의 잘못된 행동을 성찰하기도 하고 가끔은 책에 나온 대로 실천해 사람들과 관계가 다소 좋아진 적도 있다고도 말입니다. 하지만 책을 읽는 것이 살아가는 데 확실히 도움을 주지만, 책이 자신을 바꿔주는 것 같지는 않다고 그분은 말했습니다. 뭔가 근본적인 변화가 일어나지 않는다는 것이겠지요.

우리는 가끔 "책 속에 진리가 있다", "책이 나를 구원했다"라는 말을 듣곤 합니다. 똑같은 성서를 읽고도 어떤 이는 성서의 말씀이 꿀단지 같았다고 극찬하는가 하면, 별 감흥을 못 느낀다고 말하는 사람도 있습니다. 『변신』의 작가 프란츠 카프카는 "책은 우리 내면의 얼어붙은 바다를 깨는 도끼여야 한다"라고 했습니다. 책이 우리의 정신을 호되게 깨우칠 수 있도록 제대로 읽어야 한다는 뜻인데, 과연 책을 어떻게 읽으면 그러한 깨달음을 얻을 수 있을까요?

앞에서 소개한 에티 힐레숨의 이야기를 더 해보겠습니다. 영적 탐구를 통해 영혼을 만난 에티의 삶은 근본적인 변화를 보였습니다. 에티는 자신의 현실에서 도망가지 않고 고통받는 사람들과 함께하기로 했습니다. 앞에서 언급했듯이 에티는 수차례 지인들로부터 은신처에 숨으라는 권고를 들었고, 실제로 마음만 먹으면 얼마든지 몸을 숨길 수 있었지만 그렇게 하지 않았습니다. 에티는 고통을 겪고 있는 유대인 동포들과 연대합니다. 자신이 유대인 공동체의 일부라는 깊은 소속감을 갖고 있었으며, 자기의 삶을 자기 혼자만의 것으로 여기지 않았습니다.

에티의 이런 행동은 그가 이미 자기 안의 영성을 발견했기 때문에 가능한 일이었습니다. 그는 영적 체험을 통해 우리의 존재들이 서로 상호 연결되어 있음을 깊이 깨달았던 것입니다. 그는 이것을 '신이 신에게 귀를 기울이는 것'이라고 표현합니다. "내 속의 가장 본질적인 것과 가장 깊은 것이 다른 사람 속의 가장 본질적인 것과 가장 깊은 것에 귀를 기울인다"고 일기에 쓰고 있습니다.

그는 수많은 사람들이 겪는 고통을 보고도 자신이 숨는다면 결코 행복하지 못하다는 것을 알았고, 어쩌면 그 모든 것들을 기록해 후대에 남기는 것을 소명으로 여겼을 수 있습니다. 자신의 일기를 연인이었던 클라스 쉬멜릭에서 보내서 출간해달라고 말한 점으로 보아 에티의 그런 마음을 짐작할 수 있습니다. 그녀는 이미 죽음을 각오했던 것이지요.

그녀의 일기는 점점 더 깊은 내면의 영적 대화로 바뀌었습니다. 그녀는 수용소 안의 고통받은 사람들을 사랑으로 바라보았고, 일기를 신에 대한 경외와 감사로 채웁니다. 그는 많은 책들을 읽고 묵상함으로써 자신 안의 영혼과 대화를 나누었고, 수용소의 사람들을 영적인 시선으로 바라보게 된 것입니다. 어쩌면 에티에게는 비참한 수용소가 수도원 같은 곳이 아니었을까 하는 생각이 듭니다.

특히 에티의 가장 위대한 점은 그가 아무도 증오하지 않았다는 점입니다. 그는 불안과 공포, 적대감이 압도하던 시대에 "우리는 영혼으로 숨 쉬며 살아야 한다"라고 고백하면서, 누구에게도, 심지어 독일군에게도 증오심을 갖지 않았습니다. 에티는 공산당원인 친구에게 이렇게 말합니다.

"남들의 타락한 면은 우리 안에도 있어. (…) 나는 시선을 자기 내면으로 돌려 자기 안에 있는 타락한 면을 뿌리 뽑는 것 말고는 다른 해결책은 몰라. 먼저 우리 자신을 변화시키지 않고서 세상의 어느 것이라도 변화시킬 수 있다는 걸 더 이상 믿지 않아."

에티가 학살자들을 증오하지 않은 것은 신은 증오하지 않는다는 것을 알았기 때문입니다. 우리의 고귀한 인간성은 곧 신성의 일부이므로 누군가를 증오한다면 그것은 신을 욕하는 것이 되는 것이기 때문이지요.

에티는 인간에 대한 맹목적 태도를 경계했습니다. 그는 많은 친구들이 이데올로기적 사고에 빠져 증오에 휩싸이는 것을 우려합니다. 사회주의, 공산주의, 파시즘 등 많은 이데올로기들 사이의 논쟁을 보면서 에티는 그것들이 갖고 있는 위험성과 문제점을 지적합니다. "모든 이데올로기에는 반드시 거짓의 요소가 침투한다"라고 말하면서 "사람들은 혼란스럽고 끊임없이 변하는 삶에서 확실성을 얻고자 고정관념을 형성한다. 하지만 그 결과 미묘한 차이와 놀람의 요소를 지닌 실제 삶을 경시하고 희생시킨다"라고 통찰합니다. 그런데도 사람들이 이데올로기에 매몰되어 진실을 희생시키는 이유는 자신들이 만들어놓았던 이념이라는 건물을 부수는 것이 힘들기 때문이라고 말합니다.

그녀는 종교에 대해서도 같은 입장을 취합니다. 사람들이 열렬히 옹호하는 시온주의와 그리스도교, 유대교 등 종교나 철학이 오히려 사람들을 분열시키고 증오에 불을 붙일 수 있음을 경고합니다. 특히 이데올로기에 대한 지나친 열정이 진실을 추구해야 하는 사람들의 임무를 방해할 수 있다고 지적한 점이 인상적입니다. 우리가 가장 먼저 해야 할 일은 이념을 추구하는 데에만 시간을 보낼 것이 아니라 자기 자신 안으로 들어가 마음속에 무엇이 있는지를 탐구하는 것임을 그는 강조합니다.

제가 보기에 그녀의 본심은 수많은 이념 논쟁들이 쓸데없는 것이라고 말하려는 게 아닙니다. 그녀는 우리 인류가 그토록 오랫동안 고민하면서 논쟁해온 것들이 과연 인간이 처한 근본적인 문제의 원인을 해결하는 데에 도움을 주고 있는지를 묻는 것입니다. 에티가 던지는 질문은 이런 것입니다. '왜 어떤 인간은 타인을 파괴하려고 하는가? 인간의 어떤 면이 다른 사람들을 파괴하고 싶도록 만드는 것인가?' 에티는 우리가 자기 자신 안으로 시선을 돌려야만 근본적인 문제 해결에 접근할 수 있다고 본 것입니다.

그러므로 에티의 삶에서 우리가 생각할 점은 우리가 어떤 목적으로 책을 읽는지 돌아봐야 한다는 것입니다. 우리는 자신이 본래 갖고 있는 신념이나 확신을 더 강화하려고 책을 읽는 경향이 있습니다. 나와는 다른 생각을 갖고 있는 상대를 토론으로 이기기 위해 지식으로 무장하는 것입니다. 결국 내가 맞다는 것, 내가 더 우월하다는 것을 내세우고 싶어서 책을 읽는 셈입니다.

하지만 우리가 열렬하게 받아들이고 추구하는 철학이나 신념이 정작 우리를 영혼과 더욱 멀어지게 만들고 있지는 않은지 반성해 봅시다. 그렇게 읽는 한 변화는 없을 것입니다. 책을 읽고 변화되려면 먼저 변화되고 싶다는 간절함과 함께, 자신이 무엇을 바꾸고 싶은지, 또 자신을 변화시키는 데 방해가 되는 것이 무엇인지를 알아차리는 것이 먼저입니다.

3장

나를 돌보는 묵상독서

앞 장에서 소개한 에티 힐레숨은 절망 속에서도 생생하게 존재하는 용기 있는 모습을 보여주었습니다. 그런데 에티가 보여준 그런 용기가 수용소에서만 필요하지는 않을 것입니다. 인간은 매 순간, 삶의 모든 순간에 그런 용기가 필요하다고 할 수 있습니다. 삶을 긍정할 줄 아는 용기 말입니다. 아우슈비츠 수용소에서 살아남았던 정신과 의사 빅터 프랭클이 "삶에게 질문하지 말고 삶이 던지는 물음에 예라고 답하라"라고 한 것도 그런 의미로 해석할 수 있습니다. 프랭클은 『삶의 물음에 예라고 답하시오』라는 책 말미에서 이렇게 말합니다.

"가장 하찮은 것이든 가장 중대한 것이든 각각의 결단은 '모든 영원을 위한' 결단입니다. 삶에 대해 "예"라고 말하는 것은 어떠한 경우에도 의미가 있습니다. 왜냐하면 삶 자체가 의미 있는 것이니까요. 인간은 고난과 죽음에도 불구하고, 육체적이거나 심리적인 질병에도 불구하고, 또는 강제수용소의 운명 속에서도, 이 모든 것에도 불구하고 삶에 대해 "예"라고 말할 수 있습니다."

절망 속에서도 삶을 긍정하고 살아갈 수 있는 용기, 에티는 어떻게 그런 용기를 갖게 되었을까요? 앞에서 알아보았듯이 에티는 신을 만났기에 그런 결단을 내릴 수 있었습니다. 그렇다면 에티는 어떻게 해서 자신 안의 신성을 발견했을까요? 혹시 에티는 신을 만날 만한 특별한 재능이나 은총을 받았던 것은 아닐까요?

에티는 특정 종교의 믿음을 가진 사람이 아니었습니다. 분명하게 말할 수 있는 점은 그녀가 많은 책을 읽었고, 글쓰기를 통해 성찰의 시간을 보냈다는 점입니다. 독서와 글쓰기가 에티의 삶을 근본적으로 변화시키는 매개가 된 것이지요. 에티가 꾸준히 책을 읽고 일기를 썼다는 점에서 변화를 위한 첫걸음은 자기 자신 속으로 들어가는 것임을 알 수 있습니다. 너무 빤하고 상투적으로 들릴 수 있지만 나를 바꾸고 싶다면 내 안으로 들어가는 수밖에 없다는 것입니다. '너 자신을 알라'라는 말은 곧 '너 자신 안으로 들어가라'라는 말과 같은 것이겠지요.

"우리는 다가올 날들을 견딜 수 있는 힘을 길러야 한다." 에티는 일기장에 이렇게 썼습니다. 에티는 상담과 독서, 글쓰기를 통해 외부에서 다가오는 모든 것과 내면에서 솟아나는 모든 것에 귀 기울이는 법을 배웠고, 내면의 가장 심오한 본질적인 것을 알아차리는 법을 알게 되었습니다. 수많은 책들, 슈피어와의 진실한 대화, 내면의 자신을 만나는 묵상과 기도가 에티에게는 다가올 날들을 견디게 하는 힘이었을 것입니다.

비바람이 불면 나무가 휘청거리고 태풍이 불면 생나무들까지 뽑히듯이 우리는 살아가면서 갑작스레 고통을 만나면 좌절에 빠지고 신음하게 마련입니다. 외부의 충격에 반응하지 않는 생물은 없습니다. 갑자기 큰 병이나 상실이 닥쳤을 때 우리는 그것을 해결하고 견디기 위해 엄청난 에너지를 필요로 합니다. 그때 자신에게 닥친 시련이라는 문제에 어떻게 대응하고 헤쳐 나가는지는 그 전에 비축해놓은 내적 근육의 역량에 달려 있을 것입니다.

수많은 책들이 독자들에게 평소에 우리 자신을 단련시키자고 부르짖는 것도 그런 이유에서입니다. 질병이 오기 전에 예방적 차원에서 건강한 습관을 만들듯이 삶에서 오는 시련을 견디는 힘은 평소에 단련하여 형성된 마음의 습관에서 나온다고 보는 것이지요.

오늘날 인지과학이나 현상학에서는 이러한 역량의 바탕을 '체화된 인지'라는 말로 표현합니다. 체화된 인지라는 개념을 가장 먼저 소개한 인지과학자 마크 존슨은 대부분의 사고나 개념 및 추상적 이해는 이성적 탐구가 배제해왔던 은유, 환유, 심적 영상과 같은 상상적 구조를 통해 형성되며, 그러한 모든 작용은 신체적 활동에 근거한다고 주장합니다.

우리의 모든 사고와 이해의 뿌리가 우리의 신체적 활동에 있으며, 더 복잡하고 추상적인 사고는 신체적 활동을 토대로 하는 은유적 확장을 통해서 이루어진다고 말하고 있는 것입니다. 추상적 의미의 획득은 체험적으로 무의식적으로 구축됩니다. 결국 언어 사용의 기본이 되는 은유적 사고는 신체적 도식에 근거하는 체화성 embodiement에 달려 있다는 것이지요.

쉽게 말하면 체화성은 언어가 몸속으로 들어와 자아를 형성하게 되는 것을 말합니다. 거꾸로 말하면 인간 신체의 특정한 감각 및 운동 체계가 사고와 정서, 판단에 영향을 미친다는 뜻도 됩니다. 신체적 상태나 지각 또는 경험의 시뮬레이션이 인지적 처리에 영향을 준다는 거예요. 환경과 인간의 상호작용은 구체적으로 몸에 의존합니다. 따라서 우리가 몸을 움직이고 느끼면서 쌓인 체험이 마음의 핵심이 된다는 것으로 설명할 수 있는 것입니다.

두말할 것도 없이 지속적인 독서와 글쓰기도 체화된 인지 작용으로서 우리의 자아를 형성합니다. 독서와 글쓰기가 우리 삶의 내적 자원이 될 수 있는 이유가 바로 그것입니다. 그래서 독서 경험은 일종의 체화된 시뮬레이션이라고 하는 것입니다. 자아의 일부로서 이야기는 독자의 서사(내러티브)를 형성하게 되고 인생의 작고 큰 문제들 속에서 살아갈 힘을 제공해줍니다. 1장에서 조너선 갓셜이 『스토리텔링 애니멀』에서 말한 대로 이야기가 허구임을 알면서도 우리의 정서적 뇌는 그 허구를 현실처럼 처리하는 것이지요.

독서 경험이 체화된 시뮬레이션이라는 것은 고대인들도 직관적으로 알고 있었던 것 같습니다. 그래서 고대 사람들은 '말'을 먹으려고 했지요. 그들은 신의 말씀을 마치 영양제처럼 여겼습니다. 반복적으로 되새기고 암송하면서 먹었습니다. 몸을 흔들기도 하고 읽은 내용을 하루 종일 반복해서 읊조리며 중얼거렸습니다. 기도 시간에, 산책하면서, 포도밭에서, 그들은 계속 중얼중얼거리며 말씀을 되새김으로써 몸속에 기억시키고자 했습니다. 그래서 어떤 가톨릭 성인은 기억을 신체의 '위장'에 비유하기도 했다고 합니다.

지금은 묵독이 더 일반화되었지만 인류는 아주 오랫동안 음독을 통해 암송하는 독서를 해왔습니다. 그리스도교에서도 수도원의 수도승들은 성서 말씀을 끊임없이 되새기고 읊조리고 암기하려고 했습니다. 일명 '렉시오 디비나'라는 이름으로 전해 내려온 성서 읽기 방법이 그것입니다.

수도승들의 독서는 마치 '음의 체화'를 위해 가수가 같은 곡을 천 번 이상 연습하듯이 말씀을 온전히 자신과 하나가 되게 하기 위해 끊임없이 되뇌며 체화한 것입니다. 이렇게 말씀을 기억하는 것이 곧 신을 기억하는 것이었습니다. 기억은 말씀을 듣고 그것을 실행에 옮기게 해주는 연결고리였지요. 기억이란 단순히 정보를 회상하는 능력을 의미하지 않았습니다. 기억되는 존재의 현존 안에서 살아가는 것을 포함했습니다. 성서를 통해 들어오는 신의 말씀이 곧 자아가 되도록 말이지요. 그리하여 그리스도인들에게는 말씀을 잊어버리는 것을 영의 근본적 탈선이라고 여길 정도였습니다. 이렇게 '기억'은 영적 세계로 가는 관문으로 이해되었던 것입니다. 성스러운 텍스트를 묵상하고 기억할 때 그들은 신의 목소리를 들었다고 생각했습니다.

수도승들의 독서를 연구해온 장 르클레르크는 수도승들의 묵상은 "완전한 암송으로, 주의를 기울여 읽은 말씀을 자신에게 적용하는 것, 다시 말해 몸과 영혼에 신성한 텍스트를 새기는 것이었다"라고 말합니다. 입과 정신 모두를 사용하는 과정으로서 '되새김'이 수도승들의 독특한 수행이었고 본질적인 묵상 방법이었다는 것이지요.

역시 오랫동안 수도승들의 독서를 연구해온 베네딕트회 허성준 신부는 라틴어 '묵상하다meditari'가 원래 "하느님의 말씀을 내면으로 받아들인다"라는 뜻인 그리스어 'meletao'에서 유래했으며 더 과거로 거슬러 올라가면 히브리어에서는 "어떤 것을 반쯤 소리 내어 중얼거린다"라는 뜻에서 비롯되었다고 말하면서, 수도승들의 독서는 소나 낙타가 음식을 저장했다가 그것을 살과 뼈에 스며들 때까지 천천히 되새김질하는 반추와 같다고 말합니다.

그는 이 반추가 선불교의 '화두'와 유사하다고 주장합니다. 선불교의 화두는 흔히 스승이 제자에게 깨우침을 주기 위해 던지는 것입니다. 이때 제자는 온 힘을 다하여 그 화두를 깨쳐야 합니다.

여기서 화두는 결코 사고나 논리로만 풀 수 있는 게 아니듯이 말씀을 읽고 묵상하는 것 역시 추론적, 이성적 논리로 접근하는 것이 아닙니다. 화두가 끊임없이 수행자가 되물어야 할 물음이듯이 반추 역시 수행자가 지속적으로 되뇌어야 하는 행위였습니다. 이렇게 지속적인 수도승들의 몸 안에서 체화된 말씀은 단순한 기억의 재생이 아니라 어느 순간 번뜩이며 떠오르는 '깨달음'으로 나타납니다. 독서 경험이 체화되면서 변성, 치유로 바뀌는 것이지요.

깊은 이해와 묵상을 통해 깨달음을 얻고자 하는 이런 독서는 가벼운 정보 읽기 위주로 인해 사유와 통찰력이 퇴보되고 있다는 비판을 받는 현대 디지털 시대에 중요한 시사점을 던져줍니다. 끊임없이 주의를 분산시키고 다양한 정보원에 즉각 접속하게 하는 디지털 환경은 독자들을 지치게 하고 소란스러운 잡음에 시달리게 합니다. 정보가 피상적인 수준에서 오락으로만 지각된다면 결국 우리의 인식은 표면에만 머무르게 되어 잠재적으로 진정한 나를 만나지 못한 채 살아가게 될 테니까요.

뇌 과학자이자 독서전문가인 매리언 울프가 깊은 이해를 위한 '다시 읽기'를 강조한 것도 그런 이유입니다. 깊이 읽기를 위해서는 인지적 인내심을 요하는 의도적이고 능동적인 기억의 과정이 반드시 필요합니다. 두껍고 지루한 책 읽기를 통해 길러지는 다소 소모적이고 지루한 인지 과정을 훈련해야 하지요. 그리고 책 속의 말이 체화되려면 홀로 고요히 시간을 내어 침묵 속에서 묵상할 수 있어야 합니다. 이러한 묵상독서의 힘이 외부의 지속적인 자극에 저항할 수 있는 힘을 만들고, 그 힘이 우리의 삶을 변화시킨다고 할 수 있습니다. 3장에서는 이런 묵상독서를 실천한 몇몇 사례들과 관련된 책들을 소개하고자 합니다.

1

삶을 견뎌내는 용기

“인간은 하느님을 잊어버렸습니다.”

알렉산더 솔제니친이 1983년 템플턴상 수상 연설에서 한 말입니다. 그는 “만일 내가 이 자리에서 20세기 전체의 특성을 간단히 밝히라는 요청을 받는다면, ‘인간은 하느님을 잊어버렸다’는 말보다 더 정확하고 간결한 표현을 찾을 수 없을 것입니다. 신성한 차원을 박탈당한 인간의 의식은 20세기 주요 범죄의 결정적인 요인이 되어왔습니다”라고 했습니다.

그는 1945년 스탈린을 비판하는 내용, 스탈린을 ‘구레나룻을 기른 자’라고 표현한 편지를 친구에게 보냈다가 발각되어 강제수용소(굴락)에 보내져서 8년간 복역한 사람으로 알려졌는데, 『이반 데니소비치, 수용소의 하루』는 그가 실제 경험한 수용소 생활을 바탕으로 쓴 소설이고, 1970년에 이미 노벨문학상을 수상했지요.

그가 쓴 『이반 데니소비치의 하루』가 세상에 나오면서 많은 이들이 강제 노동 수용소의 실상을 알게 되었지만, 솔제니친이 이 소설을 통해 말하고자 하는 것은 수용소의 야만성만이 아니라고 봅니다. 비유적으로 볼 때 수용소는 우리 삶의 조건이라고 할 수 있을 것입니다. 주인공 이반 데니소비치는 억울하게 반역죄로 기소되어 수용소에서 10년째 수감 생활을 하고 있습니다. 언뜻 봐서는 분노와 증오로 얼룩진 삶일 것 같지만, 그의 일상은 단순하면서도 특별합니다.

왜냐하면 그는 공포와 불안, 비인간성이 일상화된 삶 속에서도 저 나름대로 기쁨과 행복을 누리며 살아가기 때문이지요. 물론 그 순간은 매우 짧긴 하지만, 그는 아침과 저녁에 각각 한 번씩, 그리고 짧은 점심 식사 시간에 또 한 번 주어지는 몇 분 동안의 휴식에서 기쁨을 맛봅니다. 그 짧은 순간에 그는 자신의 내면으로 들어갑니다. 그 순간만큼은 감시와 통제, 두려움에서 벗어날 수 있기 때문이지요.

> "따끈한 국물이 목을 타고 배 속으로 들어오자 오장육부가 요동을 치며 반긴다. 아, 이제야 좀 살 것 같다! 바로 이 한순간을 위해서 죄수들이 살고 있는 것이다. 적어도 이 순간만은 모든 불평불만을 잊어버린다. 그래, 한번 견뎌보자. 하느님이 언젠가는 이 모든 것에서 벗어나게 해주실 테지!"

수용소에 갇힌 사람들은 추위와 배고픔 속에서 일상의 사소한 일에서 좌절과 성공을 경험합니다. 어떤 사람은 타인을 괴롭히고 증오하는가 하면 어떤 사람은 그저 자신들의 처지에 순응하며 묵묵히 일만 합니다. 그런 환경에서 이반 데니소비치는 그날 하루의 일상이 무사하게 돌아가면 안도하면서, 그날은 좋은 하루라고 생각합니다. 물론 내일이면 끔찍한 일이 벌어질 수도 있다는 것을 알지만 말이지요.

그는 몸이 아파 늦게 일어난 바람에 간수실 청소를 하고, 고된 노동을 하지만 그 와중에 다행스럽게 먹을거리를 챙길 수 있고, 잠시나마 평화와 고독을 누리는 순간들을 감사하게 여깁니다. 그리고 뜻하지 않게 생긴 음식 부스러기를 얻는 대가로 기꺼이 동료 수감자를 대신해 밤샘 순번을 섭니다. 여러 면에서 이 소설은 제2차세계대전 때 아우슈비츠 수용소에서의 경험을 다룬 빅터 프랭클의 『죽음의 수용소에서』를 연상시킵니다. 빅터 프랭클이 수용소라는 비참한 상황에서도 인간성을 잃지 않았던 사람들, 삶의 의미를 끝까지 놓치지 않았던 사람들의 모습을 보여주었듯이, 솔제니친 역시 고통과 두려움 속에서도 삶의 끈을 놓지 않고 살아가는 인간 정신의 승리를 보여주었습니다.

“하느님, 제가 영창에 들어가지 않게 된 것에 감사합니다. 어떻게든 견뎌내겠습니다.” 더 나쁜 상황에 빠지지 않은 것에 감사하고 어떻게든 견뎌내겠다는 이반 데니소비치의 이 기도가 저에게는 정말 아름답고 경이롭게 다가옵니다. 저는 이 대목에서 16세기 스페인 출신의 성녀 아빌라의 테레사가 "평범할 때 하는 백 번 감사보다 힘들 때 한 번의 감사가 더 값지다"라고 했다는 말이 떠오릅니다. 어떤 순간에도 삶을 수용하고 견뎌나가는 용기가 눈물겹습니다.

대체 그토록 야만적인 강제수용소에서 평범한 사람 이반 데니소비치가 10년이 넘도록 살아갈 수 있었던 이유, 그 힘의 근원은 무엇일까요? 다른 말로 하면, 인간이 그 어떤 상황에서도 결코 포기할 수 없는 '가치'란 무엇일까요? 빅터 프랭클은 그것을 '의미'라고 표현했지만, 솔제니친은 그것을 '하느님'이라고 말했습니다. 20세기는 바로 이 '의미' 혹은 '가치' 즉 신성을 잊어버렸기 때문에 죄에 빠졌다는 것입니다. 물론 솔제니친이 말하는 '신성'은 제도화된 특정 종교를 염두해둔 말이 아닙니다. 오히려 솔제니친은 소설을 통해 당시 러시아 정교회의 문제점을 말하고 있지요.

그러니까 이반 데니소비치로 하여금 비참한 수용소 생활을 끝까지 살아내게 한 그 힘은 흔히 말하는 어떤 능력이 아니라, '영성'인 것입니다. 이반은 사회적으로 교육을 많이 받거나 인문 소양이 깊은 사람이 아니라, 평범한 시민이었습니다. 하지만 그는 하느님을 믿고 자신에게 닥친 일상의 삶을 견뎌냈습니다. 어떤 순간에도 포기하지 않고 삶을 견뎌내는 힘, 그것이 바로 솔제니친이 기억해야 한다고 외친 영성입니다. 인간이 자신 안에 깃든 신성함을 인지한다면 타인을 해치는 짓은 하지 않을 테니까요.

비록 시대에 따라 민족에 따라 언어적 표현과 의식, 섬김의 방법은 달랐지만 인간 본성으로서 '영혼'을 기억하려는 노력은 인류의 역사만큼이나 오래된 일이었습니다. 특히 유대인들은 신이 이 세상을 말씀으로 창조했다고 믿었고, 그 말씀을 기억하는 일이 곧 거룩한 의식이요, 일상의 삶이었습니다. 그들은 말씀의 '잊어버림'이 인간 영의 탈선이라고 여겼습니다.

영성spirituality의 'spirit'는 원래 히브리어 루아흐ruach에서 나온 말로, 숨, 바람, 영으로 번역됩니다. 구약시대 유대인들은 큰 광장에서 랍비가 "쉐마!(들으라!)"라고 외치며 통독하는 성경 구절을 귀 기울여 듣고, 마음에 새기기 위해 암송하고. 음미했으며, 회랑에 모여 토론했습니다. 유대인들에게 이런 성서 묵상은 자신들이 하느님의 백성이요, 같은 유대교인이라는 기억을 공유하는 의례와 같았지요.

유대인들은 양피지에 쓴 성서 구절을 가죽으로 만든 상자에 넣어 왼팔이나 이마에 붙이고 다녔습니다. 그들에게 말씀을 익히는 것, 즉 독서는 말씀 안에 자신의 삶을 집어넣고, 말씀과 함께 먹고 살아가는 행위였습니다. 그렇다고 솔제니친이 과거 유대인들의 이런 관습을 따라 하자고 주장한 것은 결코 아닐 것입니다.

그가 강조한 '기억'은 유대인들이 기억하고자 했던, 인간 존재 안에 깃든 본질, 근원으로서의 영성, 신성함에 대한 자각입니다. 인간 본성의 원천으로서 '영성'에 대한 자각을 위해 반드시 독서가 필수인지에 대해서는 의견이 분분할 수 있겠지만, 과거 유대인들과 수도원의 수도승들이 끊임없이 말씀을 기억하려고 노력했던 점에 주목할 필요가 있습니다. 오늘 우리는 무엇을 기억하기 위해, 혹은 무엇을 찾기 위해 독서를 하는 것일까요? 책을 수천 권 읽어도 진짜로 기억해야 할 것을 기억하지 못하고 있는 건 아닌지 돌아보게 됩니다.

『독서의 역사』라는 책을 쓴 알베르토 망겔은 "독서는 숨 쉬는 행위만큼이나 필수적인 기능이며, 우리 자신이 어떤 존재이고, 또 어디쯤 서 있는지를 살피려고, 또 우리를 둘러싸고 있는 세계를 읽기 위해 독서를 하는 것이다"라고 했습니다. 또 명상은 자신 안에 있는 신을 보는 것이고, 사랑은 곁에 있는 사람 안에 있는 신을 보는 것이며, 영성은 모든 곳에 있는 신을 보는 것이라는 말도 있습니다. 우리 존재의 근원인 영성을 잊어버리지 않고 자각하기 위한 독서가 필요한 시점입니다.

「이반 데니소비치, 수용소의 하루」, 알렉산드르 솔제니친, 이영의 옮김, 민음사, 1998
「독서의 역사」, 알베르토 망겔, 정명진 옮김, 세종, 2020

2

자기만의 수도원

'소리의 선물은 고요다'라고 했듯이 영혼을 만나는 독서의 시작은 고요히 머물 수 있는 공간을 마련하는 것입니다. 일종의 수도원 같은 공간입니다. 제가 25년 동안 일해온 수녀원에도 모든 건물마다 작은 성당이나 기도실이 있습니다. 잠시 그곳에 들어가 앉으면 소란스러웠던 마음의 먼지들이 가라앉음을 느낍니다.

저는 수녀님들이 운영하는 중고등학교를 다녔는데 작은 기도실이 있었습니다. 고등학교 3학년 때 특히 기도실을 자주 찾았습니다. 지금도 그 방의 모습이 뚜렷하게 떠오를 정도로 제 마음에 각인되어 있습니다. 책상에는 십자고상 하나가 놓여 있고, 방바닥에는 폭신한 방석이 놓여 있었습니다. 창가를 통해 들어온 햇살을 느끼며 그냥 앉아 있곤 했습니다. 그때 미래의 삶이 마냥 두렵고 막

막할 때, 그냥 기도실에 앉아 있기만 해도 조금은 힘이 났습니다. 믿음이나 영성의 뜻은 전혀 몰랐지만 그곳에서 잠시 내 삶의 짐을 내려놓고 내적 대화를 나누었던 것 같습니다. 사춘기 소녀에게 그 기도실은 내면의 방과 같은 곳이었을 것입니다.

몇 년 전에 나온 책 『무엇으로 읽을 것인가』를 읽고 놀랐던 적이 있습니다. 이 책의 저자 제이슨 머코스키는 아마존이라는 회사에서 전자책 아마존 킨들을 만든 사람입니다. 그는 전자책의 발명이 항생제 발명만큼이나 인류 역사에서 중요하며, 앞으로는 종이책보다 전자책의 세상이 될 거라고 강하게 예언합니다. 그렇지만 그는 종이책이 사라지지는 않을 것이며, 종이책만이 갖고 있는 장점이 아주 많음을 꽤 많은 지면을 할애해 소개하고 있습니다.

그는 전자책을 만든 사람이지만, 자신이 살고 있는 집에는 '월든 존'이라는 방이 있다고 말합니다. 월든 존은 헨리 데이비드 소로의 책 『월든』에서 따온 것으로, 그곳은 전자제품이 없는 방입니다. 머코스키는 그곳에서 매일 몇 시간씩 머물면서 혼자 종이책을 읽거나 음악을 듣고, 사색을 즐긴다고 합니다. 첨단 아이티 기술자가 전자제품을 피하여 홀로 조용히 사색하는 공간에 머문다는 사실은 우리에게 많은 점을 생각하게 합니다. 매일 쏟아지는 뉴스와 끊임없이 요구되는 일과 속에서도 우리가 잠시라도 홀로 자신만의 공간에 머물 필요가 있음을 깨우쳐줍니다.

저는 개인적으로 미국의 교육 영성가로 알려진 파커 J. 파머의 책을 좋아하는데, 그가 쓴 책 중에 『비통한 자들을 위한 정치학』에는 훌륭한 시민이 되기 위한 방법이 나옵니다. 그는 이 광란의 세계에서 훌륭한 시민이 되기 위해서는 하루에 한 번, 집이나 사무실에서 문을 걸어 잠그고, 디지털 기기의 전원을 끄고, 일을 내려놓고, 외적으로만이 아니라 내적으로도 스스로를 침묵시키고, 자기 안에서 무엇이 움직이고 있는지를 잠시 돌아보는 일이 필요하다고 강조합니다. 이런 방법을 통해 자신의 마음에 대해 잘 알게 되고, 그럴수록 세상에 대해서도 더 잘 알 수 있다고 그는 주장하지요.

파머는 퀘이커교도이지만 가톨릭 수도자들과 친분이 있었습니다. 그는 특히 앞에서 잠깐 소개했던 토머스 머튼의 사상을 매우 좋아하여 자주 책에 인용합니다. 저도 앞서 몇 번이나 그의 책과 삶을 소개했지요. 그가 있던 봉쇄수도원인 트라피스트 수도회는 특히 침묵과 기도 생활로 매우 엄격한 곳이라 알려졌는데 그는 수도원장의 허락을 받고 저술을 할 수 있었습니다.

파머는 토머스 머튼이 결코 골방에 앉아 기도와 저술만 하던 수도자가 아니었다고 말합니다. 머튼은 죽기 몇 년 전인 1964년 『파괴의 씨앗』이라는 책을 출간해 사람들을 깜짝 놀라게 했습니다. 그는 미국에 폭력적인 인종 갈등이 확산될 것이라고 예언했지요. 마틴 루서 킹이 암살당하고 도시들이 불타기 몇 년 전에 말이에요.

토머스 머튼이 이런 예언을 내놓았을 때 유명한 신학자이자 도시 활동가였던 마틴 마르티가 이런 서평을 썼다고 합니다. "숲속 수도원에 은둔해 있는 이 수도사가 우리가 해결하고자 열심히 매달리는 인종 문제들이 우리의 눈앞에서 부풀어오를 것이라고, 현장의 최전선에 있는 우리에게 어찌 감히 말할 수 있는가?" 그러나 4년 뒤 머튼의 예언이 적중했을 때, 마르티는 가톨릭 잡지에 공개서한을 통해 머튼의 생각을 깎아내린 것에 대해 사과했습니다.

그런데 수도원 담장 안에서 지내던 머튼이 어떻게 깊은 통찰을 할 수 있었을까요? 파머는 머튼이 텔레비전이나 미디어를 접한 적이 없었고, 성서나 소설, 시, 비평서 등을 읽었다고 말합니다. 물론 그는 믿을 만한 친구들과 연락을 주고받았고, 흑인이 쓴 시를 읽었으며 흑인 음악을 들었다고 합니다. 그는 흑인들의 시와 백인들이 한 말들을 깊이 읽고 성찰함으로써 백인들이 내세우는 정의에 담긴 오만함을 꿰뚫어보았던 것입니다.

머튼은 열정적인 활동가들이 자칫 자신의 활동에 수반되는 아집에 의해 눈이 멀고, 자신이 시작한 것은 무엇이든 성취할 수 있다는 고집 때문에 판단력이 흐려질 수 있다고 말한 적이 있습니다. 그가 사망하던 해에 출간된 책 『유죄 방관자의 추측』에서 그는 좋은 의도를 가진 활동가들이 자신의 실천에 너무 도취된 나머지 명료함과 침착함과 진정한 자아를 잃어버리고, 결국 의도하지 않은 폭력을 저지르는 모습에 대해 말합니다. 파머 또한 이런 지점을 지적하며 이렇게 적었습니다.

"이상주의자가 가장 쉽게 굴복하는 현대적 폭력의 그릇된 형태가 하나 있다. 실천과 과로가 그것이다. 수많은 갈등적 관심사에

쏠리고, 너무 많은 요구를 수락하고, 프로젝트에 가담하고, 모든 것에서 모든 사람을 돕고 싶은 것이 폭력에 굴복하는 것이다. 그것은 자신이 하는 일의 결실을 파괴한다. 일의 결실을 풍요롭게 만드는 내적 지혜의 뿌리를 죽이기 때문이다."

존경을 받았던 정치인이나 시민운동가가 부도덕한 일을 저지르거나 부패에 연루되어 충격적 사건의 주인공으로 등장하는 경우가 종종 있습니다. 또 오랫동안 시민운동을 해온 분들 중에도 도무지 타인의 이야기를 들으려고 하지 않는 고집불통인 사람도 있지요. 옳음과 선함을 실천하고자 하는 그들이 어찌하여 그토록 자신들이 멸시하는 사람들의 행동을 따라하는 것일까요?

이런 사람들에게야말로 홀로 침묵하는 시간이 필요하다고 머튼과 파머는 강조하고 있는 것입니다. 자신을 돌보지 않으면 타인의 이야기에 공감하고 상상하는 능력이 고갈될 수 있다는 점, 특히 공동체의 지도자일수록 더욱 자신과 대화를 나누는 시간이 필요하다는 점을 그들은 말하고 있습니다.

토머스 머튼은 수도원을 모든 것을 단념하거나 세상과 분리된 삶을 사는 거룩한 곳으로 여기는 것은 망상이라고 말하기도 했습니다. 그는 어느 날 거리를 걷다가 모든 사람들과 자신이 온전히 하나라는 비이원성의 일치를 체험합니다.

"나는 그들과 하나이기 때문에 내가 홀로 있다고 해도 그들은 타인이 아니라 바로 나 자신입니다. 이방인은 없습니다."

그가 이런 생각을 한 것은 수도자로서 소명을 의심하거나 수도원 삶의 진정성을 의심해서가 아니라, 자신을 타인보다 우월하고 특별한 존재로 인식하거나, 너무나 쉽게 수도원을 세상과 격리된 곳으로 여기는 것에 대한 반성이었습니다.

전자책을 만든 머코스키와 같은 우수한 개발자가 일부러 골방에 들어가 침묵 속에서 책을 읽고 내면으로 들어가 잠기는 것, 열렬한 활동가들이 홀로 머물며 자신과 대화하는 시간을 갖는 것, 훌륭한 시민이 되기 위해 잠시 외적 활동을 접고 내면 안으로 들어가는 것, 이런 것들이 바로 우리가 배워야 할 덕목이라고 생각합니다. 하루 중 10분이라도 머무를 수 있는 자기만의 공간을 마련하면 좋겠지요. 그것이 어렵다면 잠시 눈을 감고 심호흡을 하며 마음 안으로 들어가서 내면의 움직임을 가만히 들여다보는 것도 좋을 것입니다.

특히 토머스 머튼의 독서 방법도 배울 필요가 있습니다. 그는 성서와 시, 사회 비평 잡지들을 읽고 묵상을 통해 깊은 통찰을 얻었습니다. 그러한 깊은 이해와 통찰만이 문제의 본질이 무엇이고, 우리가 어떤 존재인지를 인식하도록 돕습니다. 『팡세』를 쓴 철학자 파스칼은 "인간의 불행은 조용히 홀로 있지 못한 데서 비롯된다"라고 했고, 신화학자 조셉 캠벨은 "누구에게나 자신이 누구이고, 어떤 사람이 될 수 있는지를 온전히 경험하고 말할 수 있는 장소가 있어야 한다"라고 말한 적이 있습니다. 일상 안에서 나만의 수도원을 한 곳 만들어보시기를 권합니다.

『무엇으로 읽을 것인가』, 제이슨 머코스키, 김유미 옮김, 흐름출판, 2014
『비통한 자들을 위한 정치학』, 파커 J. 파머, 김찬호 옮김, 글항아리, 2012

3

그럼에도 나의 영혼은 기억한다

2023년 3월 타계한 일본 작가 오에 겐자부로가 쓴 『읽는 인간』을 얼마 전 다시 읽었습니다. 세 번 넘게 읽은 책인데 읽을수록 점점 더 정감이 가는 책입니다. 이 책은 작가가 2011년 동일본대지진 이후 쓴 책입니다. 지진이 일어난 후 작가는 어느 여교사가 보낸 편지를 받았답니다. 그 여교사는 지진을 직접 겪지는 않았지만 친정이 쓰나미의 영향을 받았고, 그로 인해 자신이 친정집에 보관해 두었던 책이나 잡지들이 흙탕물에 소실되어버렸다고 했습니다. 그 중에는 오에 겐자부로의 소설이 실린 잡지도 있었다며 언젠가는 읽으려고 했던 소설을 미처 읽지 못한 게 마음에 걸려 겐자부로에게 편지를 보낸 거였습니다.

편지를 받은 작가의 아내는 서고의 먼지 속에서 하루 만에 그

잡지를 찾아냅니다. 잡지에 실린 소설은 20년 전에 쓴 「불을 둘러싼 새」라는 짧은 소설이었습니다. 그 단편은 일본에서 유명한 시인인 이토 시즈오의 시를 인용하면서 시작하는 내용이었습니다. 오에 겐자부로는 고등학교에 다닐 때부터 이토 시즈오의 시 「휘파람새」를 통째로 암기하곤 했습니다. 그러니까 「불을 둘러싼 새」라는 작품은 자신이 즐겨 외우고 암송하던 시를 모티프로 하여 쓴 소설인 것이지요. 소설 속에서 어린 화자는 이토 시즈오의 「휘파람새」를 읽으며, 휘파람새가 반딧불이처럼 불을 두르듯, 빛을 발하듯, 노래하며 날아다니는 새일 거라고 상상합니다.

"나의 영혼이 무엇인지는 말할 수 없다. 그럼에도 나의 영혼은 기억한다." 작가는 이 시를 떠올리면서 자신의 영혼이 한 마리의 반딧불이가 되어 빛을 발하며 날아다닌다고, 그리하여 "이는 이미 오래전부터 '나의 영혼'과 이어진 내가 알고 있던 것"이라고 말합니다. 그렇게 시를 읽었던 소년은 소설가가 되었고, 결혼 후 장애를 가진 아들이 태어났습니다. 두개골 흠집에 의한 장애를 가진 작가의 아들은 태어나서 6년 동안 부모와 언어로 소통한 적이 단 한 번도 없었습니다.

어느 날 아들이 새소리에 민감하게 반응하는 것을 알게 되었고, 그후 새소리가 담긴 테이프를 자장가 대신 들려주었습니다. 그런데 아들이 하루는 호숫가에서 쉴 새 없이 지저귀는 새소리를 듣더니 "뜸부기예요"라고 말하는 것입니다. 그게 아들의 첫 언어였습니다. 아들은 테이프에서 새소리가 끝날 때마다 아나운서가 알려준

새 이름을 듣고 인지를 했던 것이지요.

그날부터 새소리를 매개로 작가와 그 아내, 아들 사이에 소통이 시작되었습니다. 젊은 시절 작가가 이토 시즈오의 시 「휘파람새」를 읽고 느낀 영혼의 느낌이 그의 삶에 일종의 예언이 되었던 것입니다. “그럼에도 나의 영혼은 기억한다”라고 말한 시인의 말은 소설가의 존재에 깊이 박혀서 존재의 일부를 이루었고, 그의 아들에게까지 전달되었습니다. 그리하여 작가와 그의 아내, 아들은 들판이나 숲속 어디를 가든 소리의 빛이라고 할 수 있는 휘파람새의 지저귐에 반응하는, 즉 영혼을 통해 서로 하나로 만난 것이지요.

『읽는 인간』이라는 책은 작가의 삶이 책과 인연으로 서로 엮여 있는 것임을 여실히 보여줍니다. 작가가 아홉 살 때부터 몇 년간 줄기차게 들고 다니며 닳도록 읽었던 책은 마크 트웨인의 『허클베리 핀의 모험』이었습니다. 그 책을 읽고 작가는 허클베리가 흑인 노예였던 짐을 배신하지 않겠다고 결심하면서 “그래 좋다, 나는 지옥으로 가겠다”라고 다짐한 그 한 줄을 마음에 새겼다고 합니다. 평생 그런 마음가짐으로 살겠다고 말이지요.

작가가 열여섯 살 때 서점에서 사서 닳아 없어질 정도로 읽었던 『프랑스 르네상스 단장』이라는 책도 그의 삶에서 중요한 역할을 맡았습니다. 그 책은 와타나베 가즈오라는 사람이 쓴 것인데 당시 도쿄대학 프랑스 문학과 교수였습니다. 작가는 이 책을 읽고 그 교수가 있는 도쿄대학에 가기로 결심합니다. 책 한 권이 인생이 나아갈 길을 결정지은 것이지요. 고등학교 때 만난 아미타 주조라는 친구는 작가에게 랭보의 시집 『시편』을 선물하고 프랑스어를 가르쳐주었는데, 그의 말대로 그는 작가에게 영혼의 친구와도 같은 사람이었습니다. 나중에 그 친구의 여동생과 결혼을 하게 되었으니까요.

이렇듯 오에 겐자부로의 『읽는 인간』을 읽다 보면 그의 인생에 등장한 책들도 마치 살아 있는 사람처럼 여겨질 정도입니다. 그런 느낌이 드는 건 작가가 무엇보다 책을 사람처럼 귀하게 여기고 아끼는 마음을 갖고 있기 때문인 것 같습니다. 그는 자신이 즐겨 읽었던 책들을 수십 년간 곁에 두고 간직합니다. 이 작가의 개성은 독특한 독서법입니다. 그는 한 권의 책, 한 명의 작가에 대해 오랫동안 탐구합니다. 단테의 『신곡』을 3년간 읽는가 하면, 윌리엄 블레이크의 작품은 수십 년간 읽었다고 합니다.

그는 재독re-reading, 즉 읽은 책을 다시 읽는 것을 매우 강조합니다. 다시 읽기는 일종의 전신운동이라고 표현합니다. 오에 겐자부로는 전신운동이라는 단어를 "머리에서 감정, 그리고 신체까지 해방된 기분이 드는 것"이라는 의미로 사용한다고 합니다. 책을 읽음으로써 책을 쓴 인간의 정신이 어떻게 움직이는지, 한 인간이 생각한다는 건 그 정신이 어떻게 작용한다는 것인지 알 수 있고, 이를 통해 사람은 지금 내가 얼마나 중요한 문제에 맞닥뜨리고 있는지 깨닫고, 결국은 진정한 나 자신과 만나는 것이 가능해진다고 말합니다.

작가는 자신의 인생의 습관이 된 독서의 기본 원리를 배우기, 외우기, 깨닫기라고 말합니다. 여기서 배우기는 일종의 흉내 내기입니다. 그리고 외우기는 반복적인 습득을 통해 기억시키는 과정이고, 깨닫기는 스스로 의미를 파악하게 되는 것입니다. 물론 어떤 책은 깨닫기까지 오랜 시간이 흐르기도 합니다.

오에 겐자부로는 독서 수행자의 삶을 보여줍니다. 오에 겐자부로가 외운 시의 구절, '나의 영혼은 기억한다'처럼 우리가 읽은 말들은 우리 영혼에 일부가 되어 우리를 살게 한다는 것을 그의 삶이 말해주고 있습니다. 그는 아들이 잠을 못 이루고 울 때마다 머리맡에서 윌리엄 블레이크의 시를 읽으며 그 시간을 견뎠다고 합니다. 힘들었던 시기를 블레이크의 시로 전신운동을 하며 살아낸 것입니다. 그가 왜 노벨문학상을 받았는지 알 것 같습니다.

『읽는 인간』, 오에 겐자부로, 정수윤 옮김, 위즈덤하우스, 2015

4

올바른 독서는 진실한 영혼으로 읽는 것

KBS에서 아침에 방송되는 〈인간극장〉이라는 프로그램에서 본 내용입니다. 6년 전, 전북 완주 어느 마을에 농사를 꿈꾸는 스물일곱 청년이 찾아옵니다. 청년의 수중에는 단돈 백만 원이 전부였습니다. 청년은 마을 할머니들의 밭을 갈아주고 어깨 너머로 농사를 배우다가 묵정밭이 된 옛 다랑논을 사서 혼자 집을 짓기 시작합니다. 청년은 비료나 농약을 사용하지 않고 자연 그대로의 방법을 써서 작물들을 가꿉니다. 비닐 대신 낙엽을 소복하게 덮어 풀을 잡습니다.

이웃 농부는 청년이 선택한 자연 농법을 다소 불안한 시선으로 바라보며 참견을 합니다. 그렇게 해서는 수확량이 많지 않아서 먹고살기 힘들다는 논리였습니다. 그러자 청년은 빙긋이 웃으며 "어르신, 저는 기존의 방법이 잘못되었다고 여겨서 그런 것이 아니라 그냥 제 방식대로 해보고 싶은 것입니다"라고 대답합니다. 타인의 농법을 비난하지 않고 그저 자기 방식이 좋아서 선택했다는 그 대답이 참 인상적이었습니다. 무엇이 스물여덟의 젊은이에게 저런 삶의 태도를 갖게 했을까 궁금해 관심을 갖고 계속 시청했지요.

청년은 부모님이 이혼한 후 고등학교 때부터 자취를 했는데, 어린 그에게 먹고산다는 것은 곧 '밥'을 먹는 것이었다고 합니다. 그래서 농사를 지으면 밥은 굶지 않을 거라는 생각으로 농부가 되겠다고 마음먹었습니다. 그렇게 아무것도 없이 맨몸으로 외딴 시골에서 집 짓고 농사지으며 살던 청년에게 짝꿍이 생겼습니다. 바로 아내입니다. 그리고 두 사람 사이에 사랑스러운 아이도 태어났습니다. 청년의 인생에도 봄이 찾아온 것이지요.

아빠가 된 그 청년 농부는 비록 남의 땅을 빌려 농사를 짓지만 열심히 몸을 놀리고 즐겁게 일합니다. 매일 농사일지도 씁니다. 텔레비전 화면 속에서 제 눈을 사로잡은 것은 좁은 방 벽면에 가득 꽂혀 있는 수십 권의 문학전집이었습니다. 아, 문학을 가까이하는 농부구나! 그런 생각이 든 순간 미국의 시인이고 사상가인 헨리 데이비드 소로가 떠올랐습니다.

소로도 청년과 같은 나이인 스물여덟에 월든 호숫가에 집을 짓고 새 삶을 시작했습니다. 소로는 하버드대를 나온 후 학교 선생님이 되었으나 학생들을 체벌하라는 교장의 요구에 따를 수 없어서 가르치는 일을 그만둡니다. 그리고 시인 랠프 에머슨의 땅을 빌려 자급의 삶을 살며 책을 읽고 글을 쓰며 살아갑니다. 『월든』에서 그는 자신이 새 삶을 선택한 이유를 이렇게 썼습니다.

"내가 숲속으로 들어간 것은 인생을 의도적으로 살아보기 위해서였다. 인생의 본질적인 사실들만을 직면해보려는 것이었으며, 인생이 가르치는 바를 내가 배울 수 있는지 알아보고자 했던 것이며, 그리하여 마침내 죽음을 맞이했을 때 내가 헛된 삶을 살았구나 하고 깨닫는 일이 없도록 하기 위해서였다."

저는 '인생이 가르치는 바를 내가 배울 수 있는지 알아보고자 했다'는 소로의 말에 전율을 느낍니다. 그는 책에서 배운 것을 관념에 담아두지 않고 삶으로 겪어보고자 했습니다. 가치 있는 것에 자신을 헌신해보고자 모험의 서사에 뛰어든 것이지요. 이 얼마나 멋진 선택인지요? 그가 쓴 『월든』은 오늘날 고전의 반열에 오를 만큼 유명해졌지만 당시에는 그리 주목을 받지 못했습니다. 『월든』은 소로가 낸 두 번째 책으로, 1854년 출간 당시 총 일곱 권이 팔렸는데 대부분은 그의 어머니가 산 것이라고 합니다. 소로가 출판 비용을 부담하고 출간했기 때문이지요. 그의 첫 책 『콩코드강과 메리맥강에서의 일주일』은 1000부를 인쇄해 219권이 팔렸으며, 나머지는 다락방의 단열재로 사용되었습니다.

하지만 지극히 개인적인 실험으로 보이는 소로의 삶은 이후 수많은 사람들에게 스며들었습니다. 마하트마 간디를 비롯하여 마틴 루서 킹, 넬슨 만델라와 같은 인권 운동가들과 핵무기 반대 운동에도, 또 국립공원 조성과 같은 자연보호 운동에도 깊은 영향을 준 것으로 알려져 있습니다. 어쩌면 〈인간극장〉에서 보았던 그 청년 농부도 그 책을 읽었을지 모르겠습니다.

소로는 그 당시 이웃들에게는 하버드대 나와서 실패한 인생, 빈둥대는 청년으로 보였을 것 같습니다. 그의 행동은 이해받기 힘든 일이었을 것입니다. 하지만 여러 책에서 보면 그는 사실 구도자의 삶을 살았다고 할 수 있습니다. 실제로 『구도자에게 보낸 편지』라는 책에는 그가 얼마나 절실하게 진정한 자기 자신으로 살고 싶어 했는지가 나와 있습니다. 그는 아주 성실한 독자였습니다. 책에서 보면 그는 자신이 나온 하버드대의 총장에게 직접 편지를 보내어 책을 대출할 수 있게 해달라고 부탁합니다.

『구도자에게 보낸 편지』라는 책에 소개된 일기에서 그는 영혼을 위한 독서를 해야 한다고 강조합니다.

> "올바른 독서는 참다운 책을 진실한 영혼으로 읽는 것이다. 이것은 고귀한 수행이며, 어느 것보다도 힘이 드는 훈련이다. 거의 전 생애에 걸쳐 꾸준한 자세로 임하려는 마음가짐이 요구된다. 그럴 때 책은 자신의 진정한 의미를 열어 보일 것이다."

이런 구절도 있습니다.

> "지난 밤 마누 법전의 숭고한 글귀에서 받은 인상 때문에 닭이 우는 시간 이전에 잠을 깼다. 그 책이 준 인상은 향기처럼, 늦게까지 땅 위에서 사라지지 않는 안개처럼 내 주위에 맴돈다. 여름날의 메뚜기와 귀뚜라미 소리들은 신성한 법전을 계속 낭송하는 것이며, 그 소리들은 힌두 경전에 대한 주석을 뒤늦게 덧붙이는 것이다."

낮에는 손수 몸을 움직여 밭을 일구고, 틈틈이 동서양의 종교 경전들과 사상, 고전들을 읽으며, 밤이면 글쓰기를 하였던 소로의 삶은 중세 수도원의 수도승들의 삶과 별반 다르지 않았던 것 같습니다. "하버드의 혼잡한 교실에서도 정말 공부에 몰두해 있는 학생은 사막의 수도승만큼이나 홀로인 것이다. 침묵은 영혼 그 자체와 친하게 만든다"라고 일기에 쓴 것처럼 그에게 독서란 머릿속에 정보를 저장하는 것이 아니라 지성으로 마음을 닦는 행위, 내면의 소리를 들으며 영혼을 느끼기 위한 작업이었습니다.

『월든』에서 그는 독서를 운동에 빗대어 설명하기도 합니다. "독서를 잘하는 것, 즉 참다운 책을 참다운 정신으로 읽는 것은 고귀한 운동이며, 어떤 운동보다도 독자에게 힘이 드는 운동이다. 그것은 운동선수들이 받는 것과 같은 훈련과 거의 평생에 걸친 꾸준한 자세로 독서하려는 마음가짐을 요한다"라고 말입니다.

소로의 삶과 글에서 느껴지는 친근감과 감동은 그가 일하는 농부였고, 측량 기사였으며 연필을 만드는 노동자였고, 목수였다는 점에 있습니다. 그 역시 자신의 생계를 잇고 일상을 살아내야 하는 생활인이었으며, 이웃으로부터 이해받지 못해 힘들어하는 아웃사이더이자, 고통받는 흑인 노예들을 보며 고뇌하던 사회인이었습니다. 그런 일상의 문제 속에서도 그는 책을 읽고, 홀로 고요히 숲길을 걷거나 일기를 썼습니다.

제가 소로에 대한 일화 중에서 가장 크게 웃었던 대목이 있습니다. 어느 날 소로는 병아리들이 화단을 파헤쳐서 속상하다고 말하는 에머슨 부인의 이야기를 듣습니다. 그러자 소로는 헝겊을 잘라 병아리들의 발을 감싸는 양말을 만들어 신겼다고 합니다. 병아리들을 우리에 가두고 싶지 않아서 그런 거였지요. 귀여운 병아리들이 자유롭게 다니도록 하려고 양말을 만들어 신기는 소로의 모습을 상상하니 웃음이 터졌습니다. 앞으로 소로를 생각할 때면 항상 그 장면을 떠올리게 될 것 같습니다.

> "엎드려서 책만 읽는 것보다 부끄러운 일이 또 있겠는가? 장작 패는 법이라도 배우라. 학자도 땀 흘려 일하고, 여러 사람과 대화하며 다양한 일들을 경험해봐야 한다. 노동은 책 읽는 것 못지않게 집중력을 필요로 한다. 따라서 자신의 글 속에서 쓸데없는 잡담과 감상을 없애는 가장 좋은 방법은 육체노동을 하는 것이다. 아침부터 저녁까지 몸을 움직여 일을 하면 당신은 그 시간 동안 생각의 흐름이 끊겼다고 아쉬워할지 모른다. 하지만 저녁에 방안에 앉아 그날의 경험을 단 몇 줄이라도 적어보라. 상상력

은 뛰어나도 게으른 공상에 불과한 글보다는 더 힘 있고 진실성이 담긴 글이 될 것이다."

〈인간극장〉에서 만난 아름다운 청년 농부도 그렇고 지금 이 시간에도 수많은 개인들은 각자의 인생에 가치를 걸고 일상을 살아내고 있겠지요. 오늘날 우리에게 소로는 역사 속 유명인이거나 자연인, 일반인은 꿈꾸기 힘든 특별한 삶을 살았던 '외계인' 같은 사람이 아닙니다. 그도 무분별한 개발 때문에 피가 끓었던 한 인간이었고, 생계를 잇는 것과 가치 있는 삶 사이에서 고민했던 사람이었고, 자신의 책이 팔리지 않아서 실망했던 사람이었을 것입니다.

다만 그는 일상에 충실한 삶을 살되, 본질적인 것을 잃지 않으려고 한 사람이었습니다. "목수는 그의 일을 더 잘하려고 노력을 함으로써 단순히 실력이 좋은 목수가 되는 것만이 아니라 더 나은 인간이 됩니다.", "우리의 중심은 너무도 자주 우리로부터 분리되곤 합니다.", "사람에게는 저마다 반짝이는 무언가가 있습니다." 이런 일기 구절들에서 우리는 그가 얼마나 '현재'의 삶에 충실하면서도 존재의 중심, 본질에 닿으려고 노력했는지를 알 수 있습니다. 그리고 그렇게 살기 위한 훈련의 도구는 바로 독서였고 글쓰기였습니다.

그의 오랜 친구이자 스승이기도 했던 에머슨은 소로의 장례식에서 이렇게 말했다고 합니다.

"가장 숭고한 사귐으로 자신의 영혼을 만들고, 짧은 생을 통해 이 세상에서 할 수 있는 일을 다 했습니다. 지식이 있는 그곳, 덕이 있는 그곳, 아름다움이 있는 그곳이 바로 그의 영혼의 집입니다."

「월든」, 헨리 데이비드 소로, 강승영 옮김, 은행나무, 2011
「구도자에게 보낸 편지」, 헨리 데이비드 소로, 류시화 옮김, 오래된미래, 2005

5

당신만의 만트라

한 젊은이와 힌두교 수행자와 마주 앉아 대화를 시작합니다. 젊은이는 그를 공적인 일로 몇 번 만난 적이 있었지만 단둘이 개인적인 대화를 나눈 것은 처음이었습니다. 젊은이는 힌두교 수행자인 스와미 사티아난다를 만날 때마다 그에게서 깊은 평화와 고요한 지혜를 느꼈기에 마음속 깊은 곳에서 배움의 열망이 솟았습니다.

"종교가 있나요?"

스와미가 물었습니다.

"가톨릭입니다."

"무엇을 배우고 싶은가요?"

"당신처럼 묵상을 통해 평화와 지혜를 얻고 싶습니다."

스와미는 젊은이를 조용히 지켜본 후 이렇게 말했습니다.

"묵상의 목적은 우리 마음 안에 거하는 우주의 영을 알아차리는 것입니다."

그는 『우파니샤드』의 다음 구절을 인용하여 말했습니다.

"그는 모든 것들, 모든 행위와 욕망과 향기와 맛들을 담고 있다. 그리고 그는 온 우주를 포용하고, 침묵 중에 모든 것을 사랑한다. 이것이 내 마음 안에 있는 영이다. 이것이 브라만이다."

스와미가 인용하는 구절이 맘에 들었던 젊은이는 그에게 묵상하는 법을 가르쳐달라고 청했습니다. 그러자 그가 말했습니다.

"묵상은 매우 단순합니다. 묵상하기만 하면 됩니다. 일주일에 한 번씩 내게 와서 함께 묵상하십시오."

이렇게 하여 청년은 묵상의 세계에 입문하게 되었습니다. 처음 방문한 날, 스와미는 이렇게 말했습니다.

"묵상하려면 침묵을 지켜야 합니다. 자신을 고요히 하고 집중해야 합니다. 우리 힌두교 전통은 당신이 고요와 정신 집중에 이를 수 있는 유일한 방법을 제시하고 있습니다. 우리는 '만트라mantra'라고 부르는 한 단어를 사용합니다. 묵상을 위해 당신이 할 일은 이 단어를 선택한 다음에 그것을 충실하게 사랑으로 계속 반복하는 것입니다. 거기에 묵상을 위한 모든 것이 있습니다. 나는 정말 이 밖에 더 말할 것이 없습니다."

그날 이후 젊은이는 18개월 동안 매주 그를 찾아가 정기적으로 묵상 시간을 가지게 되었습니다. 그는 스와미 곁에서 30분 동안 함께 묵상을 했습니다. 스와미는 젊은이에게 이 수행을 진지하게 받아들인다면 필히 하루에 30분씩 두 차례 묵상할 필요가 있다고 권했습니다.

스와미는 묵상 시간 동안에 마음 안에 생각이나 단어나 상상이 들어오지 않도록 하라고 말했습니다.

"계속 읊는 만트라가 점점 더 큰 진동수를 가지게 되고, 내부에서 공명을 일으키기 시작하여 그 공명이 온전함을 향하도록 인도하고, 마침내 깊은 일치를 체험하게 합니다. 이 소리는 우리 자신과 모든 피조물과 천지 만물 사이에 공명을 일으키는데 그것이 곧 창조주와의 일치인 것입니다."

묵상하러 갈 때마다 젊은이는 자주 스와미에게 물었습니다.

"얼마나 걸릴까요? 깨달음을 얻기까지 앞으로 얼마나 수행해야 합니까?"

이에 대해 스와미는 별 대답을 하지 않고 오로지 "당신의 만트라를 되뇌이십시오"라고만 했습니다.

18개월 동안의 만트라 묵상 체험은 청년의 삶에 깊은 인상을 남겼습니다. 이 청년의 이름은 존 메인으로 20세기 묵상기도의 선구자로 알려진 사람입니다. 위 내용은 존 메인의 글을 우리나라에 소개한 『그리스도교 묵상』이라는 책에서 발췌한 것으로, 1976년 11월 미국의 겟세마니 트라피스트 수도회에서 강연한 내용을 담고 있습니다.

1926년에 런던에서 태어난 존 메인은 대학에서 법학을 공부했고 영국 식민지였던 말레이시아에서 행정 공무원으로 일하던 중에 힌두교 성자로부터 만트라 묵상 방법을 배웠던 것입니다. 그는 이후 아일랜드로 돌아와 더블린 트리니티 대학에서 법학을 가르치게 되었습니다. 교수로 일하면서도 그는 말레이시아에서 배운 만트라 묵상을 지속했고 그때마다 이루 말할 수 없는 기쁨과 즐거움을 느꼈습니다. 하지만 당시 영국이나 아일랜드에서는 이러한 묵상 수행에 대해 제대로 아는 사람이 드물었고, 어떤 그리스도교 신부들 중에는 의혹과 적의를 품고 있는 경우가 있을 정도였습니다.

존 메인은 1958년 인생에서 중요한 전환점을 맞이합니다. 조카가 중병에 걸려 어린 나이에 세상을 떠난 것입니다. 조카의 죽음은 그에게 큰 영향을 끼쳤습니다. 그는 삶과 죽음과 실존의 목적에 대해 생각하게 되었고, 자신의 삶에서 가장 중요했던 것이 매일의 묵상이었음을 깊이 깨닫게 됩니다. 그리하여 그는 수도승이 되어 매일 묵상의 삶을 살고자 베니딕트 수도회에 들어갑니다. 하지만 수도회에 들어간 후에 한동안 그는 만트라 묵상을 잊고 지냈습니다. 대부분의 수도승들이 그렇듯이 수도회에서 지켜야 하는 기도 방법에 순종하며 지낸 것입니다.

그러던 중 그는 4세기 수도승 요하네스 카시아누스의 글을 만납니다. 그는 그리스어와 라틴어에 능통했던 사람으로 젊은 시절 금욕적 삶에 매료되어 수도승이 되었고, 서구의 수도원에 동방의 지혜를 전파한 사람으로 유명합니다. 카시아누스는 성경을 읽고 조용히 묵상하고 기도하는 시간을 가졌는데, 그의 묵상독서는 특정 단어와 구절을 자신의 일부가 될 때까지 반복적으로 암송하는 만트라 방법이었습니다.

"당신은 모든 면에서 독서를 성실히 열심히, 지속적으로 해야 합니다. 항구한 묵상이 당신의 마음을 채울 때까지 그리고 그것이 마치 언약의 궤와 같은 형태로 자신에게 형성될 때까지 계속하십시오."

심지어 카시아누스는 사람이 잠을 자는 동안에도 기억에 전념하여 말씀이 떠오르기를 희망했다고 합니다. 깨어 있는 동안 주의를 끌지 못한 새로운 의미를 잠자는 동안에 보게 될 수도 있다고 생각했다는 것입니다. 그는 이러한 독서를 통해 수도승의 이해력이 커지고 마음이 새로워지며 신성함과 아름다움으로 변화될 것이라고 믿었습니다. 또한 카시아누스는 성서 본문에 접근하는 것처럼 인체에 접근했는데, 본문과 마찬가지로 인간의 몸을 문자 그대로의 감각이 있는 것처럼 읽는 것이었습니다. 이는 묵상을 통해 육체와 영혼을 돌보고 양육하려는 방식이었습니다.

카시아누스를 만난 후 메인은 자신이 배웠던 만트라 묵상과 그리스도교의 묵상이 전혀 다른 것이 아니라 근본적으로 일치하고 있음을 깨닫습니다. 둘 다 우리 존재의 가장 깊은 중심으로 향하기 위한 묵상임을 알게 된 것입니다. 앞서 힌두교 수행자 스와미가 말했듯이 글을 읽고 묵상할 때 의미와 연상에 매이지 않고 맘에 드는 문구를 지속적으로 되새기며 그 소리에 주의를 기울이다 보면 만트라가 마음속에서 울리기 시작하고, 더욱 깊은 존재의 중심에서 느끼게 된다는 것이지요.

메인은 우리들이 자신을 너무 협소하게 '이성적 피조물'로만 여기거나 우리가 갖고 있는 자기 자신에 대한 상, 이미지 때문에 자신이 누구인지를 알아보지 못한다고 지적합니다. 묵상은 자기에 대해 갖고 있는 관념 너머로 들어가 온전한 자기에 집중하는 것, 그리하여 참된 자기를 발견하는 것이라고 그는 말합니다. "기도와 묵상은 어떤 것을 '행하는' 방법이 아니라 어떤 사람이 '되는' 길, 곧 자기 자신이 되는 길입니다." 물론 이런 깨달음은 그가 여러 번 언급했듯이 직접 '체험'함으로써 가능하겠지요.

만트라 묵상 방법이 힌두교에서 행했던 것이라는 점에서 일부 그리스도교 신자들 중에는 이것을 특정 종교의 수행 방법으로 바라보고 거부감을 갖는 경우가 있는 것 같습니다. 이런 의문에 대해 존 메인은 그리스도교에서 행하는 여러 구송기도가 만트라 묵상과 크게 다르지 않다고 주장합니다. 오히려 서로 보완적이라고 말합니다. 중요한 것은 좋은 말씀을 지속적으로 암송해 그 말씀이 존재의 깊은 곳까지 공명하도록 훈련해보는 것입니다.

『과학자인 나는 왜 영성을 말하는가?』를 쓴 생물학자 루퍼트 셸드레이크도 메인 신부와 같이 만트라 묵상을 지지하고 있습니다. 그는 감리교와 성공회의 영향 속에서 성장했지만 젊은 시절 무신론자였습니다. 생물학이 주 전공이지만 양자역학, 철학을 시작으로 힌두교, 불교, 초월 명상, 대체의학, 침술, 언어학, 과학철학에 이르기까지 다양한 분야를 섭렵하고 그것들과 교류하였습니다. 그가 여러 종교 중에 그리스도교에 안착한 것은 인도에서 만난 힌두 구루의 조언 때문입니다. 방황하던 셸드레이크는 그 구루에게서 "모든 길은 신으로 향합니다. 당신은 그리스도교 가정 출신이므로 그리스도교의 길을 따라야 합니다"라는 조언을 들었고, 그 말을 받아들였다고 합니다. 비록 그리스도교 신앙을 되찾았지만 그는 타 종교에 비해 그리스도교의 영적 깊이가 얕게 느껴져서 심한 긴장감을 느꼈다지요. 그럴 즈음 만난 사람이 베네딕트 수도회 소속 수도승으로 20년 넘게 인도에서 살고 있던 베데 그리피스 신부였습니다. 그를 만나면서 새로운 변화를 맞이했지요. 베데 신부는 채식과 요가, 명상을 하고, 가야트리 만트라를 읊는 것으로 미사를 했습니다. 어떻게 가톨릭 신부가 아쉬람(힌두교 공동체)에서 힌두교 만트라를 읊을 수 있느냐고 묻자 그는 가톨릭이기 때문에 가능하다고 말합니다. 즉 가톨릭이라는 단어의 의미가 원래는 '보편적인'이라는 뜻인데 만일 가톨릭이 신에 이르는 길 중에 어느 하나라도 배제한다면, 그것은 가톨릭이 아니라 하나의 분파일 뿐이라는 것이였지요.

셸드레이크는 모든 종교의 전통에는 묵상으로서 반복하는 신성한 소리가 있다고 말합니다. 그것들은 과거와 미래의 망상 속으로 추방된 우리를 구해주고 후회와 불안의 무한 반복에서 우리를 구해주며 우리를 현재로 되돌려주는 것입니다. 힌두교에서 가장 널리 알려진 만트라는 옴Om이고 서양 그리스도교, 유대교, 이슬람

교에서 아메엔Ameen입니다. 어떤 사람들은 이 둘이 같은 기원에서 출발한 것일지도 모른다고 추측하기도 합니다. 아래는 셸드레이크가 책에서 알려주는 방법입니다.

> "일단 눈을 감고 호흡에 집중한다. 들숨마다 빛을 몸속으로 가지고 오게 한다. 그리고 날숨마다 긴장을 풀고 놓아버린다. 날숨마다 다 놓아버리고 들숨마다 자신의 내면을 느껴서, 마침내 당신이 전부 빛이 되게 한다. 그렇게 계속하되, 이제 소리를 도입해 허밍하기 시작하고, 그 소리가 광선처럼 당신의 존재의 내면에 있는 구석진 곳을 탐색하게 한다. 가장 중요한 것은 듣는 것이다. 당신이 내는 소리에 집중해서 어느 한 소리도 놓치지 말고 듣는다. 당신이 끌리는 만트라를 선택하고 조용히 앉아서 그 만트라를 읊는다. 그리고 그 소리가 점점 더 고요해지게 놓아두라. 소리의 선물은 고요다."

『그리스도교 묵상』, 존 메인, 허성준 옮김, 분도출판사, 2018

『과학자인 나는 왜 영성을 말하는가』, 루퍼트 셸드레이크, 이창엽 옮김, 수류책방, 2019

6

기도와 노동 그리고 묵상독서

"수녀님들은 무슨 재미로 살아?"

수녀원에서 일한다고 하면 사람들이 가장 많이 묻는 말입니다. 아직도 수녀원은 재미없는 곳, 매우 엄격하고 금욕적이어서 즐거움과는 거리가 먼 곳일 거라고 생각하는 사람이 많은 것 같습니다. 정갈하고 엄숙해 보이는 수도원 건물, 수도복, 절제된 몸짓과 규칙적인 공동체 생활 등에 대한 이미지 때문이겠지만, 영화나 드라마, 역사책, 문학 작품 등에서 본 수도원의 이미지도 영향을 주었겠지요. 수녀원은 무슨 재미로 사냐고 묻는 질문에 답을 하자면 수녀원도 나름 재미있는 곳이라 말하고 싶습니다. 재미있는 일이 무엇이냐에 따라 다르겠지만, 수녀님들도 매일 일상 안에서 재미있게 살려고 애씁니다. 사실 재미있게 살려고 수녀원에 들어온 것인지도 모릅니다. 수녀로 사는 게 더 즐거울 거라고 믿었기 때문에 수녀가 된 것이니까요. 오늘날 고행하려고 수도 생활을 선택한 사람은 없습니다. 그 삶이 나답다고 생각했기에 선택하는 것이지요.

우리 주변에는 수도원은 물론이고 그리스도교에 대해 반감을 갖고 있는 사람이 많습니다. 그리스도교가 역사 속에서 저지른 잘못들, 교단에 대한 실망이 큰 탓이겠지요. 지금 소개하려고 하는 책을 쓴 저자, 페터 제발트도 반종교주의 노선에 서 있던 사람이었습니다. 어려서 한때 사제가 되고 싶었던 저자는 학생운동의 소용돌이를 겪으며 사회주의에 심취하였고, 대학 졸업 후 저널리스트가 된 후에는 지독하리만큼 반종교적인 글을 썼다고 합니다. 그런데 어느 날 추기경과 인터뷰를 하게 되었습니다.

당시 독일의 유명 시사 주간지 『슈피겔』에서 편집인으로 일하고 있던 그는 당연히 이번 기회에 저널리스트로서 추기경의 입을 다물게 해야겠다고 다짐합니다. 하지만 단단히 벼르고 추기경을 만나던 그날로 그는 삶의 변화를 갖게 됩니다. 추기경과 나눈 장시간의 대화로 그의 세계관과 종교관이 바뀐 것이지요. 그후 저자는 추기경과 계속 정신적 대화를 주고받았으며, 그 대화를 엮어 책으로 출간했습니다. 그때 만난 그 추기경은 훗날 교황로 선출됩니다. 바로 베네딕트 16세지요. 265대 교황이었던 그는 2013년 건강상의 이유로 교황 직에서 물러났고, 2022년 마지막 날 선종했습니다.

여기서 소개하려고 하는 책은 '수도원에서 배우는 삶의 기술'이라는 부제가 붙어 있는 『사랑하라, 하고 싶은 일을 하라』입니다. 저자가 이탈리아 몬테카시노 수도원을 방문해 그곳 수도승들과 나눈 대화를 주된 내용으로 하고 있는 책입니다. "나는 중심에서 얼마나 멀어져 있는가? 자신의 삶을 최대한 맑은 눈으로 감시하라"라는 표지 문구가 마음에 와닿습니다.

책에서 말한 대로 수도원 생활은 많은 점에서 우리의 일상과 반대입니다. 수도자들은 놀이공원이나 공포영화를 만끽하는 대신 고요한 곳을 찾습니다. 더 많은 돈을 벌기 위해 뛰어다니는 대신 가난을 추구하고, 영혼과의 만남을 추구합니다. 우리가 온갖 것에 의심을 품는 반면 그들은 확고한 신뢰 속에서 살아갑니다. 우리가 식도락을 즐기는 데 여념이 없는 반면 그들은 모든 일에 자족하며 살아갑니다. 수도원에는 모든 사람이 한 사람을 위하고, 한 사람은 모두를 위한다는 원칙이 언제나 살아 있습니다.

저자가 찾아간 이탈리아 몬테카시노는 6세기에 성 베네딕트가 수도원을 세운 곳입니다. 지금도 수많은 관광객들과 순례자들이 찾는 명소이지요. 베네딕트는 서양 그리스도교에서 수도 생활의 규칙을 세운 사람입니다. 그가 한 말들은 아름답고 경이로울 뿐만 아니라 6세기 사람의 입에서 나온 말이라고는 믿기지 않을 만큼 현대인들에게도 맞닿아 있습니다. 이를 테면 그는 이런 말들을 남겼습니다. "생명의 에너지를 길어 올려라.", "올바른 식사 습관을 준수하라.", "인간을 위해 우주가 준비해놓은 치유의 능력을 활용하라.", "활동과 휴식의 적절한 배분과 균형에 유의하라." 몬테카시노 수도원을 세운 베네딕트는 어떻게 사는 것이 좋은 삶인가를 고민하였고, 하느님, 인간, 노동이라는 이 셋의 관계 안에서 수도원을 인생 학교로 만들고자 했습니다.

그가 보기에 수도승들은 건강해야 합니다. 베네딕트 자신은 채식주의자였는데, 그는 "네 몸에게 잘하라. 그래야 영혼이 거기 깃들고 싶어 할 것이다"라고 말했습니다. 수도자들은 엄격한 식사 습관으로 건강한 육체를 갖고자 했는데, 수도원 정원에는 각종 약초들을 키우고 병원을 직접 운영하기도 했지요. 산책하기, 악기 연주하기, 노래하기 등으로 마음의 평정, 적절한 휴식을 취하는 것도 매우 중요한 일이었습니다. 다시 말해 몸과 영혼의 조화를 이루는 것이 수도원에서 추구한 삶의 기술입니다.

흔히 수도승들이 몸과 영혼을 분리시켜서 영혼의 세계만을 거룩하게 여기고 몸을 가벼이 여겼을 것으로 여기는 사람들이 많지만, 그것은 오해입니다. 그들이 추구한 '질서'는 이데올로기나 도그마와 같은 것이 아니라 영혼과 육신이 모두 건강한 전인적인 생활이었습니다. 몬테카시노의 수도승들은 치료에 가장 좋은 약은 거룩한 말씀과 화해의 몸짓임을 알았습니다.

그들은 동료 수도승들이 건네는 '축복의 말'이야말로 가장 좋은 치료제임을 알았고, 감사와 긍정의 태도가 건강한 삶을 가져온다는 것을 알았습니다. 그리고 자신과 타인을 살리는 축복의 말은 바로 '거룩한 독서'를 통해 자기 안에 울려 퍼지는 신의 음성을 듣는 사람만이 할 수 있다고 여겼습니다. 그리하여 그들은 매일 성경을 읽고 묵상하면서 영혼을 돌보는 독서를 하였던 것입니다. 베네딕트가 자주 "거룩한 독서를 즐겨 들으라"라고 한 것도 그런 이유에서입니다.

수도원에서 찾을 수 있는 삶의 기술 중 또 하나는 노동에 대한 사유입니다. 베네딕트는 이미 그 시대에 수도원을 통해 계급 없는 사회를 보여주었습니다. "우리의 선조들과 사도들이 그러했듯이 직접 손으로 일을 해서 먹고살아야 진정한 수도자라고 할 수 있다"라고 그는 단언했습니다. 훗날 베네딕트의 규율을 엄격하게 지키던 시토회 수도자들은 다른 사람들에게 올무가 될 수 있는 토지 임대료나 십일조를 받지 않도록 규칙으로 의무화할 정도였어요. 그들은 마음에 새겼습니다. "어느 누구도 자기 재산을 소유해서는 안 된다. 책도 안 되고 책상도 안 되고, 필기구도 안 된다. 아무것도 소유하지 마라."

널리 알려진 말, "기도하라, 그리고 일하라"는 베네딕트회의 구호이고, 어찌 보면 모든 수도회의 기본 정신일 것입니다. 베네딕트는 병들고 약한 수도승들에게도 적절한 일거리를 주어야 한다고 분명하게 지시했습니다. 아무런 일거리를 주지 않아 그들의 존엄성이 침해되거나 너무 무거운 일을 맡겨 육체를 짓누르는 일이 없도록 하라고 했지요. 그는 "묵상하는 삶은 노동하는 삶으로 인해 지탱되며, 노동하는 사람만이 진정한 묵상을 할 수 있다. 또 기도하는 사람만이 영속적인 가치가 있는 일을 할 수 있다. 기도와 노동이 함께 있는 곳에서 비로소 인간은 균형을 찾을 수 있으며, 이

것이야말로 온전한 진리이다"라고 말합니다.

이 책 말미에서 저자는 라칭거 추기경이 한 말, '영혼의 황폐화'를 언급합니다. 인간이 양적으로 측량 가능한 가치만 유용하다고 받아들일 때 영혼의 황폐화가 일어난다는 것, 사랑의 능력이 파괴되면 지독한 단조로움이 찾아오고 이것이 인간을 독살한다는 것을 말이지요. 원래 수도자monk라는 말은 그리스어로 '혼자'라는 뜻의 모나코스monachos에서 나왔다고 합니다. 모나코스는 '고독'이라는 말과 동의어로 쓰이기도 합니다. 홀로 있음이 수도자의 운명인데 수도원은 그 '홀로 있음'을 지향하는 사람들이 모여 공동체를 이루고 살고 있는 곳입니다.

그런 면에서 볼 때, 수도원은 우리에게 잠시 '멈출 것'을 권합니다. 이 멈춤이야말로 인간의 기본권이며, 건강한 삶을 위한 필수 조건이라고 강조합니다. 멈춤은 무엇인가 움켜쥐고 있는 것을 내려놓는 것, 침묵하는 것, 귀를 기울이는 것, 자기 안에 오랫동안 억눌렸던 것을 풀어놓고 화해하는 것입니다. 정신을 가다듬고 나의 참된 정체성을 찾으려는 의지, 고요함 속에서 나의 고집을 내려놓는 것, 삶의 속도를 늦추고 생명의 리듬을 회복하는 것, 무절제한 소비를 줄이고 정도와 중심을 추구하는 것, 고통 속에서도 사랑을 실천하는 것입니다.

> "수도원은 과거의 생기 없는 유물이 아니라 우리의 시간 속에 '영원'이 존재하고 있음을 확인시켜주는 전령과 같다."

"그 사람이 무엇을 생각하는가가 아니라, 무엇을 사랑하는가가 그 사람을 결정한다."

이 두 문장이 긴 울림을 줍니다.

「사랑하라 하고 싶은 일을 하라」, 페터 제발트, 손성현 옮김, 문학의숲, 2010

7

고통을 바라보는 힘

1823년 일흔네 살의 괴테는 사랑에 빠져 있었습니다. 그는 열일곱 살 울리케 폰 레베초우를 보고 첫눈에 반하여 사랑에 빠졌고, 2년 뒤 청혼했지만 당연히 울리케의 부모는 허락하지 않았습니다. "70대 노인이 열아홉 아가씨를 사랑하다니, 그것도 청혼까지?" 주변의 수군거림에도 괴테 자신은 마치 광기에 사로잡힌 듯이 자신의 사랑을 진실이라고 믿었던 것 같습니다.

청혼이 거절당한 괴테는 깊은 절망과 비탄에 빠져 집으로 돌아가야 했지요. 울리케가 사는 곳은 괴테가 온천요법을 받으러 이따금 찾아가는 고장이었습니다. 그런데 집으로 돌아가던 길에서 괴테는 갑자기 마차 밖으로 나가 뭔가를 쓰거나, 여행길의 여관에서 밤새 글을 쓰기도 합니다. 그는 출판하기로 했던 책의 첫머리에 들어갈 부분을 작성하고 있었는데, 그 내용은 이런 것이었습니다. "인간이 자신의 고통 속에서 침묵해야 할지라도, 신은 내게 능력을 주었다. 내가 고통스럽다고 말할 수 있는 능력을."

그렇게 괴테는 집으로 돌아가는 동안 줄곧 글을 썼고, 마침내 집에 도착하자 비틀거리며 서재로 들어가서 3일 동안 책을 완성했습니다. 그리고 결국 쓰러졌습니다. 그의 건강 상태가 심각해 보이자 사람들은 급히 괴테의 친한 친구를 불렀습니다. 베를린에서 온 친구 젤터는 괴테가 무엇 때문에 그토록 괴로워하는지를 알았기에 특별한 처방을 내리기로 합니다. 바로 괴테가 온 마음으로 절실하게 써내려간 시를 낭독해준 것입니다. 그는 괴테 자신이 극단의 고통 속에서 쓴 시를 괴테의 귀에 들려주었습니다.

괴테는 친구가 들려주는 자신의 시를 들었습니다. 그리고 그는 점차 회복되어갔습니다. 죽음을 걱정할 정도로 쇠약했던 몸에 생기가 돌게 된 것입니다. 괴테는 사랑하는 소녀와 평생 함께 살고 싶은 꿈을 땅속에 묻어버릴 만큼 상실의 고통을 이겨냈습니다. 그것은 과연 시의 힘이었을까요? 친구의 다정한 목소리에 담긴 소리의 힘일까요? 함께 공명하는 마음이 만들어낸 에너지 때문일까요? 아니면 괴테 스스로 자기가 써내려간 고통의 언어에서 오히려 그 저항으로 살아갈 생명의 힘을 발견한 것일까요?

이 놀라운 이야기는 『우리의 고통을 이해하는 책들』이라는 책에 나온 것입니다. 이 책의 저자인 레진 드탕벨은 괴테가 자신의 시를 듣고 다시 살아난 이유를 시의 힘, 낭송의 힘으로 보고 있습니다. 그는 낭송이란 인간의 감정이 자리 잡고 있는 깊은 원천에서 솟아나는 것으로, 선택된 멜로디와 리듬이 그것을 듣고 받아들이는 사람에게 다시 균형을 되찾게 해준다고 말합니다. 젤터의 목소리가 아기를 잠재우듯이 늙은 시인의 고통을 잠재웠다고 본 것입니다. 시에 담긴 내용, 낭송의 힘이 괴테가 고통을 이겨내게끔 했다고 저자는 말합니다.

시에 담긴 힘, 목소리의 힘이 치유를 가져왔다는 말에도 분명 일리가 있을 것입니다. 하지만 저는 다른 측면에서 이 사건을 바라보고 싶습니다. 괴테가 자신이 고통 중에 써내려간 시를 듣고 절망의 고통에서 해방된 것은 고통을 바라볼 줄 아는 힘 덕분이라고 봅니다. 절망에 빠져 있을 때 우리는 그 절망 자체를 자기의 존재 자체로 여겨서 고통의 바다에 빠져 허우적대곤 합니다. 그때 잠시 고요히 앉아 자신의 감정이나 생각을 가만히 지켜본다면 절망이 곧 자기 존재가 아님을 깨닫게 되지요. 괴테는 비탄에 젖어 썼던 시를 다시 들으면서 자신의 감정을 관찰자의 시선으로 바라보게 된 것입니다. 괴테는 자신을 그토록 힘들게 했던 절망의 감정이 마치 흘러가는 먹구름처럼 바람에 흩어져가는 것을 지켜볼 수 있었습니다.

괴테가 자신이 쓴 시로 치유되었다고 말할 수도 있겠지만, 단순히 스스로를 위로하는 것만으로는 비탄의 감정에서 벗어나기란 쉽지 않습니다. 시간이 지나면 다시 그 감정이 수면 위로 올라와 마음을 흔들어놓을 수 있기 때문입니다. 온전한 치유와 회복은 마음을 달래는 수준에서 이루어지는 것이 아니라, 자신의 고통스러운 감정을 객관적으로 지켜보고 그 감정이 자신의 존재 그 자체가 아님을 깨닫게 되었을 때, 즉, 그런 감정을 느낀다고 해서 사랑을 상실하는 것이 아님을 깨달음으로써 이루어집니다.

다시 말하면 괴테는 자신이 내뱉은 고통의 언어들을 다시 지켜봄으로써 자기 고통의 이유를 이해하고 그것을 받아들일 의지가 생긴 것이라고 할 수 있습니다. 그것은 고통의 감정에 동조하거나 빠져 있을 때는 가능하지 않습니다. 자신의 고통이 어디에서 비롯되었는지 이해할 때 가능해집니다. 고통을 겪고 있는 중에는 고통을 이해하기 힘듭니다. 잠시 고통과 거리를 둔 뒤 고통을 관찰하고 주시할 때 이해의 가능성이 생깁니다.

이런 관점을 연장해볼 때 우리가 책을 읽고 치유를 얻는 것은 단지 책 속의 멋진 문장에 감동해서가 아니라 그 문장에 자신의 감정이나 고민에 비추어봄으로써, 내적 번민의 원인을 이해하고 통찰하며 이루어진다고 할 수 있습니다. 그러므로 책 속 저자의 말이나 생각을 읽는 행위는 곧 자신의 마음을 지켜보는 일이라고도 할 수 있겠지요.

괴테가 그랬듯이 괴로움의 감정을 일기나 글로 쓰고, 그것을 소리 내어 읽으면서 그 감정을 지켜볼 때 이해하는 힘이 생길 것입니다. 고통스러운 감정을 표현하는 문구를 만날 때 공감에 겨워 함께 우는 것만으로도 통쾌함과 연대감을 느끼고 힘이 날 수 있지만, 반대로 자기연민에 빠지는 일이 생길 수 있습니다. 자신을 불쌍히 여기는 자기 연민은 자칫 스스로를 희생자나 피해자로만 생각하게 만듦으로써 부정적인 감정을 더욱 강화시킬 위험이 있습니다. 괴테가 자기 연민의 시선으로 자신의 시를 읽었다면 그는 더욱 절망에 빠졌을 것이고, 건강은 더욱 나빠졌을 것입니다.

괴테의 사연에서 우리는 두 가지를 성찰해볼 수 있습니다. 하나는 자신의 고통을 언어로 표현할 줄 알아야 한다는 것이고, 다른 하나는 그 고통을 거리를 두고 바라볼 줄 알아야 한다는 것입니다. 자신의 감정이나 상태에 대해 절절하게 언어로 표현하는 것은 마음을 들여다보고 그 마음이 만들어낸 것들을 직면하는 행위입니다. 추상적인 느낌이나 감정을 언어를 통해 명명함으로써 자신의 현재 상태를 분명하게 지각할 수 있게 됩니다. 다시 말해 고통을 표현하는 것만으로는 그 고통에서 해방될 수 없습니다. 고통스러운 자신의 감정을 지켜보고 이해할 때 고통을 견뎌낼 힘이 생겨난다고 말할 수 있습니다.

『우리의 고통을 이해하는 책들』, 레진 드탕벨, 문혜영 옮김, 펄북스, 2017

8

타인이 이해할 수 있는 언어로 내 고통을 말하기

평생 자식들로부터 이해를 받지 못한 채 돌아가신 분의 이야기를 할까 합니다. 고향 친구가 들려준 친구 아버지의 삶에 관한 이야기입니다. 친구는 어려서부터 늘 술에 취해 있는 아버지를 보고 자랐습니다. 아버지는 하루도 맨정신인 적이 없었습니다. 엄마를 비롯하여 온 식구가 농사일과 집안일로 바빴지만 아버지는 술에 취해 술집에서 살다시피 했습니다. 어릴 때부터 친구는 그런 아버지가 정말 미웠습니다. 어머니를 고생시키는 아버지를 보며 아버지가 차라리 안 계시는 편이 낫겠다고 생각한 적도 많았답니다. 왜 아버지의 삶은 저럴 수밖에 없는지 도저히 이해할 수 없었고 의문투성이였지요.

세월이 흘러 아버지 나이가 일흔이 넘었을 때 마침내 그 비밀스러운 삶의 상자가 열렸습니다. 친구의 아버지는 한국전쟁 직후 군생활을 했는데, 아버지가 근무했던 군대는 특수한 임무를 맡은 부대였습니다. 아버지는 임무를 수행하던 중 절대로 잊을 수 없는 끔찍하고 충격적인 사건을 겪었습니다. 그것 때문에 평생 정신적인 외상에 시달렸고 그것을 잊으려고 술을 마시다가 알코올중독자가 되어버린 것입니다. 제대 후 결혼을 하여 가정을 꾸렸지만 아버지는 제대로 치료를 받지 못한 채 고통에 시달렸습니다. 더구나 "양반집 자식이 국가 일을 하다가 다친 것을 가지고 무슨 보상을 받아!" 하며 보상 신청을 못 하게 한 할아버지 때문에 국가로부터 아무런 보상이나 위로를 받지도 못했습니다. 이 모든 사실은 할아버지가 돌아가시고 뒤늦게 보훈처에 유공자 신청을 하면서 알려진 것입니다. 친구의 아버지는 무려 30년 만에 유공자 대우를 받게 되었지만 얼마 안 가 돌아가시게 되었고, 그후 어머니가 아버지를 대신해 연금을 받고 있습니다.

아버지가 수십 년 동안 고통스러운 삶을 보냈다는 사실을 뒤늦게 알게 된 친구는 한동안 죄책감과 원망을 안고 살아야 했습니다. 아버지의 속도 모른 채 미움과 원망으로 보낸 세월이 한스럽고 미안하고 애처롭게 여겨졌습니다. 아버지가 얼마나 괴로웠을지 감히 짐작하긴 어렵지만 그래도 아버지가 한 번쯤은 진지하게 자식들에게 자기 삶을 털어놓았더라면 어땠을까 하는 생각이 들었습니다. "나, 정말 괴롭고 힘들다, 나도 어떻게 하면 이 괴로움에서 벗어날 수 있을지 모르겠구나!" 하면서 한탄이라도 했더라면 아버지의 마음속을 조금이나마 들여다보고 이해하려고 했을 수도 있었을 거라고 친구는 말합니다.

아버지는 자신의 고통을 자식들까지 알게 해서는 안 된다는 생각을 했을 것입니다. 자기 혼자 힘든 것으로 삶을 견디려고 했겠지요. 그 시절에는 지금과 달리 상담이나 치료를 받는다는 것을 생각하지 못했기에 어떻게 고통을 극복해야 하는지를 몰랐을 것입니다. 그러다보니 같이 사는 가족들만이 아버지의 신음을 들으며 살아야만 했습니다. 이유도 모른 채 아버지를 원망하고 미워했고, 또 그러한 자신에게 죄책감을 씌우며 살았던 것입니다.

세상이 많이 바뀌었지만 우리는 여전히 가까운 가족에게 자기의 괴로움을 표현하는 기술이 매우 서툰 것 같습니다. 그러다보니 같은 말만 반복하는 부모의 신세타령에 지친 나머지 자식들은 귀를 막아버리곤 합니다. 고통스러운 자신을 봐달라고 신음만 할 게 아니라 타인으로부터 자기 삶을 이해받을 수 있는 방법은 무엇일까요?

이와 관련하여 사회학자 엄기호는 『고통은 나눌 수 있는가』라는 책에서 아주 중요한 말을 하고 있습니다. 저자에 따르면 고통을 겪고 있는 사람들은 대부분 타인들이 자신의 고통을 알아주기를 원하고 어떤 '응답'을 받고 싶어 합니다. 그리고 그 '응답'은 말을 통해 소통이 됩니다. 그런데 저자는 고통을 겪으며 고통에 함몰된 이가 가장 잃어버리기 쉬운 것이 바로 이 '응답으로서의 말'이라고 말합니다. 응답을 간절히 바라지만 기대할 수 없다는 것이 고통을 겪는 이의 가장 큰 절망이자 딜레마라는 것입니다.

이렇기에 고통받는 사람들의 입에서 반복적으로 나오는 말이 바로 "넌 내 고통을 모른다"입니다. 자신의 고통을 타인으로부터 공감받지 못함으로 인해 고통은 점점 더 심해지고, 결국엔 그 곁에 있던 사람마저 고통에 빠트리고 맙니다. 자신의 고통을 알아주기를 원하면서도 타인은 자기 고통에 응답할 수 없다고 여기게 되는 모순에 빠진 것입니다.

따라서 고통을 겪고 있는 사람과 그 곁에서 고통을 나누고자 하는 사람 사이에는 '말'이 필요합니다. 저자 말대로 언어는 세계를 짓는 도구이기 때문입니다. 우리는 타인의 말을 듣고 그 말에 응답하면서 그 사람과 나 사이에 관계를 맺고 유지합니다. 말을 통해 의미 있는 관계를 맺으면서 그 안에 나와 그가 머무르는 것입니다.

그 '말'은 어떻게 얻을 수 있는 것일까요? 저자가 책에서 결론으로 제시한 것은 고통에 빠진 당사자가 먼저 자신의 고통에 공감할 줄 알아야 한다는 것입니다. 즉, 자신의 고통에 관해 말할 줄 알아야 합니다.

다시 말해 고통의 당사자가 자신의 고통에 관해 말할 수 있으려면 자신의 곁에 설 수 있어야 한다는 것입니다. 어떻게 고통의 당사자가 스스로 자기 곁에 설 수 있을까요? 어떻게 하면 절규하는 자에서 말하는 자로 바뀔 수 있을까요? 그 시작은 바로 '타인의 언어'를 아는 것입니다. 글을 읽고 쓰는 것을 통해 고통의 당사자는 자신의 세계를 파괴하는 외로움으로부터 벗어날 수 있다는 것입니다.

저자가 책에서 인용한 리베카 솔닛이라는 작가는 이렇게 말합니다.

> “글쓰기는 자신의 내면에서 ‘자기의 복수성’을 구축하고 인식하게 만들었다. 고통의 소통 불가능성에 의해 외부에서 폭파된 세계를 내면에 구축할 수 있게 해주었다.”

저자에 따르면 글쓰기는 자신에게 말을 걸고 이해를 구하는 행위입니다. 자신의 고통을 쓰고 그것을 의미화하는 과정에서 자기를 이해하고 자기 삶의 의미에 도달하게 된다는 것입니다. 이는 타인을 설득하는 것보다는 자기가 자기에 대해 해명하고 자기를 납득하는 것입니다. 홀로 있으면서 남과 소통할 수 있는 존재로 만드는 행위입니다.

글쓰기는 다른 사람에게 의지하지 않고 자기가 자기를 관찰하고 성찰하는 기록입니다. 자신을 알아가는 과정이자, 다른 사람의 주목을 끌기 위한 것이 아닌 오로지 자신을 위한 행위입니다. 글쓰기를 통해 자기 자신을 이해하게 될 때 비로소 타인에게 자신의 고통을 표현할 줄 알고, 타인으로부터 이해받을 수 있게 될 것입니다.

그런데 고통의 당사자가 자신을 곁에 두고 관찰하고 고통의 서사를 쓰려면 삶을 사유하는 언어가 필요합니다. 우리가 타인이 쓴 일기나 자서전, 고백록 등을 읽고 타인의 언어를 배워야 하는 이유가 여기 있습니다. 다른 사람들은 각자의 고통에 대해 무슨 이야기를 하고, 어떻게 말하는지 읽어보아야 합니다. 다른 사람들이 쓴 자서전이나 일기, 회고록 등을 읽음으로써 타인의 고통에 공감하고, 고통을 말하는 기술을 배울 수 있습니다. 즉, 타인이 고통에 대해 쓴 글을 읽으면서 그들이 고통을 어떻게 이해하고 극복하였는지에 귀를 기울이고, 그것을 통해 자신의 고통을 이해하고 그것을 표현하는 방법을 배우는 것이지요.

"글쓰기를 통해 사람은 자기 자신과 동행할 수 있었다"라고 한 저자의 말대로 말과 글을 배우는 것은 자신의 고통을 들여다보고 말하는 기술인 것입니다. 고통의 당사자도 고통받는 자 곁에 있는 사람도 고통을 말하고 듣는 기술을 기르기 위해 책을 읽어야 한다는 게 저자의 결론입니다.

고통에 대해 이해하고 말하고 듣는 기술을 배우는 데 아주 적합한 책 한 권을 소개하려고 합니다. 바로 헤럴드 S. 쿠쉬너가 쓴 『왜 착한 사람에게 나쁜 일이 일어날까』입니다. 이 책의 저자 헤럴드는 독실한 유대교 랍비(성직자)였습니다. 그는 어느 날 의사로부터 충격적인 말을 듣습니다. 세 살밖에 안 된 아들이 빨리 늙는 병, 조로증에 걸렸으며, 청소년기에 사망할 거라는 말이었습니다. 그때까지 성실하고 신실한 랍비로 하느님의 공정성과 정의로움에 대해 의심을 품은 적이 없었던 그에게 이런 비극은 도저히 용납할 수 없는 일이었습니다.

그가 열네 살의 아들을 보내면서 깨달은 것은 고통은 누구에게

나 아무 때나 일어날 수 있을 만큼 널리 퍼져 있으며 누구나 자기 몫의 고뇌와 아픔을 갖고 있다는 것입니다. 그는 말합니다.

> "우리에게 일어난 불행은 신이 만들지 않았습니다. 어떤 것은 운이 없어 일어나고, 어떤 것은 나쁜 사람들 때문에 일어나며, 어떤 것은 우리가 인간이고 죽을 수밖에 없는 존재이기에 유연하지 못한 자연의 법칙이 지배하는 이 세상에서 불가피하게 일어나는 것입니다. 우리에게 일어난 고통은 우리 잘못에 대한 징벌도 아니고 신의 원대한 계획의 일부도 아닙니다."

그렇다면 고통은 우리에게 아무 의미가 없는가? 이에 대해 저자는 "왜 이런 일이 내게 벌어졌지? 내가 왜 이런 일을 당해야만 하는가?"라고 질문을 하기보다는 "이제 내게 이 일이 벌어졌으니 어떻게 해야 할까?"라고 하는 것이 더 나은 질문이라고 말합니다. 그러므로 "왜 착한 사람에게 나쁜 일이 일어날까?"라는 질문에 답할 사람은 이 세상에 아무도 없습니다. 우리는 오직 이 질문에 어떻게 응답할 것인가, 어떤 행동을 취할 것인가만 선택할 수 있습니다. 그러므로 우리는 고통의 원인을 파헤치기보다 사랑하고 용서하는 능력을 키울 필요가 있습니다

이 책은 고통에 대한 저의 패러다임을 바꿔놓았습니다. 신은 감당할 만한 고통을 주신다, 스스로를 잘 돌보지 못해서 고통을 겪게 된 거다, 신의 원대한 섭리와 뜻이 있겠지 등의 인과론적인 태도로

고통을 이해하고 있었음을 반성하게 했습니다. 타인의 고통에 대해서도 내 맘대로 판단하고 조언하여 나도 모르게 상처를 주었음을 깨닫게 해주었습니다.

이처럼 "사람은 다른 사람의 이야기라는 '거울'을 통해서 자기를 볼 수 있고, 다른 사람의 언어를 도움닫기로 해야지만 자기 언어로 올라갈 수 있다"라는 사회학자 엄기호의 말에 전적으로 동의합니다. 또한 "다른 사람의 경험을 참조하여 그들의 언어에 매개되어 자신을 돌아볼 때만 자기 자신에 함몰되지 않고 스스로에게 집중할 수 있다"라는 말에도 공감합니다. 내 고통에 대해 말하려면 먼저 타인들의 언어에 귀를 기울이고 공감하려고 노력해야 한다는 그의 말에서 다시 한번 '읽고 쓰기'의 중요성을 떠올립니다.

「고통은 나눌 수 있는가」, 엄기호, 나무연필, 2018

「왜 착한 사람에게 나쁜 일이 일어날까」, 해롤드 쿠쉬너, 김하범 옮김, 창, 2000

4장

일상을 기쁨의 정원으로 만들기

3장에서는 묵상독서를 통해 변화된 삶을 살았던 사람들과 관련된 책들을 소개했습니다. 묵상독서의 시작은 고요한 공간에서 마음가짐을 새롭게 하고, 주의를 기울여 집중하여 글을 읽는 것부터 시작합니다. 그런데 디지털 시대를 살아가고 있는 우리 현대인들은 주의를 집중하여 고요히 현재에 머물기가 잘 안 됩니다. 처리해야 할 정보량이 엄청난 데다 멀티태스킹을 하느라 뇌가 급격하게 피곤해졌기 때문입니다.

『도둑맞은 집중력』을 쓴 요한 하리에 따르면 현대인들이 어느 하나에 집중하는 평균값이 19초라고 말합니다. 그는 멀티태스킹은 일종의 '저글링'과 같으며, 뇌가 하나의 작업에 집중하다가 다른 일로 전환하는 데에 상당한 에너지가 소모되기 때문에 뇌가 피곤해져서 집중력을 저하시킨다고 주장합니다.

이렇게 자주 작업을 전환하고 실수를 바로잡으며 정보를 처리하는 일에 많은 시간을 쓰게 되면, 그만큼 뇌는 독창적이고 창의적인 생각을 할 기회가 줄어들 수밖에 없을 것입니다. 특히 자기 경험을 기억으로 바꾸는 데는 정신적 여유와 에너지가 필요하기 마련인데 그 에너지를 빠른 속도로 일을 전환하는 데 쓰느라 그만큼 기억하고 학습하는 정보량이 줄어들 수 있습니다. 더구나 이런 멀티태스킹은 불필요한 정보를 걸러내지 못하게 만들 수 있지요. 시끄러운 곳에서 필터링을 하느라 뇌가 훨씬 고되게 일해야 하기 때문입니다.

잘나가는 기술윤리학자 제임스 윌리엄스가 인터뷰에서 한 말, "주의력은 인간 삶의 모든 단계에서 우리의 목표 가치를 설정하고 지향하게 해주는, 우리가 원하는 것을 얻도록 해주는 근본 역량인데, 이것이 심각하게 손상되면서 숙고, 자기통제와 같이 인간다움을 유지하는 역량도 위축되고 있다"라고 지적한 것에 대해 격하게 동의합니다.

인간다움을 유지하는 역량인 이 집중력이 손상되면 우리가 일상을 편안하게 조성하고 삶을 성찰하는 것을 방해하는 건 분명해 보입니다. 우리의 일상은 끊임없이 외부의 시끄러운 미디어나 분주함으로 인해 산만하게 흘러가버리기 일쑤입니다. 스크롤을 내려가며 유튜브 동영상을 검색하다보면 몇 시간이 훌쩍 지나가버립니다. 좋은 책을 읽고, 좋은 사람과 대화하고, 명상하고 산책하며 온전히 나로 머무는 시간을 내기가 쉽지 않습니다.

『도둑맞은 집중력』에서 요한 하리는 오늘날 집중력을 심하게 저하시키는 요인으로 스트레스, 출산, 노화 등 생활 변화와, 수면 장애, 스마트폰 등을 제시합니다. 이는 우리의 뇌가 생존 모드, 즉 비상 상황에 대처하느라 우리의 세포를 감싸고 있는 생명 에너지를 과도하게 써버리고 온통 환경, 몸, 시간 등 외부에만 집중해 있다는 것을 뜻합니다. 이런 환경 속에서 어떻게 우리가 바라는 '온전한 나로 존재하는 것'이 가능할까요? 외부에 빼앗긴 우리의 주의력을 가져올 방법은 무엇일까요?

역사학자 제이미 크라이너는 현대인들의 이런 문제를 해결하기 위한 방편으로 중세 수도자들이 했던 집중력 훈련 방식을 소개합니다. 『집중력 설계자들』라는 흥미로운 책에서 그는 중세 수도자들이 분주한 일상에서 실천했던 방법을 크게 여섯 가지로 설명합니다. 첫째는 '단절'입니다. 그들은 산만한 세상과의 단절을 위해 고요한 공간을 찾거나 집중을 방해하는 잡다한 생각들로부터 해방될 수 있는 '마음속 수도원'을 만들었습니다.

두 번째 방법은 '함께하기'였는데요, 집중을 돕기 위해 수도 공동체는 서로의 말과 행동, 생각 등 모든 활동을 격려하고 의논하였습니다. 그들은 철저하게 규칙을 준수하면서 독서와 기도, 노동을 번갈아 하였으며, 때로는 권위 있는 선배의 조언을 받으며, 집중력의 실패와 실수를 극복하고자 하였습니다.

세 번째로 그들은 '몸'을 다스리는 것이 집중력과 깊은 관련이 있다고 여겼습니다. 몸이 고요하지 않으면 마음이 고요할 수 없다고 여겼기에 그들은 몸과 마음의 조화를 추구하고자 했습니다.

네 번째는 독서였습니다. 그들은 오랜 고민 끝에 '낭송'과 '암송'이 집중력을 키우는 데 유리하다는 점을 발견했습니다. 그들은 책에 집중하기 위해 책의 레이아웃이나 디자인을 고안했으며, 천천히 읽기, 반복 읽기, 함께 읽기 등 다양한 방법들을 만들어냈습니다. 오늘날 우리가 생각할 수 있는 수많은 독서법들이 중세 때 이미 실행되었다는 것을 알 수 있습니다.

다섯 번째는 기억이었습니다. 그들은 책을 집중해서 읽기 위해 자기 내면에서 기억이라는 또 다른 책을 찾아냈습니다. 원하는 것만 기억하고, 잘 분류하며, 필요한 만큼만 끄집어낼 수만 있다면 산만함과 작별할 수 있다고 믿었던 것이지요. 이것이 바로 묵상 기술입니다. 묵상으로 자기 내면에 집중한 수도자들은 머릿속 기억의 방을 만들었습니다. 그런 다음 새로운 생각들을 거기에 채워 넣었는데, 이때 그들은 모든 정보를 기억에 넣는 것이 아니라 자신에게 좋은 것들을 추론하여 기억의 방에 넣고자 했습니다.

제이미 크라이너가 발견한 여섯 번째는 '메타인지'입니다. 이것은 생각에 대해 생각하는 일, 몰입의 순간을 경험하는 것을 말합니다. 그들은 언제 어디서 어떤 모습으로 튀어나올지 알 수 없는 생각을 관찰하고, 분별하는 사유, 즉 메타인지를 추구하였습니다. 외부와의 단절, 공동체의 조언, 몸과의 조화, 기억 훈련 등의 수행은 모두 집중된 마음의 중심을 얻기 위한 일련의 순환 관계로 이어져 있습니다.

결국, 1500년 전 묵상독서의 독자들에게서 현대인이 배울 점은 우리도 그들처럼 주의 집중력을 위한 노력을 해야 한다는 것입니다. 스트레스가 집중력을 빼앗아가는 최대 요인이라는 점을 생각할 때 해답은 어느 정도 나와 있다고 할 수 있습니다. 우리의 마음을 끊임없이 두려움과 긴장으로 끌고 가는 것이 무엇인지에 대한 자각과 잠을 재우지 않는 감시자본주의 시스템에 대한 저항이 먼저일 것입니다. '디지털 디톡스'와 같은 결단도 시도해볼 수 있겠지만 오늘날 우리가 디지털로부터 도망칠 곳은 없어 보입니다.

일단 시도해볼 점은 번잡함을 벗어나 고요히 앉아 책을 읽는 습관을 만드는 것이라고 봅니다. 긍정적인 변화에 대한 믿음을 갖는 '마음가짐'으로 말이지요. 책을 읽으며 주의를 기울이고자 하는 마음가짐은 그 자체로 새로운 경험의 세계, 새로운 에너지의 장을 여는 행위입니다. 우리가 단어에 주의를 두고 읽는 순간 우리는 그것을 읽기 위해 머릿속으로 상상하면서 내면으로 들어가게 됩니다. 텍스트와 내면의 결합, 즉 묵상독서는 감각으로 들어온 외부 정보를 머릿속 기억 정보와 통합하여 의미화하는 과정입니다.

4장에서는 일상을 기쁘고 충만하게 살고자 한 수도자들의 삶과 그런 삶을 톺아본 책들을 소개합니다.

『도둑맞은 집중력』, 요한 하리, 김하현 옮김, 어크로스, 2023

『집중력 설계자들』, 제이미 크라이너, 박미경 옮김, 위즈덤하우스, 2023

1

일단 멈추기,
침묵하고 귀 기울이기

몇 년 전 〈봉쇄수도원 카르투시오〉라는 영화가 개봉되어 주목을 끌었습니다. 경상북도 상주에 있는 아시아 유일의 '카르투시오 수도원'에서 지내는 수도사 열한 명의 일상을 담은 영상이었지요. 이 영화를 본 사람들은 아마 2005년에 나온 필립 그로닝 감독의 〈위대한 침묵〉을 떠올렸을 것입니다. 〈위대한 침묵〉은 프랑스 카르투시오 수도사들의 삶을 담은 영화입니다. 필립 그로닝 감독은 6개월간 홀로 수도원에서 함께 생활하면서 영화를 찍었는데, 배경음악이나 다른 음향 효과를 전혀 사용하지 않고 168분 동안 수도원 일상의 소리를 그대로 담았습니다.

우리나라에는 2010년에 상영되었는데 놀랍게도 두 달 만에 관객이 8만 명을 넘어서는 이변을 낳기도 했지요. 저도 이 영화를 보았는데, 여기저기에서 코고는 소리가 들려왔던 기억이 납니다. 아침 기도와 묵상, 식사, 노동, 산책, 또 기도와 묵상, 속삭이는 대화 등 단순하게 반복되는 일상이 펼쳐지는 화면을 보다보면, 자연스럽게 긴장이 풀리고 몸이 이완되면서 수면에 빠져드는 것 같습니다. 불면증을 겪는 분들에게 딱 좋은 영화가 아닐까요.

언뜻 '봉쇄'라는 말은 좀 무시무시한 느낌을 불러일으킵니다. 어딘가 갇히거나, 닫힌 공간, 단절된 곳으로 여길 수 있지만 사실 봉쇄수도원의 수도자들은 세상과의 인연을 끊기 위해서 그곳에 들어간 것은 아닙니다. 일반인들과 다른 환경에서 살아가긴 하지만 그렇다고 세상과 단절되어 고립된 것은 아니고 바깥세상과 교류를 제한하면서 내적 침묵과 고독 속에서 공동체 생활을 하는 수도원이라고 말할 수 있습니다. 세상을 더 사랑하기 위해 자발적으로 침묵과 고독을 선택했다고 보는 게 맞습니다. 영화 〈봉쇄수도원 카르투시오〉에서 감독이 한국인 수도사에게 지금 가장 하고 싶은 게 무엇이냐고 묻자 "사람들을 돕고 싶어요"라고 울먹이는 장면에서 가슴이 찡했는데요, 바로 이 점이 수도원의 존재 의미를 설명해준다고 생각합니다. 그분들은 세상을 등진 게 아니라 세상과 더 친해지기 위해 골방으로 들어간 것입니다.

이미 이 영화를 찍은 김동일 감독이 고백했듯이 수도원은 매우 매력적인 공간입니다. 그는 어렵게 허락을 받아 수도원에 머물며 수도사들의 일상에 동참하면서 조심스럽게 촬영을 이어갔는데, 영화를 찍은 후 가톨릭 신자가 되었다고 하지요. 저는 충분히 이해가

갑니다. 그리고 감히 단언할 수도 있습니다. 약간의 예외는 있겠지만 누구든지 수도원에서 6개월 이상 함께 생활하다 보면 그리스도교 신자가 될 수밖에 없다는 것을 말이지요. 그만큼 수도원은 마력처럼 사람의 마음을 사로잡습니다.

수도원의 마력은 바로 '일상'에 있다고 말하고 싶습니다. 수도사들은 일상을 아름답게 가꾸는 정원사들입니다. 한 걸음 한 걸음 내딛는 발걸음, 정성껏 그릇을 씻는 손길, 흙을 만지는 태도, 동료의 말을 온 마음으로 귀담아 들으려고 허리를 굽히는 진정성 있는 자세, 작은 일에도 경이로움을 느끼는 소박한 웃음 등에서 일상을 반들반들하게 닦으며 사는 그들을 만날 수 있습니다. 일상의 소중함을 새삼 깨닫게 되지요.

여기 일상의 삶을 신의 현존으로 여기며 기쁘게 살았던 수도사가 있습니다. 열여섯 살의 나이에 프랑스 파리 '맨발의 가르멜수도회'에 들어가 77세까지 살다 간 콩라 드 메스테르는 『하느님의 현존 연습』에서 이렇게 말합니다.

"우리의 영적인 생활에 있어서 가장 거룩하고 가장 필요한 연습은 곧 하느님의 현존 연습이다. 이 말의 의미는 우리가 하느님과의 거룩하신 동행 속에서 끊임없이 기쁨을 발견하고 매순간 어떤 식으로든 대화의 막힘이 없이 항상 그분과 겸손하면서도 정답게 이야기 나누는 것을 말한다. 나는 프라이팬의 작은 달걀 하나라도 하느님을 사랑하는 마음으로 뒤집는다. 설사 내가 아무

것도 할 수 없다 하여도 나는 하느님을 사랑하는 마음으로 방바닥에서 티끌 하나를 주워 올리는 것만으로 족하다."

그는 수도원에서 평범한 수도사로 요리나 포도주 배달 등의 일을 하면서도 불평하지 않고 감사하는 마음으로 살았다고 합니다. 프라이팬에 달걀 프라이를 뒤집는 순간에도 하느님 사랑을 기억하는 그의 행동이 깊은 울림을 줍니다. 우리가 무언가에 정성을 바친 적이 언제였던가요.

우리는 위의 글을 17세기 수도사의 열렬한 신앙심으로만 치부해 버릴 것이 아니라, 그가 어떻게 일상을 기쁨의 일터로 여기고 살았는지 그 비결을 찾아야 합니다. 그들의 그 '기쁨'은 과연 어디서 온 것일까요? 단순히 그들이 부양할 가족이 없고 세속의 걱정거리가 없었기에, 다시 말해 심간이 편해서 그렇게 살았던 것일까요?

걱정거리나 고민이 사라진다고 해서 당장 우리의 일상이 기쁨의 공간으로 바뀌는 게 아니라는 것은 누구나 경험을 통해 알 수 있습니다. 하나의 고민이 사라지면 또 다른 고민이 문지방을 넘고 들어옵니다. 우리의 삶은 언제나 문제와 고통 앞에 직면해 있게 마련입니다. 심지어는 그 문제와 고통을 없애려고 전력을 다할수록 더욱 고통의 구렁으로 빠지는 것만 같습니다. 온전히 자유로운 마음, 내적 평온 속에 머무는 시간을 갈망하지만 그런 것은 일부 여유 있는 사람들만이 누리는 사치로 보입니다.

그러므로 수도원에 들어가서 수도 생활만 한다고 해서 온전한 평온함을 누리고 기쁜 일상을 보낼 거라고 생각하는 것 또한 순진한 오판입니다. 우리를 둘러싼 공간과 만나는 사람들, 공동체의 정신, 하루의 일과가 다 중요하지만 결국 그러한 환경과 상호 교감하면서 사유하는 주체는 각 개인들이니까요. 개인의 '자기 수련'의 과정이 없이는 참다운 변성transfomation이 일어나기 어렵다는 뜻입니다.

변성이라는 말은 단순한 변화가 아니라 자기 개혁, 전환, 변혁과 같이 인간이 자기 내면의 원천인 '영혼'과 온전히 만날 때 일어나는 혁신적 사건이라고 말할 수 있습니다. 앞에서 소개한 니콜라 수사가 기쁨과 감사의 일상을 살아갔던 것도 자기 수련을 통한 변성의 과정을 겪었기 때문일 것입니다. 단지 생각만으로 그런 혁신이 일어났다고 할 수는 없겠지요.

수도원을 떠올릴 때 꼭 만나는 사람이 있는데 앞에서 소개한 베네딕트입니다. 그는 가톨릭 성인으로 서양 수도원의 체계를 세운 사람입니다. 이탈리아 누르시아 출신인 그는 스무 살에 로마에서 공부하다가 동굴에서 참회와 기도 생활을 하여 명성을 얻었습니다. 그러다가 성직자들의 반목이 심해지자 몇몇 제자들과 함께 몬테카시노에 수도회를 만들었지요. 그가 6세기에 만든 수도회 규칙은 그후 모든 수도회 규칙의 전형이 되었습니다.

그런 베네딕트가 수도사들에게 요구한 첫 번째는 '자기 스스로를 받아들여라'였다고 합니다.

“자기 자신과 잘 지내지 못하는 사람이 어떻게 다른 사람과 잘 지내겠는가? 자기 자신을 잃어버린 사람이 어떻게 온전한 인간일 수 있는가?”

그는 스스로를 부정하고 미워하는 사람은 하느님과도, 동료인 인간과도 좋은 관계를 맺을 수 없다고 보았습니다. 이를 위해 베네딕트는 수도자의 길에 들어선 사람이 가장 기초적으로 가져야 할 자세는 바로, 무엇인가 움켜쥐고 있던 것을 내려놓는 것, 침묵하는 것, 귀를 기울이는 것이라고 말했습니다.

오늘날 우리가 수도승들에게 배울 수 있는 것은 정신없이 어딘가로 달리고 있는 우리 마음에 일단 ‘멈춤’을 하고 일부러 고요와 침묵으로 들어가는 것입니다. 그리고 수도사들이 어떻게 일상을 기쁨의 정원으로 가꾸었는지를 배우는 것입니다.

「하느님의 현존 연습」, 콩라 드 메스테르, 최애리 옮김, 가톨릭출판사, 2021

2

일상 안의 수도원스테이

오십 줄을 넘기면서 수도원 생활을 동경하는 사람들을 자주 만납니다. 종교에 상관없이 템플스테이를 다녀오는 사람, 명상 센터를 찾는 사람도 많습니다. 요새는 '수도원 스테이'도 생겼습니다. 디지털 중독이 사회 문제가 되면서 '디지털 디톡스'를 하려는 사람이 늘고, 스스로 외부 정보들과 단절하여 자발적으로 고독을 선택하는 '고독스테이'라는 프로그램까지 생겼다고 들었습니다.

제가 처음 수도원 안으로 들어갔던 것은 고등학교 3학년 겨울이었습니다. 수녀님들이 운영하는 학교이지만 수녀원 안에 들어가는 것은 졸업을 앞둔 신자 학생에게만 허락되었습니다. 그곳에서 태어나 처음으로 카레라이스를 먹어보았지요. 생각보다 소박했던 수녀님의 방이 인상 깊었습니다. 침대 하나에 조그만 옷장, 책상이 전부였지요. 그후 몇 번 더 볼 수 있었던 수도자의 방은 어딜 가나 그때 본 것과 똑같았습니다.

영화 〈세상 끝의 집〉에서 소개한 카르투시오회는 저녁 8시에 취침해 자정에 일어나 밤 기도를 하고, 다시 잠든 후 아침 6시에 일어납니다만, 대부분의 수도원은 5시에 일어나서 기도와 말씀 읽기, 찬양을 시작합니다. 기도는 전쟁의 종식과 세계 평화를 위한 기도에서부터 수도원 가족을 위한 기도, 일터에서 만나는 사람들의 아픔을 기억하고 치유를 바라는 기도에 이르기까지 1시간 동안 이어집니다.

가끔 새벽에 수도자들과 함께 기도를 드릴 때가 있습니다. 고요한 성당 안에 기도문 읽는 소리가 울려 퍼지면 그 소리가 어찌나 평안하고 애절한지 "참 아름답다!"라는 말 외에 다른 표현은 생각나지 않습니다. 어쩌면 이런 순간이 바로 신의 신비에 참여하는 체험일지도 모릅니다.

예수회 신부였던 칼 라너라는 신학자도 그런 말을 했습니다. 놀라운 자연의 아름다움에 경외감을 느낄 때, 또 우리가 가치 있고 축복받은 존재라고 느끼게 해주는 인간적인 사랑을 체험할 때, 그 순간 우리는 신을 체험하는 것이라고 말이지요. 그런 체험을 하게 되면 우리는 자연스럽게 삶을 살아갈 용기를 얻게 되고 감사가 우리 마음을 채웁니다.

리처드 M. 굴라 신부의 책 『거룩한 삶으로의 초대』에는 신학자 칼 라너가 던진 질문이 나옵니다. 그는 우리가 일상 안에서 신의 초월성을 만나는 순간, 즉 은총의 순간을 놓치지 말 것을 당부합니다. 그는 이렇게 질문해보라고 권합니다.

> "부당한 대우를 받았을 때 변명하고 싶지만 침묵한 경험이 있습니까? 용서한다고 해서 얻는 것이 없는데도 용서해주고, 우리의 용서가 아주 당연한 것으로 받아들여진 경험이 있습니까? 감사하다는 인사를 받지 않고도, 다른 누구에게도 설명할 수 없는 결정을 자신만이 유일하게 책임져야 한다는 사실을 알고서, 다만 양심에 따라 실천하기로 결심한 경험이 있습니까?"

칼 라너는 부정적인 체험의 순간에도 우리는 삶의 깊은 영역 안으로 들어갈 수 있다고 말합니다.

> "전혀 열기가 느껴지지 않고, 어둠의 나락으로 떨어지고, 단지 무의미한 상황에서 순수하게 하느님 사랑 때문에 애써본 경험이 있습니까? 감사의 표시도 기대하지 않고, 이타적으로 남을 위한다는 편안한 느낌마저 없는 상태에서, 누군가를 위해 선한 일을 해본 경험이 있습니까?"

칼 라너는 우리가 이런 질문을 던지는 순간, 내면의 순수한 영의 에너지를 느낄 수 있게 된다고 말합니다. 홀로 산길을 걸으면서 느끼는 평화, 사랑하는 사람의 따뜻한 손길, 뜻밖의 친절과 배려, 고민했던 문제가 한순간에 풀릴 때가 바로 그런 순간이지요. 우리가 영적인 안경을 쓰고 일상을 관조할 때 그런 체험들이 특별하게 여겨집니다. 우리는 종교 행사나 예식, 자신이 바라는 욕망이 이루어지는 것, 특별한 기적의 체험만을 영적 체험으로 여기기 때문에 일상의 수많은 영적 체험들을 지나쳐버린다고 칼 라너는 말합니다.

그러니까 수도원에서 추구하는 묵상적인 삶이란 굳이 수도원 안으로 들어가서 기도하는 것만은 아닙니다. 사막으로 들어가서 고독한 삶을 살아야만 하는 것도 아닙니다. 영성적인 삶이란 일상에서 영성을 자각하며 살아가는 삶입니다. 칼 라너는 궁극적으로 신앙이란 종교적 가르침의 문제이거나 이성적인 논쟁의 결과로 내리는 선택이 아니라, 오히려 개인이 일상 한가운데서 얼마나 신적 체험을 했느냐에 달렸다고 말하고 있는 것입니다. 같은 의미로 에크하르트 톨레는 『삶으로 다시 떠오르기』에서 이렇게 말합니다.

"한 송이의 꽃, 한 개의 수정 또는 한 마리의 새를, 그것에 머리로 이름 붙이기를 하지 않고 깨어 있는 눈으로 오랫동안 바라보면 그것들은 형상 없는 세계로 들어가는 문이 된다. 비록 작은 틈일지라도 영적인 세계로의 내적 열림이 있다."

톨레의 이 말을 들으니 『자주 감동받는 사람들의 비밀』이라는 책에서 본 감동적인 이야기가 떠오릅니다. 2010년, 마리나 아브라모비치는 뉴욕의 현대미술관에서 세계 최장 포퍼먼스를 선보였습니다. “예술가가 여기에 있다”라는 제목으로, 하루 8시간씩 의자에 앉아 맞은편에 앉은 관람객의 눈을 깊이 바라보는 퍼포먼스였습니다. 관람객이 구름처럼 몰려들었지요.

관람객들은 몇 시간 동안 줄을 섰고 개중에는 줄을 서기 위해 침낭을 가지고 와서 미술관 바깥에서 잠을 자는 사람도 있었습니다. 마리나는 나중에 “현대미술관이 ‘루르드 성지’ 같았다”라고 평할 정도였습니다. 장장 3개월간 총 750시간 동안 이어진 이 퍼포먼스에 관람객 78명은 스무 번이나 재방문하기도 했습니다. 마리나는 발까지 닿는 두꺼운 울로 짠 새빨간 옷을 입고 그곳에 앉아 있었습니다. 상대방의 존재에 온 시선을 집중하면서.

퍼포먼스가 진행되는 동안 마리나는 물론 수많은 관람객들이 감동하여 눈물을 흘렸다고 합니다. 마리나는 “저는 그저 사람들의 진정한 자아를 비추고자 했을 뿐입니다”라고 말합니다. 자신은 단지 사람들을 바라보았고 그것을 통해 사람들 스스로 자신을 되돌아보도록 만들었다는 것이지요. 그러면서 마리나는 “그토록 많은 고통을 본 것은 처음이었습니다”라고 덧붙였습니다.

한 사람을 천천히 바라보는 것이 일상에서는 왜 이리 어려울까요? 아마도 무관심이나 냉담함, 상처로 굳어버린 고집, 우월감으로 뭉친 에고가 일상의 사건과 사람을 따분하고 무의미하게 만들 뿐만 아니라 공허하고 냉소적인 시선으로 바라보도록 유도하고 있는 것은 아닐까요?

아무리 눈앞에 아름다운 꽃이 만발해도 내 마음이 우울로 가득

차 있을 때는 꽃의 존재를 느낄 수 없습니다. 눈부신 햇빛과 살랑거리는 바람, 책 속에 담긴 아름다운 말 한마디도 내 속으로 들어오지 않지요. 그러므로 일상의 아름다움을 보는 눈은 내면의 열정에서 우러나온다고 할 수 있습니다.

제가 일상의 영성에 눈을 뜨게 된 계기는 안셀름 그륀 신부의 책을 만나면서부터입니다. 안셀름 그륀 신부는 베네딕트 수도회 소속으로 세계적인 영성가로 불릴 만큼 널리 알려진 분입니다. 한국을 여러 번 방문하셨지요. 직접 뵙지는 못했지만 그분이 쓴 책을 많이 읽으면서 마음으로 가깝게 느끼고 있습니다. 인터넷 서점에서 안셀름 그륀을 검색하면 150권 이상의 책이 나올 만큼 왕성한 저술 활동을 하고 있는 분이지요.

수많은 책들 중에서 제가 가장 좋아하는 책은 『자기 자신 잘 대하기』입니다. 한 줄 한 줄 마치 옆에서 말해주듯이 쓴 데다 간단하고 명료한 문장이 편안하게 다가오는 책입니다.

여기서 안셀름 신부는 영성을 우리 내면의 고요한 옹달샘에 비유합니다. 이 옹달샘은 어떤 외적 영향력이 미치지 않는 순수함 그 자체입니다. 그곳은 어떤 소란스러운 소리나 감정이 들어올 수 없고 시간적 공간적 느낌이 없습니다.

우리는 하루 중 잠깐이라도 그 샘가에 가서 머물 수 있습니다. 분주함을 내려놓고 잠시 10분이라도 눈을 감고 그곳으로 가면 됩니다. 아침에 잠자리에 일어났을 때, 또는 밤에 잠들기 전에 편안하게 누워 천천히 호흡하며 발끝부터 정수리까지의 느낌에 귀 기울이는 것도 좋습니다. 잠시라도 햇빛이 눈부신 공원을 걷거나 고요한 성당 안에 앉아 있거나, 아름다운 장면을 보거나, 사랑하는 사람의 눈을 바라보는 것, 사랑스럽던 추억을 떠올리는 것, 시를 읽는 것, 누군가를 위해 기도하는 것, 좋아하는 놀이를 하는 것 등도 존재의 기쁨을 느끼는 행위가 됩니다. 그것들은 아무런 제약 없이 스스로 내 자신이었던 순간과 일치합니다.

사람들마다 내면의 순수한 샘가에 앉았던 경험이 다를 수 있다고 안셀름 신부는 말합니다. 어떤 사람은 어려서 다락방에 숨어 책을 읽던 순간이 가장 자유롭고 행복했던 경험일 수 있겠지요. 저는 시골에서 자라서 그런지 흙길을 걸을 때, 산길을 걸을 때 가장 충만한 자유를 느낍니다. 다섯 살 정도로 생각되는 생애 최초의 기억도 과일나무 아래 흙바닥에 앉아 친구랑 흙을 만지며 놀던 기억입니다. 요새는 맨발로 산길을 걷곤 하는데 맨발이 흙에 닿는 감촉을 느낄 때마다 무한한 자유를 만끽합니다.

안셀름 신부는 하루 중 잠시라도 내면의 샘터를 방문하기를 권합니다. 우리는 그곳에서 생명의 기운을 얻어 일상의 문제들을 새로운 눈으로 바라볼 수 있게 됩니다. 속상한 감정을 다독일 수 있게 되고 타인의 마음도 경청할 여유가 생깁니다. 책상에 놓인 꽃들의 향기가 느껴지고 친절한 친구의 미소가 전달되어 마음이 따뜻함으로 채워집니다.

칼 라너와 안셀름 그륀이 제안한 대로 우리는 일상 안에서 수도원스테이를 할 수 있습니다. 잠깐이라도 일손을 쉬고 자신만의 옹달샘으로 가보는 것만으로도 충분합니다. 여러분의 옹달샘은 무엇인가요?

「거룩한 삶으로의 초대」, 리처드 M. 굴라, 최성욱 옮김, 바오로딸, 2015

「자주 감동받는 사람들의 비밀」, 사라 함마르크란스, 카트린 산드베리, 김아영 옮김, 동양북스, 2021

「자기 자신 잘 대하기」, 안셀름 그륀, 김선태 옮김, 성서와함께, 2021

3

명상, 자기 돌봄의 시작

제가 일하고 있는 수녀원에서는 매년 열두 살부터 열여섯 살 청소년들과 제주 올레길을 걷습니다. 1월의 제주 올레길을 엿새간 걷고 마지막 날엔 한라산 윗세오름까지 오릅니다. 10년 넘게 계속 해오고 있는 행사인데, 기특하게도 중간에 힘들다고 그만두는 아이는 거의 없습니다. 그런데 1월에 올레길을 걷기 위해서는 봄부터 매달 하루 서울의 북한산 둘레길을 걷거나 가까운 산을 올라야만 합니다. 일종의 친목 도모이면서 트레이닝인 셈입니다.

도시에서 태어나 자란 아이들이어서 산행을 좋아하는 아이는 거의 없습니다. 친구도 사귀고 공부에서 해방될 수 있다는 생각에 또는 올레길이라는 특별한 경험을 해보고자 신청은 했지만 막상 산에 오르기 시작하면 여기저기에서 불만이 쏟아집니다. 태어나서 처음 산에 오른다는 아이도 있을 정도로 산행은 아이들에게 상당한 도전입니다. 하지만 온몸이 땀으로 젖어 씩씩거리며 걷는 동안 차츰 아이들은 산행이 주는 즐거움에 빠져들지요. 스마트폰도 게임도 공부도 다 잊고 친구들과 웃고 떠들며 걷는 동안 해방감을 느끼는 것입니다.

한번은 산행 중에 초등학교 6학년 아이가 제게 이런 말을 했습니다.

"선생님, 왜 어른들이 등산을 하는지 조금은 알 것 같아요. 제가 정신없이 걷다보니까 아무 생각이 안 났어요. 아무 생각이 안 나서 좋았어요."

"아무 생각이 안 나서 좋았어?" 하고 물었더니, "네. 아무 생각도 안 하니까 편안했어요"라고 대답했습니다.

"오, 네가 산행을 하면서 아주 좋은 체험을 했구나. 바로 그것이 현재에 온전히 몰입하는 거야. 그것이 명상이지. 그 순간 우리는 잠시 시간으로부터 해방된단다."

제가 산행을 아주 좋아하는 이유도 사실 그런 이유입니다. 맨발로 걸을 때 흙과 돌이 발바닥에 닿는 그 느낌이 좋고, 또 걷기에 집중하느라 세상사의 여러 일들과 과거나 미래에 대한 생각들로부터 벗어나는 그 순간이 좋습니다. 어떤 순간에는 그 시간이 영원처럼 느껴지기도 합니다. 계곡 물소리에 압도될 때, 아름다운 새소리에 귀 기울일 때, 이른 봄 가장 먼저 핀 여린 꽃을 발견했을 때, 안개에 쌓인 산봉우리들과 황홀한 노을을 보았을 때, 잠시 이 세상이 아닌 곳으로 들어간 느낌이 듭니다.

그래서 에크하르트 톨레가 쓴 『지금 이 순간에 살아라』라는 책에서 '지금 이 순간에 현존할 때 우리는 진정한 존재를 만날 수 있다'는 문장을 보았을 때 매우 공감이 되었습니다. 톨레는 자연의 아름다움, 웅장함, 신성함을 의식하려면 현재에 존재해야만 한다고 강조합니다. 현재에 존재할 때 우리는 외적 형상의 아름다움 너머의 어떤 성스러운 본질에 닿을 수 있다는 것입니다. 온전히 현재에 머물기 위해서는 먼저 몸을 의식할 때 가능합니다. 아름다운 꽃을 보는 순간 우리의 몸은 그 아름다움에 전율을 느낍니다. 그리고 내 몸이 아름다움을 느끼고 있다는 걸 의식하는 것, 그것이 바로 현재에 머무는 것입니다.

이런 방법은 명상가들이 매일 하는 것입니다. 명상은 자신의 몸 안에 주의를 기울이는 것부터 시작합니다. 몸에 집중하면서 무엇이 느껴지는지를 주의 깊게 들여다봅니다. 고요히 앉아 주의를 기울이면 약간의 통증, 숨소리, 뱃속의 꼬르륵 소리, 가려움에서부터 몸 전체의 에너지가 감지되기도 합니다. 밖에서 몸으로 들어오는 무언가가 느껴지거나 또는 몸 안에서 밖으로 퍼지는 무언가를 느낄 수 있습니다. 몸의 내부로 주의를 기울일 수 있는 가장 좋은 방법은 자신의 호흡을 계속 따라가는 것입니다. 사람에 따라서는 처음엔 아주 짧게, 몇 초의 시간밖에 집중하지 못할 수도 있습니다. 그래도 시간이 날 때마다 자주 고요히 앉아 몸 안으로 들어가는 연습을 해보면 금방 명상의 달인이 될 수 있을지도 모릅니다.

톨레는 지금 이 순간의 현존을 느끼는 것은 존재의 기쁨을 느끼는 순간이라고 말합니다. 그는 지금 이 순간의 몸에 대해 의식할수록 물리적 육체의 면역 체계도 강해질 수 있다고 강조합니다. 몸을 의식하고 내부의 몸에 머무는 것은 효과적인 자기 치유법이 될 수 있다는 겁니다. 대부분의 질병은 몸 안에 머물지 않을 때 발생하기 때문입니다. 그래서 그는 잠들기 전이나 아침에 자리에서 일어났을 때 몸을 느끼는 방법을 권합니다. 몸에 의식이 흐르도록 하는 것입니다. 그가 알려주는 방법은 다음과 같습니다.

"처음에는 몸의 여러 부위, 손, 발, 팔, 다리, 배, 가슴 등 신체 부분 중에서 한 곳을 선택하여 잠깐 동안 온전히 집중합니다. 가능한 한 최대로 집중하여 신체의 각 부분에서 삶의 에너지를 느낍니다. 각각의 신체 부분에 15초씩 집중합니다. 그런 후에 마치 물결이 흐르듯 몸 전체에 의식이 흐르게 합니다. 발끝에서 머리까지, 다시 거꾸로 머리에서 발끝까지 의식이 흐르게 합니다. 1분 정도면 충분합니다. 그러고 나서 하나의 에너지 장으로 내부의 몸을 전체적으로 느끼고, 그 느낌을 몇 분 동안 유지합니다. 간혹 마음이 몸에서 관심을 돌려 다른 생각에 빠지게 할 수도 있지만 걱정할 필요는 없습니다. 그것을 자각하는 즉시 내부의 몸으로 주의를 돌리면 됩니다."

톨레가 알려주는 방법은 단순하고 간단합니다. 그런데도 이것을 꾸준히 하기는 쉽지 않습니다. 고요히 앉아 자기 몸을 들여다보는 시간을 갖지 못할 만큼 우리의 일상이 분주하게 돌아가기 때문일 것입니다. 끊임없이 이해해야 하는 외부의 정보들에 둘러싸여 있거나, 처리할 일들이 쌓여 있어서 그럴 수도 있지만, 어쩌면 이런 현존의 연습을 시도조차 해보지 않았거나, 그 가치를 잘 모르기 때문일 수도 있습니다. 사람들은 보통 일상에 지치면 술을 찾거나 약물, 게임에 탐닉하는 것으로 도망치곤 하지만, 그건 자신의 영혼에 좋은 일이 아닙니다. 아주 잠깐이라도 시간을 내어 자기 몸을 느끼는 것, 그것이 자기 돌봄의 시작입니다.

「지금 이 순간을 살아라」, 에크하르트 톨레, 노혜숙, 유영일 옮김, 양문, 2008

24

고통과 불행을 견디는 힘

1980년대 민주화 시위가 한창이던 때 어느 불교 신자가 절에 와서 온 정성으로 기도를 했습니다. 아들이 시위에 연루되어 감옥에 들어갔는데 하루라도 빨리 아들이 석방되길 바라면서 기도를 드린 것이지요. 얼마 지나지 않아 그 대학생은 석방되었습니다. 어머니는 부처님의 은혜로 아들이 석방되었다고 매우 기뻐했지요. 그러나 3개월 뒤 아들은 교통사고로 목숨을 잃었습니다.

법륜 스님이 쓴 『기도』라는 책에 나온 내용입니다. 우리는 어떤 기도를 해야 원하는 대로 이루어질지 아무도 모릅니다. 법륜 스님이 이런 일화를 예로 든 것도 기도의 참된 의미를 말하고 싶으셨던 게 아닐까요?

많은 사람들이 기도의 의미를 '바라는 것이 이루어지기를 비는 것', 즉 청원하는 것으로 여깁니다. 하지만 스님은 바라는 것 자체가 문제는 아니지만 부처님이나 예수님을 무슨 마법사라도 된 것처럼 여기는 태도가 잘못되었다고 지적합니다. 그분들을 놀이공원이나 동네 문구점 앞에 놓인 소원 들어주는 기계쯤으로 여기고 있는 건 아닌지 생각해보라는 것입니다.

저는 류시화 시인이 쓴 『좋은지 나쁜지 누가 아는가』라는 책을 아주 좋아합니다. 이 책의 매력은 수많은 '반전'입니다. 대부분의 이야기 속 주인공들은 예상하지 못한 위기에 빠지거나 억울한 상황을 겪습니다. 인생만사 뜻대로 안 되어 좌절하기도 합니다. 하지만 절망스러웠던 그 일 때문에 전혀 새로운 길로 들어서게 되어 그로 인해 놀라운 것을 경험하거나 얻게 됩니다.

특히 화장실 없는 방에서 살던 저자의 경험을 읽으며 많이 웃었습니다. 생리 현상이 다급해 집에서 700미터쯤 떨어진 대학병원 화장실까지 절박하게 뛰어갔다는 이야기에서 30년 전의 제 경험이 떠올랐기 때문입니다. 엉덩이에 분사 엔진이 달린 사람처럼 전속력으로 달렸다는 표현을 읽고 한참 웃었습니다.

제가 대학을 졸업한 후 얻은 직장은 새로 창간한 주간 신문사였습니다. 신문이나 잡지들이 우후죽순 창간되던 시절이었어요. 1980년대 초에 해직되었던 언론인들이 다소 누그러진 언론법을 이용해 신문들을 만들기 시작한 것입니다. 저는 졸업하던 해에 그토록 열렬하게 원했던 교사 임용시험에 떨어지고 나서 이곳저곳 작은 잡지사들을 전전하다가 친척의 소개로 그나마 꽤 조직력을 갖춘 주간 신문사에 입사하게 되었습니다.

그런데 살 방을 마련하는 일이 문제였습니다. 어머니가 마련해 주신 돈으로는 연립주택의 반지하방밖에 구할 수 없었거든요. 부동산에서 소개해준 방은 3층 연립주택의 반지하로 영화 〈기생충〉에 나올 법한 딱 그런 곳이었지요. 그런데 화장실이 없었습니다. 급할 때 3층으로 올라와서 해결하면 된다는 거였지요. 한밤중에도 괜찮다는 말로 저를 안심시켰고 저는 맘씨 좋아 보이는 집주인의 인상에 넘어가 계약서에 도장을 찍고 말았습니다.

예상하셨겠지만 반지하 방에서의 생활은 결코 쉽지 않았습니다. 무엇보다 눅눅하고 습한 공기가 기관지를 건드리는 바람에 저는 곰팡이 알레르기라는 지병을 안게 되었지요. 가장 큰 난제는 화장실이 급한 순간이었습니다. 정말 위급한 순간에는 3층으로 뛰어 올라갔지만 여간 민망한 게 아니었습니다. 대개는 연립 주택 건너 만화방 건물에 있는 화장실을 이용했지요. 이래저래 해결은 했지만 늘 긴급 상황에 대비해야만 하는 불안한 생활이었습니다. 결국 6개월 정도 지내다 방 한 칸을 하숙처럼 빌려 지상으로 올라왔지만, 거기는 또 주인과 함께 화장실을 사용해야 했지요. 거실이 조용해졌을 때를 틈타 살금살금 걸어나와 화장실로 들어가야 했는데, 볼일을 본 뒤 물이 내려가는 소리에 가장 놀란 사람은 저였습니다.

하지만 저는 그때의 일이 불행으로 기억되지는 않습니다. 『좋은지 나쁜지 누가 아는가』에서도 류시화 시인은 화장실 없는 방에서 지내던 경험에 대해 매장이 아니라 파종이라고 지칭합니다.

> “생의 한때에 자신이 캄캄한 암흑 속에 매장되었다고 느끼는 순간이 있다. 어둠 속을 전력질주해도 빛이 보이지 않을 때다. 그러나 사실 그때 우리는 어둠의 층에 매장된 것이 아니라 파종된 것이다. 매장이 아닌 파종을 받아들인다면 불행은 이야기의 끝이 아니다.”

그때의 ‘파종’ 경험은 지금도 여러 상황에서 제 마음을 열게 합니다. 도로에서 질주하거나 얌체같이 끼어드는 차를 만나면 ‘아! 엄청 급한 일이 있나 보다’ 하는 생각으로 넘어갑니다. 어떤 사람이 얼굴을 마주치고도 인사 없이 지나간다 한들 화가 나지 않습니다. 그는 분명 딴생각에 빠져 있을 테니까요. ‘다 이유가 있을 것이다’ 하는 생각의 바탕에는 사회 초년생 시절 ‘파종’의 경험이 있었던 덕이라 생각합니다. 또 그렇게 생각하는 방식이 저를 평화로 이끈다는 것도 압니다.

어떻게 기도해야 할 것인가를 이야기하다가 『좋은지 나쁜지 누가 아는가』를 가져온 것은 기도의 의미를 생각해보려는 의도였습니다. 제가 보기에 기도는 삶의 태도라고 보는 게 맞을 것 같습니다. 자신에게 닥친 문제나 일어난 일을 대하는 태도를 말합니다. 당장 불편하고 속상한 일이 생겼을 때 그 상황을 견디기 힘들어 눈앞에서 그것이 사라지기를 바라는 식의 기도는 마법이 이루어지기를 바라는 어린아이의 순진한 생각이라고 할 수 있겠지요. 지금 일어난 일이 좋은 일이 될 것인지, 나쁜 일이 될 것인지는 아무도 알 수 없으므로, 일이 그렇게 된 사연을 헤아려보거나 일이 되어가는 과정을 지켜보자고 맘먹는 것, 그것이 바로 기도가 아닐까요.

고향 친구 중에 큰 빚을 져서 몇 년 동안 맘고생을 한 사람이 있습니다. 한번은 제가 어찌 지내고 있냐고 물었더니 이렇게 대답했습니다.

"처음에는 정말 어찌 살아갈 것인가 막막하고 희망조차 없더니 몇 년 지나고 보니 다 살아지더라. 날마다 기도했어. 이 고통에서 벗어나게 해달라고. 그런데 지나고 보니 나한테 빚이라는 문제를 바라보는 일종의 근육 같은 게 생겨난 것 같아. 아직 갚아야 할 빚이 많지만 이젠 빚이라는 게 내 일상에서 큰 비중을 차지하지는 않게 되었어."

그 친구에게 기도는 삶에서 일어난 불행한 일을 바라보고 견디는 힘으로 작용한 것입니다. 그러므로 우리는 불행에서 벗어나게 해달라고만 빌 게 아니라 불행을 견뎌낼 힘과 결단력과 의지를 달라고 기도하는 게 더 맞는 것 같습니다. 그리고 그 불행을 매장으로 여길 것인지, 파종으로 여길 것인지도 고민해봐야겠지요.

『기도』, 법륜, 정토출판, 2010

『좋은지 나쁜지 누가 아는가』, 류시화, 더숲, 2019

5

질병의 은유에서 해방되기

"열심히 사니까 하느님께서 복을 주신 것이지요."

"착하게 살아서 복을 받나 봅니다."

무슨 일이 잘되었을 때 이런 식의 말들을 들을 때가 있습니다. 좋은 뜻으로 하는 축복의 말이라고 여기며 넘어가지만 뭔가 불편한 감정이 속에서 올라옵니다. 우리에게 생긴 좋은 일이 선한 일을 한 결과로 주어진 것이라면, 안 좋은 결과가 발생한 것은 우리가 착하지 않았기 때문일 테니까요. 많은 심리학적 저술들은 모든 질병의 원인을 환자와 환경과의 연관성, 즉, 환자의 가족 관계, 친구, 직장에서의 스트레스, 과거의 상처, 왜곡된 사고방식 등에 초점을 두고 있습니다.

그러다보니 가족이나 친지에게 질병이 발생하면 흔히 "스트레스를 너무 많이 받았나보다"라는 반응을 보이지요. 자연스럽게 환자들은 일상에서 생기는 스트레스를 잘 극복하지 못한 사람으로 여겨지기도 합니다. 어려서 생긴 상처나 트라우마를 이겨내지 못했다거나, 성격적으로 스트레스에 약하게 타고났다는 식으로 해석되지요. 때로 발병한 사람은 삶을 견뎌내지 못한 사람으로 인식되기도 합니다. 그리하여 각종 테라피나 여행, 관계를 향상시키는 기술, 내면의 힘을 기르는 명상, 템플스테이, 운동 요법 등을 찾아다니며 도움을 받으려고 합니다.

물론 이런 처방들은 분명히 효과가 있을 것입니다. 문제는 이런 식의 생각과 처방이 자칫 질병에 걸린 사람과 그 가족을 힘들게 할 수 있다는 점입니다. 또 질병의 원인을 지나치게 개인의 심리적 특성에만 초점을 두는 바람에 병에 걸렸다는 사실을 숨기는 사태가 생기기도 합니다. 뭔가 부족한 사람, 자기 관리를 잘못한 사람으로 낙인찍힐지도 모른다는 불안감 때문에요.

살아가는 동안 질병으로부터 자유로운 사람은 한 명도 없을 것입니다. 어떤 식으로든 몸에 이상이 생겨서 아프게 마련이고 종국에는 죽음에 이르는 게 우리의 운명입니다. 저는 두 권의 책을 통해 질병에 대한 우리의 태도에 대해 나눔을 해보고자 합니다. 『모든 것은 그 자리에』와 『은유로서의 질병』이라는 책입니다.

『모든 것은 그 자리에』는 신경정신과 의사인 올리버 색스의 저서로 자신이 치료했던 환자들과의 경험을 섬세하면서도 담담하게 그려내고 있습니다. 그의 여러 책에서와 같이 이 책에서도 그의 담대함과 강인함을 느낄 수 있습니다. 많은 환자들에 대한 특별한 사연들은 의학 정보로서도 의미가 있었지만, 인간에 대한 이해의 폭을 넓혀줍니다.

무엇보다 제가 느낀 것은 어떤 사람에게 일어난 질병은 질병 그 자체로만 보아야 한다는 것입니다. 어떤 이가 질병에 걸린 것은 그의 부주의나 왜곡된 사고, 상처, 죄책감 등으로 인한 것만이 아니라 그냥 어느 날 발병이 된 것입니다. 책에서는 치매, 조현병, 뇌전증, 투렛증후군, 조울증 등의 원인을 뇌 질환과 연결 지어 설명하고 있습니다.

이 책을 추천하는 정재승 교수가 왜 올리버 색스의 글을 두고 '인간 존재의 근원'을 묻는 질문에 다다른다고 했는지 이해되었습니다. 책을 읽는 내내 저 역시 "도대체 왜 인간은 왜 이렇게 태어났단 말인가?"라는 묵직한 질문이 터져나왔으니까요. "인간은 원래 그렇다"라는 말은 씁쓸하기도 하면서 동시에 위안이 되었습니다. 질병에 이유를 붙이려는 습관에 제동을 걸게 하는 말이었습니다. 그러면서 뜻하지 않게 찾아온 병을 극복하기 위해 애쓴 환자들과 그들을 치료하려고 분투하는 의사들, 환자 곁을 지키고 돌보는 가족들에게서 인간성의 경이로움과 아름다움을 느꼈습니다. 살아생전에 올리버 색스는 천 명이 넘는 환자들을 만났고 그들과 교류했다고 합니다. 의사로서 자기 소명에 최선을 다한 그의 노고에 절로 고개가 숙여졌습니다.

다른 한 권의 책 『은유로서의 질병』도 질병을 대하는 우리의 태도를 반성하게 하는 책입니다. 지은이 수전 손택은 비평가, 소설가로 널리 알려진 여성입니다. 책머리에 소개된 대로 수전은 1976년 유방암 4기라는 진단을 받은 후로 질병에 대한 사회적 시선들, 즉, 질병에 들러붙은 질병에 대한 낙인, 은유, 이미지와 투쟁을 벌이기 시작합니다. 이 책은 1978년에 나온 『은유로서의 질병』과 1989년에 나온 『에이즈와 그 은유』를 합쳐서 출간한 것입니다.

책 속에서 손택은 서구의 역사와 여러 소설 등에서 묘사되고 있는 질병에 대한 표현과 그것들이 사회적 통념으로 굳어지고 사용된 과정을 지적합니다. 예를 들어 여러 소설에서 결핵은 낭만적으로 묘사되었는가 하면 심장병은 암보다 더 나은 병으로 인식되고, 에이즈는 불쾌한 병, 도덕적 타락에 대한 징벌의 의미를 지닌 병으로 인식되기도 합니다. 또 암은 정서적으로 불안하고 우울한 사람, 감정을 잘 표현하지 못한 사람에게 생기는 병인 것처럼 묘사되어 있다고 그는 말합니다. 마치 암에 걸린 사람은 평소 즐겁게 살지 않았거나 암에 잘 걸리기 쉬운 성격, 발암적 성격유형이 있는 듯이 인식하게 만든다는 것입니다.

이렇게 질병을 심리학적으로 해석하는 것은 아픈 사람 자신이 무의식적으로 아프기를 원했기 때문에 병에 걸린 것이며, 의지를 이용해 스스로 병을 치료할 수 있으며, 질병으로 죽지 않기를 자신들이 선택할 수 있는 것처럼 유도하고 있다고 손택은 비판합니다. 그리하여 이런 생각은 환자를 비난할 수 있게 하는 근거로 사용되고, 질병 선고를 받은 환자들은 자신이 당연히 병을 앓을 만한 짓을 했을 거라고 느낄 수밖에 없게 만든다는 것입니다.

사회적으로 암시되고 은유된 질병에 대한 이러한 인식들은 병에 걸린 사람에게 질병을 엄청난 불행으로 여기게 해 고통을 가중시키고, 공포에 시달리게 만든다는 점을 손택은 강조하고 있습니다. 그는 처음 자신이 암에 걸린 것을 알았을 때도 암은 심각한 질병이긴 하지만 그래도 질병일 뿐 저주가 아니며, 신의 심판도 아니고, 곤혹스러워할 필요가 없다고, 별다른 의미를 부여하지 말자고 자기 자신에게 말했다고 합니다. 또 암에 걸린 사람들에게 공포에 짓눌려 있지 말고 능동적인 환자가 되어 적절하게 치료해줄 의사를 찾아가 상담을 받고 좋은 치료법을 찾아다닐 것을 권합니다.

손택은 유방암을 치료한 후 폐암으로 어머니를 잃고 에이즈로 친구들을 먼저 떠나보냈으며, 자궁암으로 인해 자궁 절제 수술을 받아야 했습니다. 이러한 오랜 투병 중에도 그는 어느 인터뷰에서 "질병은 그저 질병이며, 치료해야 할 그 무엇일 뿐이다"라고 말했습니다. 질병에 대한 잘못된 은유와 해석에 반대하던 손택은 71세이던 2004년 골수성 백혈병으로 사망했습니다. 은유와 해석은 필요하지만 피해를 주는 은유까지 받아들일 필요는 없다는 것, 잘못된 해석에 반대하자는 게 그의 생각이었습니다. 손택은 이렇게 말합니다.

> "일단 사형 선고를 받고 나면, 당신은 태양도 죽음도 똑바로 쳐다보지 않으려 할 겁니다. 당신의 마음은 슬픔으로 가득 차지요.

그러나 당신의 마음속에는 끊임없이 강해지고 깊어지는 뭔가가 있습니다. 우리는 그걸 생명이라고 부른답니다."

올리버 색스와 수전 손택의 책 두 권을 읽으면서 생각나는 사람이 있습니다. 얼마 전 30여 년 전 직장 동료를 우연히 만나 안부를 묻는데, 그가 10년 전 암에 걸려서 투병을 해왔다고 말했습니다. 순간 할 말을 찾지 못하고 있는데 그가 이렇게 말했습니다. "의사가 암에 걸렸을 때 완치율이 반반이라고 해서 나는 사는 쪽으로 생각하기로 했어요. 그렇게 생각하고 병원에서 하라는 대로 치료를 받았더니 지금까지 살아 있네요." 그는 담담하게 말했지만 제겐 평생 잊을 수 없는 말이 되었습니다. 질병에 대한 잘못된 해석과 은유, 사람들의 왜곡된 시선을 걷어내고, 자신을 병에 쩔쩔매는 환자가 아니라 병을 치료하고자 하는 주체적인 사람으로 만드는 그의 태도를 배워야겠다고 다짐했습니다.

『모든 것은 그 자리에』, 올리버 색스, 양병찬 옮김, 알마, 2019

『은유로서의 질병』, 수전 손택, 이재원 옮김, 이후, 2002

5장

서로 돌봄, 사랑하며 살기

묵상독서는 읽기를 통해 인지적 사고 능력을 배양하고, 더 깊이 묵상함으로써 내적 성찰을 이루며, 진실한 자아의 목소리를 듣고, 참된 나를 만나는 과정이라고 할 수 있습니다. 다시 말해 깊은 이해와 묵상, 내적 대화를 통해 자기를 만나는 체험을 하는 것입니다. 그것은 시간을 내어 고요히 홀로 앉아 마음의 언어가 들려주는 소리에 귀를 기울이는 것, 텍스트를 거울로 삼아 현재 일어난 사건의 의미를 묻고 사유하는 것, 에고 너머의 세계로 들어가보는 것이기도 합니다.

책을 읽고 더 깊이 내면으로 들어간다는 것은 종교적으로 볼 때는 신의 목소리를 기다리는 것일 테고 현대적 의미로 볼 때는 내면의 소리를 관찰하고 주시함으로써 자각하는 것이라고 할 수 있습니다. 넓은 의미의 성찰에 해당한다고 할 수 있지요. 즉 감정의 외침, 욕망, 심리적 괴로움, 자기를 괴롭히는 것, 타인과의 진정한 만남을 방해하는 문제들이 묵상을 통해 자각될 수 있도록 기다리는 행위라고도 할 수 있겠지요. 하지만 방어적 사고, 내면의 경직, 에고이즘, 동일시, 감정 습관, 집착 또는 체념, 냉소적 태도, 무지, 흥분과 격정 등 많은 심리적 요인들이 참 본성으로서 자기 존재를 만나는 과정에서 독자 앞에 걸림돌로 나타납니다.

『무경계』를 쓴 통합 영성학자 켄 윌버는 진정한 의미의 자기 이해, 즉 '참다운 나True Self'에 이르는 깨달음을 얻기 위해선 지적 탐구와 그림자 인식이 필수라고 말합니다. 그는 맹목적인 영적 탐구를 경계합니다. 가끔 명상의 높은 경지에 이른 사람이 노동자의 권리를 무시하거나 제국주의, 독재를 찬양하는 등 초보적인 인권의 감수성조차 갖추지 못한 것에서 그런 예를 찾을 수 있지요. 그는 완벽한 영적 인식을 일깨우는 데는 최상의 식별력 있는 자각을 갖추어야 한다고 충고합니다. 명상 수련을 하려면 우리는 우리의 본성, 사물의 구조, 우리가 살고 있는 세상에 대한 포괄적인 견해를 가져야 합니다. 그의 이런 충고는 왜 서구의 그리스도교 묵상독서가 말씀에 대한 이해력, 즉 영적 지성을 중요하게 여겼는지를 다시금 확인시켜줍니다.

4장에서 언급한 대로 제이미 크라이너는 수도자들의 성찰을 일종의 메타인지라고 설명했습니다. 수도자들은 떠오르는 생각들이 마음 안으로 들어오는 것을 관찰하고 분별하여 기억이나 감정에 의해 '지껄이는 나' 가 아닌, 거룩한 신의 말씀을 듣고자 했지요.

제이미 크라이너가 말한 메타인지는 무엇인가를 지각하고, 경험하고, 느끼고, 생각하고 있다는 것에 대한 알아차림이라고 할 수 있습니다. 내면에서 지껄이는 목소리가 있음을 알아차리고, 그 목소리를 지켜보는 관찰자 혹은 주시자인 것입니다. 커뮤니케이션 학자인 김주환은 『내면소통』이라는 책에서 이 '알아차리는' 자아를 '배경 자아'라고 말합니다.

그에 따르면 우리는 배경 자아의 존재를 분명히 느낄 수는 있으나 하나의 대상으로 바라보거나 인지할 수는 없습니다. 배경 자아는 '인식의 주체'이지 대상이 아니기 때문이지요. 우리의 생각과 언어의 세계에서 '나'는 자의식을 지칭하지만 실제로 '나'는 자의식을 포괄하면서도 그것을 훨씬 더 뛰어넘는 존재이기 때문입니다. 자의식 밖에 있으면서도 자의식을 계속 지켜보고 있는 존재가 바로 배경 자아인 것입니다.

그는 배경 자아와 경험 자아의 관계를 영화관의 스크린과 그 스크린에 비치는 영상으로 비유합니다. 배경 자아는 스크린과 같습니다. 스크린은 항상 거기에 있으며 그 자체에는 어떠한 이미지도 색깔도 모양도 없습니다. 스크린에 비치는 영화 내용이 바로 '경험 자아'라고 할 수 있습니다.

김주환 교수는 경험 자아, 기억 자아, 배경 자아를 이해하기 쉽게 이렇게 설명합니다.

"산길을 가는데 돌덩이 하나가 나타났다고 하자. '돌이 너무 무거워서 고통스럽다'고 생각하는 자아는 경험 자아이고, '나는 반드시 이 돌을 들어야 하는 사람이다'라고 생각하는 것은 기억 자아이다. 배경 자아는 이러한 집착과 고통을 조용히 알아차릴 뿐이다."

그는 우리가 배경 자아의 존재를 알아차림으로써 경험 자아의 습관적인 스토리텔링 방식을 한걸음 떨어져서 바라보게 된다고 강조합니다. 그래야 경험 자아가 습관적으로 만들어내는 이야기에 수동적으로 휩쓸리지 않고 건강한 방향을 향해 능동적으로 새로운 '이야기'를 써내려갈 수 있기 때문입니다.

우리의 부정적 정서나 부정 편향, 감정 중독, 이분법적 사고, 타인을 향한 미움과 공격 등이 내가 나에게 부여한 의미들에 의해 만들어진 이야기의 조각들이라는 것, 나도 모르게 세상으로부터 얻은 정보들로 나의 서사를 엮고 있다는 것, 지속적으로 과거의 감정들을 끌어와서 고통을 증폭시키고 있음을 알아차리는 것, 그것이 바로 진정한 의미의 성찰이자 기도이며 메타인지라 할 수 있습니다.

김주환 교수는 또 지속적인 내면 소통, 내적 셀프 토크를 통해 자신을 돌보고 변화시킬 수 있다고 주장합니다. 자신이 경험하는 사건에 대해 자동적으로 의미를 부여하고 인과적으로 해석하는 '이야기의 물레 돌리기'를 알아차리면서 동시에, 긍정적이고 감사하는 마음이 내면으로 흘러들어가도록 소통함으로써 내적 불안을 극복하고 깨달음으로 나아갈 수 있다는 것입니다.

그가 사례로 든 것은 '자기가치 확인self-affirmation 글쓰기'입니다. 자신이 진심으로 핵심 가치라 생각하는 것에 대해 이야기하거나 글로 쓰는 것이지요. 예컨대 개인의 행복, 건강, 가족, 커리어, 문화 예술, 인간관계, 학문이나 지식 추구, 종교나 도덕성 등과 관련하여 자신이 가장 중요하게 생각하는 가치가 무엇인지를 적게 합니다. 그러고 나서 그러한 가치가 자신에게 어떤 의미를 지니며, 그것을 위해 어떤 노력을 해왔으며, 또 앞으로 해나갈 것인지에 대해 쓰게 하는 방식입니다.

정리하자면, 우리는 묵상독서를 통해서 '알아차림'과 '내적대화'를 할 수 있습니다. 이야기 물레를 돌리고 있는 자신을 바라보고 관찰함으로써 감정중독, 인정중독을 만드는 에고로부터 해방되는 것입니다.

『내면소통』, 김주환, 인플루엔셜(주), 2023

『집중력 설계자들』, 제이미 크라이너, 박미경 옮김, 위즈덤하우스, 2023

1

깊이 바라보기, 그리고 사랑하기

엘살바도르에 사는 사라는 지난 2년 동안 극도의 절망에 빠져 외출은 거의 하지 않은 채 칩거하며 지냈습니다. 아무것도 할 수 없었고 살고 싶은 의욕도 없었지요 아들이 2년 전 정부의 공안에 끌려가 고문당하고 살해되었기 때문입니다. 어느 날 사라가 집 앞에 서 있는데 지나가던 이웃 여인이 인사를 했습니다. 아들을 잃은 후 한 번도 이야기를 해본 적이 없는 이웃이었습니다.

사라가 어떻게 지내냐고 묻자 그 여인은 두 눈에 눈물이 그렁그렁하더니 울음을 터뜨렸습니다. 한참을 운 후에 그 여인은 최근에 자신의 두 아들이 납치되어 살해당했다고 말했습니다. 그 순간 사라의 머릿속에는 이웃 여인이 자신을 필요로 한다는 것, 그리고 자신보다 갑절의 고통을 겪고 있는 그 여인을 도와야 한다는 생각만이 떠올랐습니다. 모든 절망이 사라진 것이죠. 사라는 그날 이후 자신과 같은 비극을 겪은 가족들을 찾아 서로 돕는 일을 시작했습니다. 결국 그것이 사라에게 다시 살아갈 의미를 되찾아주었습니다.

이 사연은 『지금 이 순간에 대한 탐구—깨어 있음』라는 매우 특별한 책에 나온 내용입니다. 도미니코 수도회의 브라이언 피어스 신부가 틱낫한과 에크하르트의 사상을 중심으로 그리스도교와 불교 안에 공통적으로 내재된 영적 가르침을 소개하고 있습니다. 틱낫한은 얼마 전 타계한 불교의 승려이고, 마이스터 에크하르트는 14세기 가톨릭 수도승이지요.

마이스터 에크하르트는 1260년, 독일의 작은 마을에서 태어나 스무 살이 되기 전 도미니코 수도회에 입회했습니다. 그는 도미니코회의 신학자 토마스 아퀴나스와 알베르투스 마그누스의 영향을 받아 영적 신비주의 사상에 심취했고, 뛰어난 통찰력으로 '마이스터'라는 호칭을 얻었습니다. 영어의 '마스터'에 해당하는 이 단어는 한 분야의 최고 전문가라는 뜻이지요. 그의 가르침과 설교를 들은 사람들이 자연스럽게 이름 앞에 그 칭호를 붙였다고 합니다.

또 한 명의 주인공, 틱낫한 스님은 베트남 중부 도시 후에에서 태어나 16세인 1942년에 출가했고 1961년에 미국으로 유학을 떠난 뒤 프린스턴대에서 비교종교학을 가르쳤습니다. 베트남 전쟁이 한창일 때부터 그는 미국과 베트남에서 평화와 반전운동을 전개했고, 베트남 정부로부터 귀국 금지 명령을 받아 1973년에 프랑스로 망명하게 됩니다.

그후 틱낫한은 프랑스를 비롯하여 세계 각지에 수행 공동체 건립을 추진하였고, 대표적인 것이 1982년에 프랑스 보르도 지방에 세운 플럼 빌리지 국제 수행 센터입니다. 일명 자두 마을인데, 이 수행 공동체에서는 스무 개 이상의 나라에서 온 200여 명의 수행자들이 마을을 이루어 함께 생활합니다. 틱낫한은 2022년 1월에 입적했습니다.

틱낫한은 명상, 교육, 심리, 영성 등 여러 분야에 걸쳐 많은 책을 썼는데, 특히 이 책의 저자 브라이언 피어스는 틱낫한이 쓴 『살아 계신 붓다, 살아 계신 그리스도』와 『귀향: 형제로서의 예수와 부처』를 읽고 감동받았으며, 얼마 후 직접 틱낫한을 만나 그가 하는 동안거 수행에도 참여했다고 합니다. 이 책은 시대의 간극을 떠나 두 사람의 영적 스승이 현대인에게 던지는 영적 메시지들을 담담하게 소개하고 있습니다. 워낙 방대하고 심오한 내용이 많지만 인상 깊은 점을 중심으로 말해보려고 합니다.

특히 저는 이 책에서 고통에 대한 두 사람의 생각에 귀를 기울여보고자 합니다. 먼저 에크하르트는 모든 고통은 집착에서 온다고 말합니다.

> "잠시 지나가는 것들 때문에 고통을 받는다면 그것은 우리의 마음속에 이 세상 것에 대한 집착을 지니고 있기 때문이다. 그런 상태에서는 온 마음으로 하느님을 사랑하는 것이 아니며 또한

우리가 사랑하는 것을 원하시는 하느님을 사랑하지 않는 것이다. 그런 경우 하느님께서 우리에게 상실과 슬픔의 고통을 주는 것은 조금도 이상한 일이 아니지 않는가?"

이 말은 신이 우리에게 고통을 안겨준 게 아니라, 우리 집착으로 인해 고통을 겪게 된다는 뜻입니다. 에크하르트는 신 안에 머물 때 집착에서 벗어날 수 있다고 강조하면서, 이를 위해 내적 침묵이 필요하다고 말합니다. 우리 안에서 신이 말씀하시도록 하기 위해서는 고요가 절대적이라는 것입니다. 영혼의 자유를 가로막고 모든 고통과 슬픔을 일으키는 것은 신의 목소리를 듣지 못하게 하는 내적 소음 때문이라는 것이지요. 침묵 안에서 비로소 우리는 내면 깊은 곳으로 들어가 모든 집착에서 자유롭게 하는 신의 품에 잠기게 됩니다. "침묵 속에서 들으라!"라고 그는 외칩니다.

틱낫한은 집착을 버리는 첫걸음으로 마음을 모으는 숨쉬기를 권합니다.

"숨은 삶을 의식과 연결시키고 몸을 생각과 일치시키는 다리이다. 이것은 마음의 흐트러짐을 막을 수 있는 가장 자연적이고 효과적인 도구이다."

집착에서 벗어나는 방법으로 에크하르트는 침묵을, 틱낫한은 숨쉬기를 소개하고 있는 것이지요.

본문 전체를 발췌하고 싶을 정도로 『지금 이 순간에 대한 탐구－깨어 있음』에는 주옥같은 말들이 가득하지만, 그중에서도 저는 '깊이 바라보기'라는 말이 가장 와닿았습니다. 깊이 바라보기는 이해를 위한 것으로, 고통의 원인과 직접 부딪혀 해답의 소리에 깊이 귀 기울이는 것입니다. 틱낫한은 말합니다.

> "이해는 깊이 바라보는 과정에서 생긴다. 물결은 자신 이외에 다른 물결이 있다는 것을 깨달아야 한다. 내가 고통을 받는 유일한 사람이 아니다. 다른 사람들의 고통을 바라보는 순간 우리는 그들을 비난하지 않게 되고 우리의 고통도 멎는다. 이해는 고통이라는 감옥을 여는 열쇠이다. 진정한 사랑은 진실한 이해에서 가능하다. 각자의 내면에는 이해의 씨앗이 들어 있다. 그 씨앗이 바로 하느님이고 부처님이다."

깊은 연민의 마음으로 바라보는 것, 이것은 영혼의 눈으로 바라보는 것입니다. 앞서 소개한 에티 힐레숨은 수용소에서 매일 일기를 쓰면서 자신 안의 영혼과 대화를 나누었고, 그로 인해 그는 수용소의 사람들을 영적인 시선으로 깊이 바라보게 되었습니다. 에크하르트가 말한 대로 고통과 슬픔으로 일그러진 모습 안에 그 누구도 침범할 수 없는 순수하고 아름다운 인간의 영혼이 있음을 깨달은 것입니다.

틱낫한은 "당신에게 일어나고 있는 분노를 깊이 바라볼 때, 당신은 당신이 적이라고 부르는 그 사람도 역시 고통을 받고 있다는 것을 알게 될 것이다"라고 말합니다. 당신이 고통을 받는 유일한 사람이 아니라는 것, 따라서 우리는 '연대'와 '공동선'을 지니고 고통받는 사람들을 어루만지고 돌봐야 할 필요가 있다는 뜻입니다. 위에서 소개한 엘살바도르의 사라가 그랬듯이요.

틱낫한은 말합니다. "우리는 가만히 앉아서 고통을 바라보기만 하면서 고통이 떠나가기를 바랄 수는 없다"라고요. 우리는 고통을 줄이거나 고통을 복지나 평화로 바꾸는 길을 찾아야 한다는 것이지요. 그것은 서로 사랑함으로써 가능해집니다. 틱낫한이 전 세계에 많은 수행 공동체를 세운 이유도, 그리스도교 제자들이 스승 예수가 죽은 후 수도 공동체를 이루며 살았던 것도 우리가 사는 동안 누구도 피할 수 없는 고통이라는 숙제를 함께 풀어가고, 사랑으로 어루만지며 사는 것이 그리스도 정신이기 때문일 것입니다. 영성을 다른 말로 바꾼다면 그것은 사랑입니다.

따라서 영혼을 돌보는 독서, 묵상독서는 이 두 사람이 말한 대로 깊이 바라보기를 하는 것입니다. 책을 읽으면서 고통의 소리에 귀를 기울이고 깊이 바라보고 이해하는 것이 바로 독서라는 행위의 참된 의미입니다.

「지금 이 순간에 대한 탐구—깨어 있음」, 브라이언 피어스, 박문성 옮김, 불광출판사, 2021

2

우리가 타인의 관점에서 생각하지 못한다면

"미친 자에게 운전대를 맡길 수는 없다."

코로나 위기 속에서 집회를 열었던 어느 목사가 이 문구를 대문짝만하게 내걸어서 많은 사람들의 눈살을 찌푸리게 했지요. 이 문구는 수많은 독일 사람들의 존경을 받고 있는 디트리히 본회퍼가 한 말이기 때문입니다. 본회퍼가 어떤 맥락에서 이 말을 하였는지 그 배경을 자세히 알고 나면 더욱 그렇습니다. 그는 독일 나치 정권에 격렬히 반대하다가 수용소로 끌려갔는데, "미친 자에게 운전대를 맡길 수 없다"라는 말은 그와 함께 수감되었던 한 교수에게 쓴 편지에 나옵니다. 본회퍼는 이렇게 말했다고 합니다.

"만약 거리에서 어떤 미친 사람이 운전하면서 인도로 넘어가 행인을 치려고 할 때, 저는 목사로서 죽은 행인을 위해 장례를 치르거나, 그 행인을 위로하는 일만을 하지는 않을 것입니다. 만약 제가 그 광경을 목격했다면 차 위로 뛰어올라 운전대에서 그 미친 운전자를 끌어내릴 것입니다."

본회퍼가 이렇게 말한 것은 교회의 목사가 불의에 의해 희생된 사람들을 위로만 할 게 아니라, 희생되기 전에 미친 사람을 저지해야 한다는 것을 강조한 것입니다. 결국 본회퍼가 비판하려고 한 대상은 불의에 눈감고 있는 일부 교회 목자들이었지요.

본회퍼는 히틀러가 제2차세계대전을 일으키기 훨씬 전부터 히틀러와 히틀러를 감싸는 교회를 강하게 비판했습니다. 1933년 1월 히틀러가 독일 수상으로 취임하고 난 후 언론과 집회의 자유를 제한하는 긴급조치 1호가 발효되고, 국회의원의 의원직을 박탈하는 등 독재가 시작되자 본회퍼는 방송을 통해 교회가 히틀러를 그리스도로 따르고 있다고 강하게 비판하기 시작했습니다. 당연히 그 때부터 나치의 감시가 뒤따랐지요. 결국 1935년에 그는 강의하고 있던 베를린 공과대학 교수직에서 쫓겨납니다.

미친 자를 제지하려는 그의 과감한 행동은 히틀러가 제2차세계대전을 일으키기 직전에 독일로 들어간 데서 본격화됩니다. 대학에서 해임된 뒤 미국에서 강연 여행 중이던 본회퍼는 주변 사람들의 적극적인 만류를 뿌리치고 독일로 돌아갑니다. 수많은 사람들이 독일을 떠나던 그 시점에 그는 반대로 독일로 들어간 것이지요.

나치는 1940년에 그의 강연과 집필 모두를 금지합니다. 그는 1942년 반나치 조직을 만들었다가 발각되어 1943년 게슈타포에게 체포된 뒤 베를린의 터겔형무소에 수감되었습니다. 수감된 동안에도 히틀러 암살 계획을 세우고 1944년 7월 20일 실제로 동지들과 함께 암살 시도를 했는데, 폭약만 터지고 히틀러는 살아남은 바람에 모두 체포되어 처형되고 말았습니다. 그가 처형된 날은 1945년 4월 9일, 그로부터 3주 후에 히틀러가 자살로 생을 마감했습니다.

그가 옥중에서 쓴 『옥중서신—저항과 복종』은 1951년에 출간되어 수많은 사람들에게 울림과 감동을 주었습니다. 그가 감옥에 들어갈 때 들고 간 책은 성경과 괴테의 『플루타르크 영웅전』 두 권이었다고 합니다. 그는 가족들이 보내준 책을 계속 읽었고, 수감자들과 교도관에게도 읽어주었습니다. "그는 내가 만나본 사람 중에 신이 실재하며 늘 곁에 있다고 믿는 아주 드문 사람 중 한 명이었다. 그는 내가 만나본 가장 선량하고 매력적인 사람이었다." 동료 수감자 중 한 명이 한 말입니다.

무엇이 서슬 퍼런 독재의 공포 앞에서 그를 그토록 희망으로 충만하게 만들었을까요? 『다시 책으로』에서 매리언 울프는 본회퍼의 이런 실천적 행동은 바로 읽기라는 행위 속에 깃든 보이지 않는 성소 덕분이라고 말합니다. 그에게 불굴의 희망을 주고 그를 끝까지 지켜준 것이 바로 책이라는 뜻입니다. 저도 매리언 울프의 생각에 전적으로 동의합니다.

책에 깃든 그 무엇, 그것은 '공감'일 것입니다. 본회퍼는 『옥중서신—저항과 복종』에서 "역사 속의 그리스도가 지금 실재한다면 나치 독일에 맞설까요?"라고 물으면서, 유대인을 위해 목소리를 내는 사람만이 그레고리오 성가를 부를 수 있다고 말했습니다. 유대인의 고통에 공감하면서 그 고통을 덜어주려고 애쓰는 사람만이 참된 크리스천이라는 뜻이겠지요. 타인의 고통에 공감하지 못한 상태가 바로 비극적인 무능 상태라는 것입니다.

'고통에 중립은 없다'라는 말처럼 고통받는 사람에게 공감하고 돕고자 하는 것은 지극히 당연한 일입니다만, 어떤 공감은 문제를 일으킨다는 지적도 있습니다. 흔히 공감은 무조건 좋은 것이라는 등식을 갖고 있을 수 있지만, 『공감의 배신』의 저자 폴 블룸은 공감의 위험성에 대해 언급합니다. 즉 그는 어떤 특정 대상에 몰두하는 감정적 엠퍼시(공감)의 문제를 지적합니다.

예를 들어 피해자의 아픔에 강하게 몰두한 나머지 피해자를 대신해서 복수할 마음을 먹는 것은 자신의 분노를 피해자 가족에게 '투사'하는 것에 불과하다는 것입니다. 불행한 사건이 발생했을 때, 감정적 엠퍼시에 빠진 사람들에 의해 그 사건이 계속 뉴스에 오르내리면 피해자 가족들의 마음은 더욱 위축되고 고통스럽기 마련입니다. 때로는 집단적 히스테리와 같은 투사가 작동하여 피해자 가족들에게 더 깊은 상처를 안겨주기도 합니다. 더 위험한 것은 피해자에 대한 동정심이 너무 지나쳐서 가해자로 알려진 사람을 '마녀사냥'식으로 매장해야만 직성이 풀리는 집단행동들입니다.

심리학에서도 이러한 '투사'를 진짜 엠퍼시와 구별해야 한다고 말합니다. 폴 블룸은 또 감정적 엠퍼시에 빠지다보면 어떤 사건의 전체 맥락이나 비중을 고려하지 않고 특정한 몇몇 사건이나 인물에게 집중하는 경향을 보일 수 있다고 주장합니다. 가끔 사회적으로 이슈가 된 뉴스들을 보면 감정적 엠퍼시가 심하게 작동하여 사소한 사건이 지나치게 부각된 경우도 적지 않습니다. 의료 계통에서 일하는 사람들 중에는 자신이 돌보던 환자의 죽음을 보면서 심한 절망감과 죄책감으로 인해 실제로 잠을 못 이루거나 물리적 통증을 느끼기도 하는데, 이런 경우도 감정적 엠퍼시가 지나치게 작동한 예라고 할 수 있을 것입니다.

『타인의 신발을 신어보다』를 쓴 브래디 미카코는 공감을 인지적 엠퍼시와 감정적(정서적) 엠퍼시로 나누어 말하면서, 인지적 엠퍼시는 "타인이 어떻게 느끼고 생각하는지에 대해 전면적이고 정확한 지식을 갖는 일" 또는 "타인의 신발을 신고, 그 사람의 생각과 감정을 상상하는 힘"이고, 감정적 엠퍼시는 "타인의 감정을 느끼는 일, 타인의 고통을 대하는 반응으로써 개인이 느끼는 고뇌, 타인을 향한 연민의 감정"이라고 서술하고 있습니다.

제2차세계대전 때 많은 독일인들이 집단적 감정에 동조하여 유대인들의 학살을 방조한 것은 감정적 엠퍼시가 부정적으로 극대화된 사례라면, 이성적이고 윤리적 태도로 유대인의 고통에 함께한 본회퍼의 행동은 인지적 엠퍼시의 긍정적 사례 할 수 있습니다.

그런데 본회퍼가 사실은 새로운 수도원 운동을 벌였다는 사실을 아는 이는 드뭅니다. 본회퍼는 1933년부터 3년간 런던에 머물러 있었는데, 그때 형에게 쓴 편지에서 "교회의 회복은 확실하게 새로운 수도원의 방식으로부터 나온다"라고 썼습니다. 그가 새로운 수도원 운동의 필요성을 언급하면서 실제로 공동체를 결성하자 여러 억측과 오해가 나돌았지만, 그가 말하는 새로운 수도원 운동은 성경 말씀의 나눔을 통한 진정한 공동체 형성이었습니다.

이를 위해 그는 수도원 전통에서 그러했듯이 공동 기도회를 중요하게 여겼습니다.

> "공동체 안에 있을 때에만 우리는 홀로 있을 수 있고, 또한 홀로 있을 수 있는 사람만이 공동체 안에 있을 수 있다."

본회퍼에게 새로운 수도원 운동은 어느 한 공간에 머물러 있는 차원이 아니라, 공동체가 속한 주변 사회와 함께 호흡해야 하고, 그것을 위해 기도하고 독서하고 나누는 것이 삶이 되어야 하는 것입니다. 바로 이 점이 그가 고통받은 유대인들의 삶을 외면할 수 없었던 이유이고, 기꺼이 목숨까지 바쳤던 이유이기도 합니다.

수도원이라는 단어에는 당연하게 공동체가 포함되어 있습니다. 함께 살기, 이것이 바로 수도원의 정체성입니다. 그리고 수도자들이 온 생을 다해 따르고자 했던 그리스도교 정신은 바로 '관계성' 즉, '사랑'입니다. 그래서 본회퍼는 그리스도인으로서, 목자로서 그리스도가 가르쳐준 방식을 따른 것이지요. 이는 지속적인 말씀 묵상을 통한 깨달음이 바탕이 된 것이고요.

히틀러가 광기를 부릴 때 독일 교회의 많은 사제들과 목사들도 성경을 읽고 묵상하고 예식을 거행했겠지만, 본회퍼처럼 통렬하게 히틀러에게 저항하지는 않았지요. 그러므로 여전히 본회퍼는 우리에게 묻고 있습니다. "역사 속의 그리스도가 지금 실재한다면 난민들을, 우리 사회의 약자들을, 끔찍한 상황으로 내몰고 차별하고 혐오하는 사람들에게 맞설까요?" 우리가 책을 읽으면서도 타인의 관점으로 세상을 보지 못하고, 타인의 고통에 공감하지 못한다면 과연 책을 읽는다 한들 무슨 의미와 가치를 가질지 생각해보지 않을 수 없습니다.

『옥중서신—저항과 복종』, 디트리히 본회퍼, 김순현 옮김, 복있는사람, 2016

『공감의 배신』, 폴 블룸, 이은진 옮김, 시공사, 2019

『타인의 신발을 신어보다』, 브래디 미카코, 정수윤 옮김, 은행나무, 2022

3

영혼은 사랑할 때 느낄 수 있다

『천국에서 만난 다섯 사람』은 제가 아주 좋아하는 책입니다. 인천 미추홀 도서관에서 개관 100주년을 맞이해 그간 도서관을 다녀간 강사들이 추천하는 인생의 책을 엮어 도서관 홈페이지에 올린다는 연락을 받았을 때, 저는 이 책을 추천했습니다. 이 책은 『모리와 함께한 화요일』로 널리 알려진 미치 앨봄의 작품입니다.

여든두 살로 죽은 주인공 에디가 천국에서 다섯 사람을 만나는 것으로 이야기는 시작됩니다. 책은 인연의 장, 희생의 장, 용서의 장, 사랑의 장, 화해의 장으로 나뉘어져 있지요. 『천국에서 만난 다섯 사람』의 결말은 주인공이 아내가 기다리는 집으로 향하는 것입니다. 주인공 에디가 천국에서 만나야 할 다섯 사람을 만난 후에 마지막으로 간 곳은 그가 평생 정비사로 일했던 놀이공원이었습니다. 수많은 아이들이 신나게 놀고 있었지요. 아이들이 그곳에서 행복하게 뛰어놀 수 있었던 것은 에디가 평생 성실하게 손질하고 고치고 돌보았기 때문입니다. 살아생전에 에디는 자신이 하는 일을 보잘것없는 일로 여겼고 불만이 많았습니다. 하지만 이제 에디는 자신이 일했던 그곳에서 무한한 평화를 느낍니다.

비로소 에디는 자기 삶의 소명이 무엇이었는지 알게 되었으며 거기서 참된 기쁨과 보람을 느꼈습니다. 그것은 바로 사랑이었습니다. 자기 일에 대한 충실함이 수많은 아이들과 부모들을 행복으로 이끌었다는 것을 깨달은 것입니다. 매일 수많은 사람들을 실어 나르는 교통수단을 생각해보면 알 수 있습니다. 그들이 자기 일을 성실하게 해준 덕분에 사람들은 안심하고 이동할 수 있는 것입니다. 우리는 거대한 관계의 사슬로 엮어져 있고 그런 관계들은 서로를 돌보는 사랑에 의해 순환되어갑니다.

에디가 그것을 깨달았을 때 그는 비로소 평화를 얻었고, 사랑하는 아내를 만났으며, 신의 음성을 듣게 됩니다. 신에게서 온 목소리, 그것은 바로 '집'이었습니다. 저는 이 부분을 두 가지로 해석해보았습니다. 하나는 에디가 결국 우리의 본래 고향인 신에게로 돌아갔다는 것이고, 다른 하나는 신이 우리가 느끼는 진정한 평화 속에 존재한다는 것입니다. 여기서 에디가 죽은 후에 천국에서 평화를 느끼고 신의 목소리를 들은 것의 숨은 의미를 찾아본다면, 그것은 진정한 사랑을 느끼는 데에는 '죽음'이 필요하다는 것이라고 봅니다.

여기서 '죽음'이란 실제로 죽는 것일 수도 있지만, 한편으로는 사랑을 위한 거룩한 행위라고 볼 수 있습니다. 우리가 누군가를 혹은 무엇인가를 사랑할 때마다 우리는 이미 어떤 차원에서 죽었으며, 자신의 자아를 포기했음을 의미하는 것이기 때문입니다. 어디선가 본 구절인데, "당신이 사랑을 선택할 때마다 당신은 또한 죽기로 작정했다"라는 말과 일맥상통한다고 볼 수 있지요.

어떤 신화학자는 원래 결혼식은 장례식을 본뜬 것이라고 말합니다. 한 사람을 사랑하겠다고 결심하는 것은 그를 위해 나의 자아를 포기하겠다는 각오를 의미하기 때문이 아닐까요?

다시 『천국에서 만난 다섯 사람』으로 돌아가서 에디가 진정한 평화 속에서 신의 목소리를 들을 수 있었던 것은 자신 안에 갖고 있던 삶에 대한 억울함, 분노, 죄책감 등을 내려놓았기 때문에, 즉, 죽었기 때문에 가능한 일이었습니다. 성서에도 "우리 자신을 발견하기 위해 우리 자신을 잃어야 한다"라는 말이 있는데, 바로 그런 뜻입니다. 앞에서 말한 대로 그것은 자신이 우월하다는 생각 혹은 자신이 보잘것없는 존재라는 생각 등 자기 자신에 대해 갖고 있는 왜곡된 생각을 내려놓는 것이라고 할 수 있습니다.

저는 이 책의 마지막 장면에서 에디가 아내를 만나는 것을 보았을 때, 빅터 프랭클이 『죽음의 수용소에서』라는 책에서 아내를 만나는 장면이 떠올랐습니다. 정신과 의사였던 빅터 프랭클은 아우슈비츠 수용소에 수감된 후 강제 노역을 하게 되었습니다. 수용소 생활은 이루 말할 수 없을 정도로 열악했고 사람들은 언제 자신이 가스실로 가게 될지 모르는 불안한 상황에서 살아야 했습니다. 프랭클의 아내도 수용소로 끌려갔으나 어디로 갔는지 생사를 알 수 없었습니다.

어느 겨울날 아침 프랭클은 다른 수용자들과 함께 얼어붙은 땅에 참호를 파고 있었습니다. 문득 그는 나지막하게 머릿속으로 사랑하는 아내를 불렀습니다. 어쩌면 이미 죽어서 이 세상에 없을지도 모르는 아내와 대화를 시작한 것입니다. 그는 몇 시간째 땅을 파는 동안 내면으로 아내를 향한 사랑을 외치고 또 외쳤습니다. 그런데 어느 순간 그는 이상한 느낌이 마음 저 아래에서부터 전해졌습니다.

> "내 정신이 나를 꽁꽁 감싸고 있던 우울함을 찢고 나간다는 느낌이 들었다. 그 빛이 희망도 없고 의미도 없는 세상을 초월한다는 느낌이 들었고, 어떤 궁극적 목적의 존재를 향한 내 의문에 대한 대답으로 "있다"라는 승리의 음성이 어딘가에서 들려왔다. 아내가 존재한다는 것을, 나와 함께 있다는 것을 나는 점점 더 강하게 느꼈다. 아내를 만질 수 있고 손을 뻗어 아내의 두 손을 잡을 수 있다는 느낌이 들었다. 그 느낌은 몹시 강렬했다. 아내는 분명 거기에 있었다."

그는 아내와 교감을 나누는 순간에 처음으로 '진리'라고 부르는 것, 수많은 시인들과 사상가들이 노래하는 궁극적인 것, 위대한 비밀이 갖는 의미를 깨달았다고 말합니다. 그것은 한마디로 말하면 사랑이었습니다. "인간의 구원은 사랑을 통해 사랑 안에서 이루어진다"라는 말처럼 아주 짧은 순간이라도 깊은 사랑을 느낄 수 있다면 그것이 우리로 하여금 삶을 살아가도록 하는 힘이라고 그는 말합니다. 깊은 사랑을 느낄 수 있는 방법은 간단합니다. 프랭클이 했던 것처럼 사랑하는 사람을 생각하기만 해도, 진실한 눈으로 바라보기만 해도 되는 것입니다.

그는 그때의 깨달음을 시작으로 인간의 기본적인 동기는 돈도 아니고 심지어 행복도 아니며 '의미'라고 주장하면서 여생을 살았습니다. 자기 인생의 '의미'를 이해하고 나면 그 어떤 가혹하고 비참한 환경에서도 내면의 평화는 흔들리지 않는다는 것이지요. 여기서 말하는 '의미'는 프랭클이 체험한 아내와의 사랑, 그리고 『천국에서 만난 다섯 사람』에서 에디가 느낀 아내와의 '사랑'일 것입니다. 전쟁 후 로고 테라피, 즉 '의미 요법'을 만들었던 프랭클은 수많은 상담과 치료를 하면서 삶의 의미를 이해하는 것이 얼마나 중요한지를 강의하고 다녔습니다. 그는 심리적으로 힘든 사람들 중에는 어린 시절의 상처나 심한 갈등이 원인인 경우도 있지만, 살아야 할 이유를 모를 때에도 심리적 질병에 걸릴 수 있다고 말했습니다.

빅터 프랭클이 아내와 나눈 사랑은 영혼의 교감이었을 것입니다. 프랭클에게 아내는 더 이상 '타인'이 아니었습니다. 프랭클이 아내에게 바라는 것은 딱 하나였습니다. 그저 만나고 싶다는 것이었지요. 두 사람은 더 이상 상대방에게 요구하는 것도 지키기를 원하는 것도 없습니다. 그냥 존재 자체를 원했던 겁니다. 이 말은 우리가 타인에게 더 이상 바라는 게 없을 때, 타인을 만나는 것 그 자체로 염원할 때 진정한 사랑이 이루어진다는 뜻이 아닐까요? 타인을 자신의 욕망을 들어주는 대상으로 여기는 게 아니라 존재 그 자체로 만날 때 비로소 우리는 '사랑'을 하게 되는 것이지요.

그런 의미에서 『천국에서 만난 다섯 사람』의 마지막 말 '집'은 존재이고 영혼이라고 할 수 있습니다. 많은 영성가들이 이 책을 영혼의 책으로 소개하는 것도 그런 이유일 것입니다.

「천국에서 만난 다섯 사람」, 미치 앨봄, 공경희 옮김, 살림, 2010

「죽음의 수용소에서」, 빅터 프랭클, 이시형 옮김, 청아출판사, 2020

24

우리에겐 사랑의 재발명이 절실하다

『천국에서 만난 다섯 사람』에서 주인공 에디는 아내를 만나 궁극적인 사랑이 무엇인지를 깨닫게 되었습니다. 사랑이 있는 곳이 곧 천국이었지요. 또 빅터 프랭클은 수용소에서 아내와 깊은 내적 대화를 나눔으로써 인간의 궁극적인 '사랑'이 무엇인지를 체험했습니다. 빅터 프랭클이 "인간의 구원은 사랑을 통해 이루어진다"라는 것을 깨달았다는 대목에서 문득 떠오르는 책이 있었습니다. 체코 작가 보후밀 흐라발이 쓴 『너무 시끄러운 고독』이라는 작품입니다.

이 소설의 주인공은 35년 동안 책과 폐지를 압축하는 일을 하는 사람입니다. 더럽고 축축한 지하실에서 생쥐들의 싸움을 들으며 매일 똑같은 일을 반복하며 살아가는 그는 고독한 인간입니다.

오랜 압축기 작업은 그의 키를 9센티미터나 줄여버렸건만 그는 너무나 익숙한 이 작업장을 떠날 생각이 전혀 없을 정도로 지하실은 그의 일부이거나 한 몸이 되어버렸습니다.

그가 자신의 상태를 가끔 시끄러운 고독이라고 표현하는 이유는 그가 뜻하지 않게 '교양'을 쌓았기 때문입니다. 그는 버려진 책들 중에서 쓸 만한 것들을 골라 책을 읽음으로써 수많은 사상가들과 예술가들의 말을 배웠고, 그것들과 대화를 나누고 사유함으로써 가끔씩 행복과 자유를 맛봅니다.

마지막 장면은 매우 충격적입니다. 퇴직을 앞두고 그는 자신이 압축기 안으로 들어간 책이 됨으로써 생을 마감하기로 합니다. 그런데 압축기에서 구겨지면서 그가 마지막으로 떠올린 사람은 집시 여자였습니다. 그가 젊었을 때 사랑했던 여자였어요. 그는 그녀의 이름이 무엇인지 어디에 사는지도 모른 채 사랑을 나누었습니다. 둘 사이에는 그런 것들을 이야기할 필요를 전혀 느끼지 못했던 것 같습니다.

"성령의 숨결처럼 단순했던 내 어린 집시 여자. 내 난로에 불을 지피는 것 외에는 아무것도 바라지 않았던 여자. 건물 잔해 속에서 찾아낸 무거운 널빤지들을 커다란 나무 십자가처럼 어깨에 메고서 끌고 오던 여자. 감자 스튜와 말고기 소시지면 족했고, 난로에 불을 지피고 가을 하늘에 커다란 연을 날리는 것 외에는 더 이상 바라는 게 없었던 여자."

소설에는 "아무것도 바라지 않았던 여자", "더 이상 바라는 게 없었던 여자", "타닥타닥 타오르는 감미로운 불길을 보며 명상하는 것 외에는 바라는 것이 없던 여자"라는 문장처럼 '바라는 게 없던 여자'라는 구절이 여러 번 등장합니다. 또 "불빛 아래서 조용히 빵을 쪼개는 그녀는 마치 성체를 받아 모시는 사람 같았다", "성당의 이냐시오 로욜라 성인처럼 그녀의 몸이 금빛 후광으로 빛났다"라는 대목에서 알 수 있듯이 그에게 그녀는 성스러운 여자였습니다.

둘은 마치 비밀의 요새에서 둘만 있는 것처럼 사랑을 나누었습니다. 하지만 어느 날 그녀는 사라졌고, 한참 시간이 흐른 뒤에야 그는 그녀가 다른 집시들과 함께 체포되어 강제로 끌려갔다는 걸 알게 됩니다. 그녀는 아우슈비츠 수용소의 어느 소각로에서 태워져 다시는 돌아오지 못했습니다.

책을 다 읽은 후에도 '아무것도 바라지 않았던 여자'라는 구절이 오래도록 남았습니다. 제가 보기에 그것은 완전에 가까운 사랑의 형태입니다. 이것은 그리스도교에서 성모 마리아의 절대적인 순종에 가깝다고 여겨집니다. 신의 사랑을 온전히 받아들이는 태도가 그것입니다. 집시 여자는 그에게 자신을 내어주었을 뿐 그 대가로 무언가를 달라고 하지 않았습니다. 따라서 주인공이 죽음의 고통 속에서 그녀를 떠올린 것은 그녀와 나눈 사랑이 곧 신의 사랑이었기 때문일 것입니다. 결국 집시 여자와의 사랑이 그를 구원하여 천국으로 인도했겠지요.

저는 이 소설을 읽으며 오늘날 많은 비평가들이 왜 문학을 21세기 성서에 비유하는지를 이해할 것 같았습니다. 소설에서 집시 여자의 사랑은 곧 성모 마리아의 사랑일 테니까요. 그런데 이런 진정한 사랑은 성서나 문학 작품 속에서만 만날 수 있는 것일까요? 제가 소설 속에 나온 구절 '아무것도 바라지 않았던 여자'라는 말에 가슴이 먹먹해진 것도 어쩌면 현재 우리의 사랑이 집시 여자와 같은 사랑에서 너무 멀리까지 달아났기 때문인 듯합니다.

저의 이런 생각은 『에로스의 종말』을 읽으면서 더 확인할 수 있었습니다. 독일 대학에서 철학을 가르치는 한병철 교수의 책입니다. 책 뒤에 적힌 이런 말이 눈길을 사로잡습니다. "사랑이 종말을 고하는 이 시대, 우리에게 절실한 것은 사랑의 재발명을 위한 투쟁이다." 그는 "영원이 바로 인생의 시간 속에 존재할 수 있다는 것을 사랑은 증명해준다. 사랑의 본질은 충실함, 그것은 근본적으로 행복인 것이다. 그렇다. 사랑의 행복은 시간이 영원을 품을 수 있음을 보여주는 증거다"라고 쓰고 있습니다.

또 그는 15세기 철학자 마르실리오 피치노의 말을 빌려 "나를 사랑하는 당신을 사랑하면서, 나는 당신 속에서 나를 다시 발견한다. 당신이 나를 생각하기에. 그리고 당신 속에서 나를 버린 뒤에 나는 나를 되찾는다. 당신이 나를 살아 있게 하므로"라고 말합니다. 결국 진정으로 사랑하는 자는 타자를 통해 자기 자신을 되찾는다는 뜻입니다.

그런데 책에서 지적한 대로 오늘날 많은 사람들에게 사랑은 욕구, 만족, 기분 좋음, 향락 정도의 의미밖에 지니지 못합니다. 대다수의 사람들은 디지털 미디어에 의지하여 타자를 최대한 자기 쪽으로 가까이 끌어오려고 합니다. 그리고 가깝게 만들기 위해 타자와의 거리를 파괴하려 합니다. 이는 타자를 있는 그대로 존중하거나 타자를 견디어주지 못한다는 뜻입니다. 타자의 결핍이나 이질성, 지체(느림)를 받아들이지 못합니다.

그러다보니 결국에 우리는 타자에게서 아무것도 얻지 못하게 되는 것입니다. "거리의 파괴는 타자를 가까이 오기는커녕 오히려 타자의 실종으로 귀결된다"라고 그는 지적합니다. 심지어 '사랑'이라는 이름을 내세워 서로를 물어뜯거나 환멸에 빠지는 경우도 흔해졌습니다.

또 저자는 우울증과 사랑(에로스)은 함께할 수 없다고 단호하게 말합니다. 그에 따르면 우울증은 나르시시즘적 질병으로, 병적으로 과장된 과도한 자기 관계입니다. 우울증은 매사에 타자를 통해 자기를 확인하려고 덤빕니다. 그리하여 타자는 타자의 타자성을 빼앗긴 채 그저 우울증 당사자의 에고를 확인해주는 거울로 전락해버립니다.

하지만 진정한 에로스(사랑)은 자발적인 자기 부정, 자기 비움의 과정입니다. 사랑하는 두 사람은 거래하지 않습니다. 사랑은 타자를 타자로서 경험할 수 있게 해줍니다. 이때 느끼는 사랑의 감정은 자신의 업적으로 얻은 게 아니라 타자의 선물입니다. 그러기에 우리는 진정으로 사랑할 때 진정으로 감사하게 되는 것입니다. 에로스는 우리 존재와 모든 사물들을 끌어당기고 창조하고 연결시키는 생명 에너지입니다.

이 책의 서문을 쓴 철학자 알랭 바디우가 "사랑은 두 개인 사이의 기분 좋은 동거를 목적으로 하는 계약이 아니라 타자의 실존에 대한 근원적인 경험이며, 아마도 현시점에서 사랑 외에는 그런 경험을 찾아볼 수 없다"라고 말했듯이, 사랑만이 우리 삶을 구원한다면, 현재 우리는 어떤 사랑을 하고 있는지 돌아보아야겠습니다. 상대방을 지나치게 이상화하거나 상대방을 통해 나의 우월성(에고)을 확인하고 싶어 하거나, 상대방에게 나의 욕구를 투사하면서 계속 실망을 되풀이하며 살고 있는 건 아닌지 말이지요. 내가 상대방에게 선물이 되어야 그도 나에게 선물이 될 것입니다.

『너무 시끄러운 고독』, 보후밀 흐라발, 이창실 옮김, 문학동네, 2016

『에로스의 종말』, 한병철, 김태환 옮김, 문학과지성사, 2015

5

소명이란 무엇인가?

“이제는 나답게 살고 싶다.” 이런 마음으로 인생 후반전을 아름답게 살아가고자 새로운 일을 찾는 분들이 많습니다. 사람들은 소명을 신의 부름에 응답한다는 뜻으로 이해하는 것 같습니다. 신의 계시를 받아서 그것을 따르는 것이라고 말이지요.

저는 소명을 삶이 내게 던지는 질문에 응답하는 것으로 해석합니다. 즉 어떤 계시를 받아서 특별한 일이나 직업을 갖는 것만이 아니라 현재 내 삶의 조건과 상황이 내게 무엇을 어떻게 하라고 하는지를 헤아리고 그것에 응답을 하는 것이 바로 소명이라고 생각합니다. 이 책에서 여러 번 인용하였던 빅터 프랭클의 책 제목 『그럼에도 삶에 ‘예’라고 답할 때』와 같은 것이지요.

삶이 내게 던지는 질문이 무엇인지는 과거에서 현재로 이어지는 삶의 여정을 들여다보고 성찰함으로써 알아차릴 수 있다고 봅니다. 어떤 사람은 그 질문이 "과거에 간절히 원했다가 놓친 것을 지금 해볼 수 있는가?"일 테고, 어떤 사람은 그 질문이 "가족에게 소홀하게 살아왔는데 지금부터 가족과 더불어 즐거운 추억을 만들지 않겠니?"일 수도 있습니다. 또한 소명은 좋은 가치를 따라 살라는 주문일 수도 있습니다. 늙으신 부모님을 돌보는 일, 어려운 처지의 청소년을 돕는 일 등 가치를 향한 의지나 사랑의 마음이 그것입니다.

분석심리학자 칼 융은 이런 말을 했다고 합니다.

> "내가 존재한다는 것은 삶이 나에게 묻고 있다는 것이다. 나 자신은 세상을 향해 던져진 하나의 물음이며, 나는 그 물음에 나의 해답을 제시해야만 한다. 그렇지 않으면 단지 세상이 주는 답에 따라 살아갈 뿐이다."

세상이 주는 답이 아닌 자신의 삶이 던지는 물음에 귀를 기울이라는 뜻입니다. 융은 이 물음의 주인공은 우리 무의식 속에 있는 '원형Archetype'이라고 말합니다.

칼 융이 말하는 '원형'은 무의식의 심층에 자리 잡은 심리적 구조라고 할 수 있는데, 문화에 상관없이 누구나 공유하고 있는 것이라고 합니다. 분석심리학자들은 이 원형의 자각이 사람들의 인지와 행동을 해석하는 중요한 기제가 된다고 말합니다. 원형은 크게 아니마, 아니무스, 영웅 원형으로 설명합니다. 아니마는 여성성, 다른 말로 하면 어머니 원형이라고 하는데, 모성이나 보살핌, 온정이라는 상징으로 이해할 수 있습니다. 타인을 돌보고 안정감을 얻는 데에 영향을 줍니다. 아니무스는 아버지 원형이라고 하는데 권위, 지도력, 보호와 같은 상징으로 표현되고 책임감에 영향을 줍니다. 영웅 원형은 용기를 내어 모험을 떠나거나 때론 자기를 희생할 줄 알며 내적 직관력으로 삶을 통찰할 수 있는 지혜를 상징합니다.

분석심리학에서는 우리 무의식 안에 존재하는 원형을 인식하고 응답하는 것이 진정한 소명을 찾는 데 도움이 된다고 말합니다. 그런데 어떻게 내 안의 원형을 인식하고 이해할 수 있을까요?

저는 융의 원형 이론을 상담에 적용한 캐럴 피어슨의 『나는 나』라는 책을 읽으면서 '원형'을 이해하는 데에 많은 도움을 받았습니다. 심층심리학자이며 심리상담가인 피어슨은 칼 융의 원형 이론 연구에 평생을 바쳤습니다. 그는 우리 내면의 원형은 아주 많지만 이 가운데 가장 강력한 영향을 주는 것으로 여섯 가지가 있다고 말합니다. 고아, 방랑자, 전사, 이타주의자, 순수주의자, 마법사 원형이 그것입니다.

먼저 고아 원형은 세상에 홀로 남겨진 듯하고, 버림받은 듯한 외로움으로 가득한 상태로, 사람을 믿지 않고 자신을 희생자로 여기며, 자신에게 왜 이렇게 힘든 일이 계속해서 일어나는지 의아해합니다. 이 고아 원형이 만드는 이야기는 '내가 어떻게 고통을 받았는가?' 혹은 '내가 어떻게 살아남았는가?'입니다.

방랑자 원형은 자신의 삶이 어딘가에 갇혀 있는 것처럼 느끼고 이상적인 곳을 찾아 떠나야 할 것으로 여기는 원형입니다. 지금과는 다르게 살아야겠다고 생각하고 자주 짐을 쌉니다. 때로는 현실도피를 하는 것처럼 보입니다. 이 원형이 쓰는 이야기는 '내가 어떻게 탈출했는가?' 혹은 '어떻게 나 자신의 길을 발견했는가?'입니다.

전사 원형은 자신의 존재를 증명하기 위해 싸우는 유형입니다. 그는 성취하기 위해 자신을 불사르고 확신을 갖고 일합니다. 그러다보니 자신과 타인에게 혹독하게 굴거나 이기적인 본성을 드러낼 수 있습니다. 이들은 '내가 어떻게 목표를 이루었는가?' 혹은 '어떻게 적을 이겼는가?'라는 질문에 답하는 이야기를 만듭니다.

이타주의자 원형은 자신보다 숭고한 무언가를 위해, 혹은 세상을 더 좋은 곳으로 만들기 위해 헌신하는 자세를 지닌 원형입니다. 자신이 소중히 여기는 가치, 이상적인 것, 삶 이후에 세상에 남기고 싶은 것을 중요하게 여깁니다. 하지만 때로 다른 사람을 위해 강박적으로 자신의 삶을 포기하기도 합니다. 이들은 '내가 어떻게 베풀었는가?' 혹은 '어떻게 나를 희생했는가?'를 이야기의 주제로 삼습니다.

순수주의자 원형은 삶을 낙관하고 보다 큰 선에 대한 믿음을 갖는 유형입니다. 이들은 시련과 고통을 극복하고 피해의식에서 벗어나 행복으로 가는 길을 터득한 사람들입니다. 이들이 만드는 이야기는 '내가 어떻게 행복을 발견했는가?', '그것을 통해 무엇을 배웠는가?'입니다.

마법사 원형은 자신의 미래를 마법처럼 변화시키려는 강한 의지를 지닌 사람입니다. 이들은 자유로운 선택으로 의지와 능력, 주도권을 가지고 자신의 삶을 스스로 만들어나가겠다는 결단력을 갖고 있습니다. 마법사 원형은 연금술사처럼 오랜 경험을 통해 의식을 단련함으로써 이루어집니다. 진정한 마법사는 삶을 통제할 수 있다는 환상을 내려놓고, 자신에게나 다른 사람에게나 삶을 있는 그대로 허용함으로써 균형을 찾습니다. 이들의 이야기는 '내가 어떻게 나의 세계를 바꾸었는가?'에 대한 답으로 채워집니다.

피어슨은 이 여섯 가지 삶의 여정을 영웅의 여행으로 표현합니다. 이 여섯 가지는 삶의 여정에서 어떤 사람에게는 평생 한 가지가 지배하기도 하고, 단계적으로 나타나 그 시기의 자아를 형성하다가 사라지기도 한다고 그는 말합니다. 그런가 하면 여러 원형이 함께 활성화되어 다양하게 자아의 여러 모습을 구성하기도 합니다.

그는 이 여섯 가지 원형이 우리의 내면에 하나의 '가족'을 창조해, 우리가 실제 가족 안에서 겪은 결핍을 채워준다고 말합니다. 즉 우리 안의 고아 원형은 어려움과 시련을 견뎌내도록 돕고, 방랑자 원형은 자신을 부모나 다른 사람으로부터 분리시켜 미지의 세계와 만나도록 모험심을 불어넣음으로써 진정한 자기 자신을 발견하도록 돕습니다.

전사 원형은 내면의 아버지를 일깨워 자신의 가치를 세상에 증명하도록 도움으로써 자신을 보호하고 부양하도록 도우며, 이타주의자 원형은 내면의 어머니를 도와 자비심과 공감 능력을 키워줍니다. 순수주의자 원형은 세상을 신뢰하면서도 타인과 자신의 경계 짓기를 할 수 있기 때문에 타인에게 마음을 여는 것이 그다지 두렵지 않습니다. 그리하여 그는 진정한 행복을 성취하도록 자신을 돕습니다. 마지막으로 마법사 원형은 내면 가족의 중심에 나타나 다른 원형들을 균형 있게 유지시킴으로써 자신의 삶을 변화시키도록 돕습니다.

이 책에 나오는 방대한 지식과 상담 사례들을 여기에 다 소개하기는 어렵지만 인상 깊게 남은 부분을 소개해봅니다. 바로 '상호의존성'이라는 대목입니다. 우리를 성숙한 마법사의 길로 안내하는 내면의 여섯 가지 원형들은 타인 안에 있는 원형들을 통해 활성화됩니다. 가령 어떤 방랑자 원형의 사람이 어렵게 구한 직장에서 전사 원형에 사로잡힌 사람들을 만났을 때 그는 내면의 전사 원형을 키워야 하는 숙제를 받은 것입니다. 그는 전사 원형을 가진 그들에게서 유혹에 굴하지 않고 절제력을 갖고 성취하는 능력을 배우게 될 것입니다. 그런가 하면 그 직장의 전사 원형들에게는 방랑자 원형이 하나의 도전으로 여겨지겠지요.

지금까지 알아본 내면의 원형은 융의 이론에 익숙하지 않은 분들에게는 매우 낯선 개념일 수 있습니다. 하지만 우리는 종종 강박에 사로잡힌 것처럼 무언가에 빠지거나 엄청난 불안이나 두려움에 사로잡힐 때가 있습니다. 누가 봐도 지나칠 정도로 성취욕에 매달려 있기도 합니다. 이런 행동들은 원형 이론의 관점에서 해석하면 내면의 어떤 원형에 사로잡혀서 정체된 상태라고도 볼 수 있습니다.

캐럴 피어슨이 말하는 '원형'을 믿지 않은 사람들도 있겠지만 적어도 그런 원형들이 나의 내면에서 나를 뒤흔들고 있다는 것을 지식으로라도 이해하기만 해도 원형에 사로잡혀 고생하는 일을 줄일 수 있다고 생각합니다. 자신 안의 에너지가 외부의 행위를 향해 자연스럽게 흘러가는 것을 억압할 때, 지금 실제로 하고 일에 에너지가 담기지 않게 되고, 그 결과 늘 지치고 감정적으로 굴기 쉽습니다. 내면에서 진정으로 원하는 것을 할 때 삶이 수월해지고 에너지가 생성됩니다.

삶의 질문에 답하는 것이 소명이고, 그 소명은 내면의 원형을 자각하는 노력에서 얻어지는 것임을 책을 통해 배울 수 있었습니다. 혹시 융의 원형 이론에 대해 더 자세히 알고 싶은 분은 융 연구가 머리 스타인이 쓴 『융의 영혼의 지도』나 이부영의 『자기와 자기실현』을 읽어보길 권합니다. 또 융 심리 상담가 로버트 무어와 더글러스 질레트가 쓴 『왕, 전사, 마법사, 연인』에도 매우 흥미롭고 유익한 내용이 담겨 있습니다.

『왕, 전사, 마법사, 연인』 역시 칼 융의 원형 이론을 바탕으로 심리치료를 하고 있는 로버트 무어가 쓴 책입니다. '어른이 되지 못한 남성들의 심리 수업'이라는 소제목에 쓰인 것처럼 나이는 어른이지만 심리적으로는 소년의 상태에 머물러 있는 남성들이 성숙한 남성으로 변화하고 성장하기 위해 필요한 것이 무엇인지를 얘기하고 있습니다. 마약 거래자, 책임 회피와 편 가르기에 능한 정치꾼, 폭력적인 남편, 짜증 가득한 직장 상사, 바람피우는 남편, 무관심한 담당 교수, 고결한 척하는 목사, 딸의 학교 행사에 참석할 시간을 절대 내지 않는 아빠, 무의식적으로 고객의 비범함을 깎아내리는 심리치료사 등은 모두 어른인 척하는 소년들이라고 저자는 말합니다.

저자는 네 가지 원형들의 미숙한 측면과 성숙한 측면들을 사례를 들어 흥미롭게 소개하고 있습니다. 포용적이면서 결단력, 지도력을 갖춘 성숙한 왕의 원형을 실현한 사람도 있지만 나약하고 폭력적인 원형을 드러내는 미성숙한 사람도 있습니다. 성숙한 전사 원형은 전문기술과 힘, 자기통제력, 정의감, 긍정적인 정신으로 드러나지만 미성숙한 전사 원형은 일중독자, 냉담하고 삭막한 인간관계, 성공에 대한 집착, 잔인성과 복수심으로 불행한 삶을 삽니다.

성숙한 마법사 원형은 사려 깊음, 심사숙고, 주의 깊은 사고, 성스러운 내면성에 대한 관심으로 지혜와 통찰력을 보여줍니다. 반면 미성숙한 마법사 원형 에너지에 사로잡힌 사람들은 자신보다 뛰어난 사람들을 질투하고 재능을 훼방하며, 때로 아무것도 모르는 척하거나 약삭빠르게 빠져나감으로써 책임을 회피하고 심지어 조작하기까지 합니다.

연인 원형의 에너지에 깊이 접한 사람은 다른 사람들의 감정의 변화에 민감하고 숨은 동기를 느낌으로써 타인을 도울 수 있습니다. 이들은 내면의 영성을 만나 영적 감수성으로 아름다운 예술을 창조합니다. 하지만 미성숙한 연인 원형은 쉽게 외로움에 빠지고 사소한 감정싸움에 휘말리며 쾌락의 중독, 각종 수집 중독에 광적으로 빠지기도 합니다.

이 책의 뒤에는 성숙한 네 가지 원형을 접하기 위한 방법들이 소개되어 있습니다. 이 가운데 '원형처럼 행동하기'가 가장 흥미로웠습니다. 예를 들어 왕의 원형을 접하고 싶다면 성숙한 왕의 행동을 모방해보는 것입니다. 말하자면 연극 배우가 되어 '배역의 인물처럼' 행동해보는 것이지요. 연인 에너지를 접하고 싶다면 자연의 아름다움을 보고 감탄하는 경험을 자주 하는 게 좋고, 전사 에너지를 접하고 싶다면 방안에만 있을 게 아니라 일어나 밖으로 나가서 활기차게 걷거나 무술을 배우고, 운동을 하는 등 움직이고 행동을 시작하자고 말합니다. 마법사 에너지가 필요할 때는 누군가 지혜를 구하러 올 때, 마치 지혜가 있는 것처럼 행동하면 됩니다. 자신이 다른 사람에게 도움이 되고 통찰력이 있는 것처럼 구는 것입니다. 억지로라도 그 사람의 말을 경청하고, 최대한 사려 깊게 그 사람에게 자신의 지혜를 나눠주다보면 자신이 얼마나 지혜를 갖고 있는지를 발견하게 된다는 것입니다.

「나는 나」, 캐럴 피어슨, 류시화 옮김, 연금술사, 2020
「융의 영혼의 지도」, 머레이 스타인, 김창한 옮김, 문예출판사, 2015
「자기와 자기실현」, 이부영, 한길사, 2021
「왕, 전사, 마법사, 연인」, 로버트 무어, 더글러스 질레트, 이선화 옮김, 파람북, 2021
「그럼에도 삶에 '예'라고 답할 때」, 빅터 프랭클, 마정현 옮김, 청아출판사, 2020

6

우리는 왜 타인의 이야기를 읽는가?

텔레비전을 보다가 가슴이 먹먹해지는 감동적인 장면을 만났습니다. 탐스러운 복숭아가 주렁주렁 열린 과수원에서 육십이 넘은 부부와 서른 살쯤 되는 딸이 연신 웃고 떠들며 복숭아를 수확합니다. 그들의 밝은 에너지에 이끌려 넋을 잃고 보고 있는데 어머니가 음식을 장만해서 아들을 찾아가는 장면이 나왔습니다. 알고 보니 아들은 전신마비 장애인으로 기계에 의존해서 살고 있었습니다. 몇 해 전 교통사고로 크게 다쳐 그렇게 된 것입니다.

잠시 후 아버지가 카메라 앞에서 이런 말을 했습니다. "아들이 다치고 나서 우리 가족 모두 말로는 다 할 수 없을 만큼 괴로운 시간을 보냈습니다. 그러다가 제가 가족을 모아놓고 말했습니다. '털자, 이제 털고 살자!'라고요." 이렇게 말하는 그분의 얼굴에서 뭐라고 감히 표현할 길 없는 깊은 슬픔과 결연함, 초연함이 전해졌습니다.

그들 가족이 선택한, "털자!"는 불행의 경험 때문에 남은 인생마저 비극으로 살지는 않겠다는 결단이자 가족이 새롭게 써내려갈 이야기라고 생각합니다. 어느 누구도 불행과 고통으로부터 제외될 수 없는 게 우리 삶의 조건이라는 점에서 이 가족의 결단은 우리에게 큰 가르침으로 다가옵니다. 저도 불가항력의 힘든 일이 생겼을 때 '털자!'를 떠올리며 새롭게 살아갈 것입니다.

우연히 방송에서 본 어떤 가족의 이야기가 제 삶에 스며들었듯이 이야기들은 서로 이어지면서 관계를 맺고 사람들을 변화시킵니다. 리베카 솔닛의 책 『멀고도 가까운』에서도 실타래에 감겨 있던 실이 술술 풀려나가듯이 이야기들이 끝없이 이어집니다.

이 책에서 가장 인상 깊은 이야기는 탈주범과 인질로 잡힌 여성의 이야기입니다. 영화의 한 장면 같은 이 이야기는 놀랍게도 실화입니다. 마치 현대판 '천일야화'을 본 느낌이었습니다. 미국 애틀란타 교외에 살던 애슐리 스미스는 어느 날 밤 담배를 사러 나갔다가 자기에게 총을 겨누는 남자를 만납니다. 남자는 브라이언 니콜스라는 이름을 가진 탈주범이었습니다. 니콜스는 그날 낮에 전 여자 친구를 강간한 혐의로 재판을 받다가 탈출한 자였습니다. 그 과정에서 경비원을 다치게 하고 그녀의 총을 훔쳐서 판사와 기자, 보안관을 죽인 다음 나중에는 그를 쫓는 연방 요원까지 죽였습니다.

스미스는 니콜스의 위협을 받고 자기 집으로 들어갔습니다. 집으로 들어간 후 스미스는 끊임없이 자신의 딸 이야기를 했습니다.

집안에는 온통 딸 사진이 걸려 있었습니다. 그녀는 자신에게 얼마나 소중한 딸인지, 자기가 죽고 나면 딸이 고아가 된다는 이야기도 했습니다. 그리고 니콜스에게 자신의 삶이 어떻게 산산조각 났는지를 이야기하기 시작합니다.

그녀는 폭력적인 마약상이었던 남편과 싸우던 중에 남편을 칼로 찔렀고 남편은 그녀의 품에서 피를 흘리며 죽어갔습니다. 그 사건 이후 그녀는 각성제 중독자가 되었습니다. 그녀는 머리칼이 가늘어지고 이가 썩어갔으며 가족도 등을 돌렸습니다. 그 상태로는 딸을 돌볼 수 없었기에 현재 딸은 그녀의 동생과 함께 지내고 있었지요. 스미스는 자신이 만약 이 인질 상황을 벗어나면 반드시 다른 사람이 되겠다고 니콜스에게 약속했습니다. 다음날 아침에도 스미스는 니콜스에게 펜케이크와 달걀을 대접하며 이야기를 계속했습니다.

그날 오전 니콜스는 스미스를 말없이 집 밖으로 내보냈습니다. 스미스가 자신을 신고할 것을 알면서도 말이지요. 그리고 얼마 후 니콜스는 총을 집 안에 둔 채 순순히 투항했습니다. 며칠 후 집으로 돌아온 스미스는 니콜스가 자신이 나가고 투항하기까지의 그 짧은 시간 동안 소파 위에 커다란 거울을 걸어둔 것을 발견합니다. 경찰은 그 거울도 증거물로 가지고 갔습니다.

이 시간 이후 스미스는 단 한 번도 각성제를 복용하지 않았습니다. 니콜스에게 잡혀 있는 동안 그녀는 만약 인질에서 벗어난다면 다시는 각성제를 복용하지 않겠다고 자신과 약속했던 것입니다.

그 사건 이후 스미스는 전국을 다니며 사람들에게 살아갈 힘을 주는 특별 강사가 되었습니다. 그녀는 인질로 잡혀 있던 일곱 시간을 끊임없이 이야기로 전달하였습니다.

그 이야기가 이제 그녀의 삶에 밑천이 된 것이지요. 그녀는 이야기를 통해 자신은 물론 타인의 죽음까지 예방한 훌륭한 이야기를 갖게 된 것입니다. 스미스를 인질로 잡았던 니콜스의 뒷이야기는 알 수 없지만 그도 스미스가 들려준 이야기를 통해 새로운 삶을 살았을 거라고 상상해봅니다.

『멀고도 가까운』을 쓴 작가 리베카 솔닛도 치매에 걸린 어머니와의 갈등과 유방암 수술 등 여러 문제들을 안고 있지만 작가 스스로 알아냈거나 겪었거나 들은 수많은 이야기들을 통해 자기 삶의 이야기를 엮어갑니다. 천일야화의 세헤라자데처럼 말이지요. 그래서 리베카 솔닛은 이렇게 말합니다.

"이야기는 직조된다. 이야기는 대상을 묶어내는 실이었고 그 실로 세상이라는 천이 직조되었다. 강력한 이야기 속에서, 우리는 우리가 서로 이어져 있음을, 그렇게 이어져 패턴을 이루고 있음을 본다. 그리고 우리 자신이 이야기가 되어 그것을 말하고 또 누군가에게 말해지는 것을 보게 된다."

최근에 출간된 책 『서사의 위기』에서 철학자 한병철도 이야기의 힘에 대해 말하고 있습니다. 우리는 왜 삶의 의미를 갈망하면서도 인내심을 가지고 자신의 이야기에 귀 기울이지 못하는지, 왜 끝없는 불안과 공허에 빠지는지 그는 묻습니다. 그러면서 그것의 답은 바로 우리 자신의 서사가 무엇인지 깊이 사유하는 것이라고 주장합니다. 서사 속에 존재의 닻을 내리고 싶다면 코앞의 이슈를 좇는 데서 한 발짝 벗어나 먼 거리에서 시선을 유지해야 한다고 말이지요. 그는 말합니다.

> "시간은 갈수록 원자화된다. 반대로 이야기는 연결을 의미한다. 프루스트에 따르면 이야기하는 사람은 삶에 몰입하고 자신의 내면에서 사건들을 잇는 새로운 실을 뽑아낸다. 그럼으로써 고립되지 않는 관계들로 이루어진 조밀한 망을 형성한다. 이 서사 덕분에 우리는 삶의 우연성에서 벗어날 수 있는 것이다."

이처럼 자칫 무의미하고 공허하게 흘러갈 수 있는 시간은 이야기를 함으로써 생기가 살아나고 의미를 지닙니다. 앞에서 소개한 복숭아 과수원의 가족처럼 이야기는 새로운 시작을 하게 만드는 힘입니다. 우리가 타인의 이야기에 귀를 기울여야 하는 것도 바로 자신의 이야기를 만들어가기 위해서입니다.

『멀고도 가까운』, 리베카 솔닛, 김현우 옮김, 반비, 2016
『서사의 위기』, 한병철, 최지수 옮김, 다산초당, 2023

7

관광객으로 살 것인가,
순례자로 살 것인가?

일흔다섯 살인 순례 씨는 조물주보다 높다는 건물주입니다. 총 여섯 가구가 있는 다세대 주택의 소유주인데 그중 하나는 자신이 거주하고 나머지는 세를 주었습니다. 순례 씨는 결혼 후 10년 만에 이혼을 했습니다. 남편은 시계점을 하다가 장사가 잘되어 번 돈으로 조금씩 고리대금업을 했는데, 나중에는 아예 고리대금업자가 되어 매일 제때 돈을 못 갚은 사람들을 협박하러 다녔지요.

순례 씨는 남편이 다른 사람들의 멱살을 잡고 때리던 손으로 아들을 쓰다듬고 자신을 안는 것을 받아들일 수 없었습니다. 거칠고 폭력적으로 변하는 모습을 보고 이혼을 요구했지요. 순례 씨는 위자료를 한 푼도 안 받고 아들을 데리고 나왔습니다. 그런데 전남편이 죽은 다음 아들이 유산을 받겠다고 나섭니다.

순례 씨는 "약한 사람들을 겁박해서 받아낸 돈이 많다. 기부해라"라고 종용했지만 아들은 듣지 않았습니다. 결국 아들은 그 유산을 받고 캐나다로 이민을 갑니다. 대신 순례 씨는 아들로부터 두 가지 약속을 받아냅니다. 아버지보다 덜 나쁜 사람으로 살 것과 순례 씨가 번 돈은 기부할 테니까 상속을 포기하라는 것이었지요. 아들은 각서를 쓴 뒤 떠났고, 순례 씨는 자신이 세상을 떠나면 유산은 모두 기부하기로 합니다.

순례 씨는 이혼 후 세신사를 하면서 충실하게 돈을 모아서 집을 구입했고, 그 집의 일부가 도로로 편입되면서 보상을 받았습니다. 보상받은 돈을 합쳐 집을 새로 지었고, 그래서 건물주가 된 것입니다. 순례 씨의 집은 그 동네에서 서로 들어가고 싶어 하는 집입니다. 보통 3, 4년은 대기해야 들어갈 수 있다는 소문이 날 정도입니다. 그 이유는 월세가 매우 싸고 세입자들이 한번 들어가면 나오려고 하지 않을 만큼 마음 편하게 살 수 있는 집이기 때문입니다.

순례 씨의 최측근은 소설 속 화자로 나오는 중학교 3학년 오수림입니다. 오수림은 순례 씨의 품에서 컸습니다. 오수림의 엄마가 산후우울증이 심하여 수림이를 키우기 힘들었기 때문에 외할아버지의 애인이었던 순례 씨가 수림이를 거둔 것이었지요.

그 때문에 오수림은 순례 씨가 살고 있는 빌라촌과 원가족이 살고 있는 아파트촌이라는 두 개의 세계를 드나들며 살게 되었습니다. 오수림의 부모와 언니는 주책바가지 인생들입니다. 대책 없는 차별주의적 사고에 염치도 없습니다. 오수림의 아버지는 언젠가 교수가 되리라는 희망으로 15년째 대학 시간 강사를 하면서 오수림의 고모들과 오수림의 외할아버지에게서 생활비를 얻어 살아가고 있습니다.

그런 외할아버지가 갑자기 세상을 뜨면서 소설의 반전이 시작됩니다. 외할아버지가 태양광 투자자에게 사기를 당한 사실이 알려지면서 오수림의 가족은 외할아버지의 소유였던 아파트에서 쫓겨나게 됩니다. 그리고 하는 수 없이 순례 씨의 집에 들어와 살게 되지요. 그때부터 오수림 부모의 고생이 시작됩니다.

얇은 책이지만 책을 다 읽고 나서도 여운이 오래 남았습니다. 마음에 훅 들어온 글귀들이 몇 개 있었고요. "수림아, 어떤 사람이 어른인지 아니? 자기 힘으로 살아 보려고 애쓰는 사람이야. 다른 사람을 도우면서"라는 부분과 오수림이 한 말 "나는 내 인생의 순례자니까. 관광객이 아니라"라는 문장도 좋았습니다.

어떤 어른이 좋은 어른일까? 순례자로 산다는 것은 무엇일까? 이 두 가지가 저의 묵상을 위한 질문이었습니다. 제가 보기에 순례 씨가 보여준 좋은 어른의 모습은 어려운 처지의 사람을 품어주고 수용하는 돌봄의 정신입니다. 오수림의 부모가 비뚤어진 가치관을 가진 것을 알고 있지만 자신과 관계를 맺었던 수림 외할아버지의 자식을 외면하지 않고 거두는 모습에서 그런 책임감과 돌봄의 마음을 알 수 있습니다.

다음으로는 '정의로움'입니다. 남편이 부당한 방법으로 돈을 버는 것에 저항하여 이혼까지 결심한 순례 씨는 임대업을 하지만 돈을 버는 데 목적을 두지는 않습니다. 자신의 재산을 국경없는의사회 같은 단체에 기부하겠다고 하는 것도 어른으로서 모범이 되는 모습이라고 할 수 있습니다. 나이가 들어서 상당한 재산을 축적했음에도 세금을 덜 내기 위해 꼼수를 부리는 사람들, 과다하다고 여길 정도로 임대료를 물리는 건물주들을 보면 제가 다 부끄럽고 창피스럽습니다.

한국전쟁 이후의 한국 사회를 연구한 어떤 사회학자는 전쟁으로 모든 게 무너진 상황에서 한국인들은 오로지 재산 축적을 최고의 인생 목표로 여기고 달려왔다고 말합니다. 그 결과 시민으로서의 윤리나 덕목을 배우기보다 자기 가족, 자기 집단만을 위해서 충성심을 발휘하게 되었다고 비판합니다. 심지어 어떤 학자는 이런 사람들을 '교양 없는 중산층'이라고 말합니다.

순례 씨의 이름이 순례인 것은 작가의 의도인 것 같습니다. 산티아고 길에 만나는 순례자들이 머무는 알베르게 같은 집을 떠올리면서 『순례주택』이라는 제목을 지었다고 작가 자신이 밝혔기 때문입니다. 순례라는 이름에서 어떤 부름이나 소명을 갖고 인생길을 걸어가는 모습이 연상됩니다. 씩씩하게 몸을 움직여서 노동하여 번 돈으로 집을 짓고, 그 집에서 어려운 사람들이 살아가도록 지원해주면서도 사람이라면 응당 할 일을 하는 것뿐이라는 소설 속 순례 씨의 모습은 당당하게 허리를 펴고 걸어가는 순례자의 모습과 같습니다.

책 끄트머리 작가의 말에서 작가는 순례자의 모습을 이렇게 묘사하고 있습니다. "삶에서 닥치는 어려움을 '실패'보다는 '경험'으로 여길 수 있는, 부와 명예를 위해 발버둥 치지 않아도 될 것 같은, '괴롬과 죄가 있는 곳'에서도 '빛나고 높은 저곳'을 바라볼 수 있은 아름다운 이름, 순례."

그런 면에서 인생을 순례자로 사는 것은 수도승들의 수행과 비슷합니다. 순례자의 삶, 수도자의 수행은 고행의 삶이 결코 아닙니다. 저는 순례자의 삶은 유명한 신화학자 조셉 캠벨이 말하는 '생득권'과 같다고 봅니다.

> "사람들은 우리 모두가 추구하고 있는 것이 삶의 의미라고 말한다. 하지만 나는 우리가 정말 추구하고 있는 것은 그게 아니라고 생각한다. 우리가 추구하고 있는 것은 살아 있음의 경험이라고 본다. 이는 순전히 물리적인 차원의 생존 경험이 우리의 내적 자아 및 실상과 공명하기 위함이고, 실제로 살아 있음의 환희를 느끼기 위해서이다."

그러니까 캠벨은 우리가 '삶의 의미'를 추구하기 위해 살아가는 것이 아니라 '살아 있음의 환희'를 느끼고자 살아간다고 말하는 것입니다. 삶은 관념이 아니라 체험이라는 것이지요. 다시 말하면 우리가 아무리 어떤 거룩한 가치나 이념을 좋아해 그것을 숭배한다고 한들, 그것이 내면의 나, 진짜 나와의 만남이 없다면 그저 공허한 소리로 징징대는 것에 불과하다는 뜻입니다.

어떤 경험이 나를 기쁘게 하지도 않고, 이롭게 하지도 않고, 깨달음을 주지도 않는다면 그것은 단지 하나의 경험으로 왔다가 사라지는 것이 될 것입니다. 『순례주택』에서 오수림이 순례 씨에게 "나는 나중에 자식을 낳으면 꼭 태어난 게 기쁜 사람으로 키우고 싶어. 태어난 게 기쁘니까. 사람으로 사는 게 고마우니까"라고 말한 것은 바로 살아 있는 기쁨을 느꼈기에 할 수 있는 말입니다.

보통 살아 있음의 환희와 기쁨은 '감동'으로 표현됩니다. 감동을 받으면 마음이 감사로 가득 차게 되고요. 그래서 순례 씨는 "관광객은 요구하고, 순례자는 감사한다"라는 말을 했나 봅니다.

4장에서 소개한 책 『자주 감동받는 사람들의 비밀』에는 우리 삶에서 감동이 얼마나 중요한지에 대해 말하고 있습니다.

스웨덴 출신인 두 명의 저자들은 감동에 대해 연구하는 사람들입니다. 그들은 사람들이 언제 감동을 느끼고, 감동을 받을 때 어떤 반응을 하는지, 감동받은 경험이 어떤 변화를 가져오는지 등을 실험해보고 연구했습니다. 그들의 연구 결과에 따르면 감동받는 사람들은 대부분 더 건강하고, 스트레스를 덜 받으며, 주의 깊고, 더 현명하다고 합니다. 또한 더 창의적이고 더 이타적이고, 더 친절하며, 더 관대하고, 더 친환경적이라고 합니다.

이들이 말하듯이 우리는 감동을 받는 순간, '아!' 하며 소리를 내지르고, 몸에서는 반응이 일어납니다. 갑자기 눈물이 솟구치거나 흘러내리기도 하고, 전율을 느끼고, 소름이 돋기도 하지요. 눈이 커지고, 호흡은 빨라지며, 입이 쩍 벌어질 때 눈썹은 머리카락 경계선까지 올라간다지요. 또 감동의 순간에는 마치 시간이 느리게 가는 것처럼 느껴지고, 거대하게 밀려온 감동의 소용돌이 속에서 겸손해지는 것을 느낀다고 합니다.

감동을 느끼는 순간의 뇌를 촬영해보니 마치 짧은 휴식을 하는 것과 비슷한 뇌 모습을 보였다고 합니다. 감동을 경험하면 신체는 자동으로 반쯤 멈춰선 상태가 되는데, 이로 인해 시간이 충분하다는 느낌이 들기 때문에 초조함 없이 침착해지고, 타인에게 시간을 내주려고 한다는 것입니다. 어떤 문제에 대해서도 더 숙고하면서 더 나은 결정을 내릴 수 있게 된다고 저자들은 주장합니다. 이렇게 잠시 신경계를 멈춰 세우면 뇌의 다른 부분에 접근할 수 있고, 사고 회로를 바꿀 기회를 얻는 셈이어서 일종의 '자동화된 마음 챙김'과 같은 원리가 작동된다는 것이지요.

이 책에서 가장 감동받은 내용은 어느 퇴역 군인의 이야기입니다. 이라크 전쟁에 참전한 스테이시 베어는 집으로 돌아온 이후에도 수년이 지나도록 우울증을 겪으며 자살에 대한 생각까지 하고 있었습니다. 전쟁터에서 보낸 7년간의 세월이 그에게 지독한 트라우마를 남긴 것입니다. 어느 날 친구가 그에게 다섯 개의 봉우리가 있는 산맥을 등반하자고 권했습니다.

스테이시는 더 잃을 게 없다는 생각에 해보기로 했지요. 높고 험준한 산길과 암벽을 오르는 동안 그는 자신이 자연의 일부가 되어, 몸과 정신이 하나가 되는 느낌을 경험합니다. 높은 산에 올라 저 아래 펼쳐진 너른 초원을 보는 순간 마침내 마법 같은 순간이 찾아왔고, 그에게 새로운 문 하나가 열렸습니다. 거의 종교적인 체험과도 같은 일이었습니다. 이날의 감동을 시작으로 그는 자신의 이런 경험을 다른 사람들과 나누고 치유의 기회를 주고 싶다는 생각을 합니다. 그리하여 그는 환경단체에서 매년 수만 명의 아동들에게 자연의 경험을 제공하는 일을 하고 있다고 합니다.

그렇다면 무엇이 우리에게 이런 '기쁨'과 '감동' 즉 살아 있음의 환희를 느끼는 '생득권'을 탕진하게 하는 것일까요? 교육 영성가 파커 J. 파머는 우리 안에 있는 '두려움'이 살아 있음의 환희를 막는다고 진단합니다. 두려움에 쫓겨 우리의 귀중한 생득권을 놓치고 있다는 것이지요. 따라서 우리가 매일 접하는 일상의 사건들, 우리가 배운 지식들, 그리고 인간관계에서 벌어지는 실수와 오류, 실패, 거절당함, 수치심, 모멸감 등과 같은 것들이 우리 인생을 축복하고 옹호하고 변호하도록 즉, '살아 있음의 환희'를 느끼는 것으로 변모시키는 것이 우리의 과제이고 그것이 바로 '생득권'을 누리는 것이라고 파머는 말합니다.

그것은 매일의 삶을 선물 받은 삶으로 살게 만드는 것이고, 내 위주로 살겠다는 것이 아니라 관계 안에서 타인의 필요에 부응하면서 살아가는 모습입니다. 파머는 『가르침과 배움의 영성』이라는 책에서 이렇게 말합니다.

"일이란 외적인 필요나 요구 때문에 취하는 행동이지만 우리의 진정한 염원은 성공 또는 생존하기 위한 것이 아니라, 무언가 새로운 것을 탄생시키는 일이다. 돌봄 역시 우리가 자유로이 선택한 행위이면서 동시에 생명을 가진 어떤 것을 양육하거나 보호하거나 인도하거나 치유하거나 성장시키기 위한 행위이다."

이렇게 볼 때 순례의 길은 타인을 돌봄으로써 진정한 사랑의 관계를 맺는 과정이라고 할 수 있습니다. 돌봄은 무조건 자신을 만족시키기 위한 행위도 아니고 돈과 권력과 지식이 있는 자가 자기보다 더 못하다고 여기는 약자를 보호하는 식의 행위를 뜻하지 않습니다. 이런 식의 돌봄은 에고가 부리는 서커스 공연이 될 가능성이 높습니다. 좋은 사람으로, 좋은 평판을 받기 위해 타인을 돌보는 것은 진정한 사랑의 관계를 방해합니다.

진정한 돌봄은 타인과 자신이 모두 존엄성을 지닌 영적 인간이라는 점을 깊이 인식하는 데서 출발합니다. 친절이 예의바른 행위여서가 아니라 친절이 영혼을 대하는 기본 태도이기 때문에 우리는 친절해야 하는 것입니다. 즉 교사가 학생을 환대하고 친절하게 대하는 것은 그가 교육자여서가 아니라 한 영혼을 대하고 있기 때문입니다.

「순례 주택」, 유은실, 비룡소, 2021

「자주 감동받는 사람들의 비밀」, 사라 함마르크란스, 카트린 산드베리, 김아영 옮김, 동양북스, 2021

「가르침과 배움의 영성」, 파커 J. 파머, 이종태 옮김, IVP, 2014

8

우리는 어떤 천사가 될까?

이제 마지막으로 소개할 책이 한 권 남아 있습니다. 책을 소개하기 전에 아름다운 이야기 하나를 들려드리겠습니다. 제 지인이 산티아고 순롓길에서 직접 겪은 일입니다. 산티아고 순롓길을 걸은 지 보름쯤 된 날, 하루 종일 비가 내렸습니다. 무거운 배낭에 우비를 걸치고 동행자도 없이 혼자 어둡고 질척거리는 산길을 계속 걷는 중이었습니다. 세 시간을 걸었지만 한 명의 사람도 만나지 못할 정도로 적막한 산길이었습니다.

빗줄기가 얼굴을 때리는 걸 느끼면서 한 발 한 발 내딛고 있는데 뒤쪽에서 빵빵거리는 차 소리가 들려왔습니다. 돌아보니 찻길이라고 말하기는 너무 좁은 그곳에 차 한 대가 서 있었고, 운전사가 문을 열고 고개를 내밀더니 손을 가로저으며 스페인어인지 영어인지 모를 말로 계속 소리를 질러대는 것입니다. 아마도 길을 잘못 들어섰다는 뜻인 것 같아 고개를 끄덕이며 감사를 표했습니다.

그러자 그 차는 뒤로 후진하더니 떠났고, 순례자는 가던 길을 돌아서서 걷기 시작했습니다. 빗줄기는 더욱 강해졌고 산속의 길은 더 어두워졌습니다. 쏟아지는 빗속을 묵묵히 걷기를 한 시간쯤 되었을까, 다시 빵빵 하고 경적이 울렸습니다. 돌아보니 좁은 산길에 차 한 대가 멈추고 운전사가 문을 열고 밖으로 나와서 성큼성큼 걸어왔습니다. 60대 중반쯤 되어보이는 남자였는데 우산도 없이 비를 맞으며 다가오더니 순례자에게 팔을 저으며 큰 소리로 말했습니다. 알아들을 수 있을 정도로 쉬운 영어였습니다.

"지금 당신은 길을 잘못 들었습니다. 제대로 된 순렛길을 만나려면 앞으로 두 시간을 더 가야 합니다."

그러더니 그는 순례자의 팔을 잡아 이끌고 한참을 함께 걸어갔습니다.

어두운 산길을 20분쯤 걸었을 때 마침내 순례의 길을 알려주는 조개 그림이 걸린 길이 나왔고, 안내자는 웃으며 잘 가라고 손을 흔들더니 왔던 길을 다시 걸어갔습니다. 빗속을 터벅터벅 말이지요. 그날 두 사람을 만나지 않았다면 제 지인은 계속 깊은 산속으로 들어갔을 테고 어두운 산에서 비에 젖어 떨며 하룻밤을 지내야 했겠지요. 인적이 드문 그 산길에 비까지 쏟아지는데 어떻게 해서 두 대의 차가 거기까지 왔는지 알 길이 없지만, 그 순례자는 그날 자신이 만난 사람들은 분명히 천사였다고 믿고 있습니다.

“무언가의 힘이 그들을 제게로 이끌었다고 생각해요. 그들은 신의 메신저가 되어서 저를 구하러 온 것입니다. 그러니까 천사지요. 그날 걷는 내내 천사의 출현에 대해 묵상하면서 걸었습니다. 그러다가 문득 이게 바로 은총이구나, 하는 생각에 온몸이 떨렸습니다. 제 인생에서 결코 잊을 수 없는 날이었어요.”

그날 순례의 길에서 두 천사는 아무런 조건이나 보상을 바라지 않고 일면식도 없는 순례자를 도왔습니다. 그 천사들의 행동은 생명에 대한 사랑 그 자체였지요. 그들이 한 행위 덕분에 순례자는 천국을 경험했습니다.

오랫동안 프랑스의 양심이라고 불리던 아베 피에르 신부는 『단순한 기쁨』이라는 책에서 이렇게 말합니다.

> “이 세상은 교회 다니는 사람과 안 다니는 사람으로 나뉘는 게 아니라, 타인의 아픔에 공감할 줄 아는 사람과 공감할 줄 모르는 사람으로 나뉩니다. 타인의 아픔에 공감하고 도우려는 사람이 있는 그곳이 바로 천국입니다.”

그러므로 천국을 따로 찾으러 나설 필요가 없습니다. 바로 지금 내 곁에 있는 사람이 나를 사랑해주면 그곳이 천국이고, 내가 누군가를 사랑하면 그곳이 바로 천국이니까요.

저는 『이 진리가 당신에게 닿기를』을 읽으면서 우리가 천사가 될 수 있는 방법을 찾았습니다. 그 비법은 바로 ‘언어’입니다. 이 책은 바로 우리가 사용하고 있는 언어, 즉 '읽기'라는 경험을 어떻게 받아들이고 인식해야 하는지에 대해 새삼 일깨워줍니다. 제가 이 책을 마지막 페이지까지 아껴둔 것도 그런 이유에서입니다.

이 책의 세 저자 중 돈 미겔 루이스와 돈 호세 루이스는 부자지간입니다. 돈 미겔 루이스는 외과의사로 일하던 중 교통사고를 겪었는데, 그 사고에서 영혼이 육체를 벗어나는 경험을 했습니다. 그것을 계기로 그는 자신이 누구인지 깊이 탐구하기 시작했고, 고대 멕시코 조상들로부터 전해 내려온 지혜에서 답을 찾으며 수련을 거듭한 결과, 뛰어난 영적 능력을 인정받아 세계적으로 널리 알려진 스승이 되었다고 합니다. 그의 아들 돈 호세 루이스가 그의 후계자가 된 것이고요.

저는 이 책을 여러 번 읽은 후 이분들이 하고 싶은 말을 세 가지 차원에서 정리해보았습니다. 첫째는 우리가 사용하고 있는 '언어'에 대해 깊이 헤아려보아야 한다는 것입니다. 우리는 태어나면서부터 온갖 기호들을 습득하여 저장합니다. 예를 들어 어려서부터 교회에 가서 들었던 '천사'라는 말에 담긴 의미와 상징은 우리 머릿속에 저장되고 그렇게 저장된 의미를 일상에서 사용합니다. 우리가 믿고 있는 것이나 옳다고 여기는 신념들은 모두 우리가 습득한 기호들로 이루어져 있는데, 그것은 우리가 그런 기호와 상징들에 동의하고 합의했기 때문입니다. 게다가 우리는 언어로써 온갖 가상현실을 제조하기까지 합니다. 그리고 그것을 진실이라고 믿어버리지요.

그렇게 어려서부터 오랜 세월 동안 습득하고 체화한 언어 체계는 점점 더 복잡해져서 우리는 계속해서 더욱 많은 기호들에 의미를 부여하게 됩니다. 끊임없이 그것들을 읽고 쓰며 익히느라 많은 시간을 들입니다. 그런 면에서 인류가 만든 문명 세계는 이러한 기호 체계, 지식 체계로 이루어진 상징의 세상인 셈입니다.

이런 체계를 쌓으면 어느새 우리는 지식의 목소리를 갖게 됩니다. 우리가 익혀서 축적된 지식이 우리 머릿속에서 끊임없이 속삭입니다. 그래서 저자들은 말합니다. "우리에게 말을 거는 것은 우리가 아는 지식이며, 우리가 듣는 것은 우리의 지식이 속삭이는 것입니다." 하지만 진짜 중요한 것은 우리 머릿속에서 속삭이는 지식의 목소리는 실재하지 않는다는 사실입니다. 그런데도 그 목소리가 실재한다고 생각하는 것은 우리가 그것을 믿기 때문입니다. 그런 지식의 목소리를 믿기 때문에 우리는 주변 사람들이 한 말에 지배를 받게 되는 것입니다.

또 우리가 배운 지식들은 끊임없이 우리를 가르칩니다. '이렇게 해야지' 혹은 '저렇게 하는 게 맞아' 하고 말이지요. 이렇듯 지식이라는 선생의 말에 길들여지다보니 그것에 따르지 않은 것을 두려워하게 됩니다. 배제되고 거절당할지도 모른다는 두려움이지요. 그럴수록 우리는 완벽함이라는 것을 동경하게 됩니다. 그리고 그 완벽함을 기준으로 스스로를 평가하기 시작합니다. 외모, 능력, 성격에 이르기까지 완벽하지 못한 자신의 모습을 찾아냅니다. 결국 우리가 배운 기호들을 사용하여 자신을 부정하고 있다는 사실을 알아채지 못하고 있는 셈이지요. 저자들이 한 말을 다시 되새기기 위해 책에 나온 구절을 옮겨봅니다.

"우리는 자라면서 다른 사람들에게 넉넉히 좋은 사람이 되고자 했다. 타인의 의견을 통해 우리의 행동을 교정하고 그들이 말하는 우리의 모습을 자신의 것으로 만들었다. 또 그것을 기준으로 스스로를 평가하기 시작했다. 끝내 완벽해질 수 없다는 사실을 알게 된 우리는 자신을 긍정하지도 못하게 되었다. 스스로를 부정하고 있다는 사실을 알아채지 못했다. 그렇게 당신은 당신을 잃었다."

우리가 세상이 만든 기호 체계를 배우고 습득함으로써 지식의 목소리를 갖게 되었고, 그것들의 지배를 받고 있다는 것을 자각한다면 우리는 더 이상 어떤 것을 개인의 잘못으로만 받아들일 필요가 없다는 것을 깨닫게 됩니다. 우리는 내가 믿고 있는 것에 의해 어떤 감정을 느끼게 되었고, 지식의 목소리에 의해 만들어진 신념 체계에 의해 행동했기 때문입니다.

두 번째 차원은 '언어의 힘과 사용'입니다. 저자들은 "의심하라, 하지만 경청하라!"라는 말을 합니다. 의심하라는 것은 지식의 목소리가 속삭이는 것을 맹신하지 말라는 뜻입니다. 알다시피 지식의 목소리는 매우 왜곡되기 쉽고 자신과 타인을 혐오하게 만들고, 심지어 죽음에 이르게 할 수도 있습니다. 이 책 앞부분에서 소개한 스웨덴 출신 승려가 쓴 『내가 틀릴 수도 있습니다』라는 책에서 말했듯이 내 안에서 솟아나는 생각을 의심해보는 훈련이 반드시 필요합니다. 여기서 경청하라는 것은 타인을 존재 그 자체로 존중하라는 의미입니다. 내 머릿속에서 속삭이는 지식의 목소리에 휘둘려서 타인을 함부로 판단하는 것을 멈추라는 뜻입니다.

기호와 상징으로 이루어진 지식의 체계를 이해하는 것은 자신이 무엇 때문에 고통을 겪고 있는지를 이해하기 위해 반드시 필요하고, 동시에 자신의 고통을 타인에게 이해시킴으로써 이 세상과 소통하며 살아가기 위해서도 필요합니다. 사회학자 엄기호가 『고통은 나눌 수 있는가?』에서 말했듯이 우리는 자신과 타인의 고통을 이해하고 표현하기 위해서 세상이 만든 '타인의 언어'를 읽고 쓸 줄 알아야 합니다. 우리는 자신을 혼자서 신음하도록 내버려두어선 안 됩니다. 우리는 서로 돌보고 의지하며 살아가는 존재이니까요.

이때 우리는 '흠결 없는 언어를 사용해야' 합니다. 여기서 흠결이 없다는 말은 스스로를 비하하거나 타인을 험담하며 감정의 독을 퍼뜨리는 언어를 사용하지 말자는 뜻입니다. 살아오는 동안 모두가 경험했듯이 언어에는 마법과 같은 힘이 있습니다. 저자들은 언어를 '험담의 언어' '전사의 언어' '진실의 언어'로 나누어 설명합니다. 저자들은 험담의 언어를 희생자의 언어라고 부릅니다. 불의와 처벌의 언어이기 때문입니다.

전사의 언어는 우리가 알고 있고 믿는 것을 토대로 쓰는 언어입니다. 험담의 언어보다는 낫지만 때때로 우리는 좋은 의도라는 핑계로 전사의 언어를 쓰곤 합니다. 진실의 언어가 바로 흠결 없는 언어일 것입니다. 진실의 언어를 쓰는 사람은 기호들의 특성과 이야기의 가치를 알고, 그것들을 관조함으로써 타인과의 공감과 소통을 위해 사용하는 지혜로운 사람입니다.

저자들이 전하는 세 번째 차원은 '언어에서 벗어나기'입니다. 우리는 언어로써 지식의 체계를 만든 세상을 살아가지만 그것들이 실재가 아님을 알아야 합니다. 실재하는 우리는 우리가 아는 것을 넘어선 고유한 존재입니다.

켄 윌버가 『무경계』에서 누누이 강조했듯이 자연에는 진실한 개구리와 거짓 개구리가 없습니다. 우리가 활짝 핀 들꽃을 그 존재 자체로 경이롭게 바라보듯이 우리도 자기 자신과 타인의 존재를 있는 그대로 볼 줄 알아야 합니다.

다시 말해 우리도 모르게 뿌리 깊게 형성되고 각인된 대립적 사고를 초월하여 실재 그 자체를 볼 수 있어야 한다는 뜻입니다. 좋고 나쁨, 옳고 그름이라는 이분법으로 갈라진 사고를 넘어선 곳에서 자신을 조망하는 것, 그것이 곧 초월적 사고라고 할 수 있습니다. 제가 이 책에 자주 초대했던 뇌 과학자 매리언 울프는 초월적 사고란 이분법적이고 대립적인 사고에서 벗어나 다차원적 관점에서 사물이나 문제를 바라볼 줄 아는 역량이라고 말합니다. 도덕주의자가 자칫 일과 인간관계를 망치는 것도 이런 초월적 사고를 할 줄 모르기 때문일 것입니다.

초월적 사고는 한편으론 묵상적 사고, 묵상독서라고 할 수 있습니다. 『이 진리가 당신에게 닿기를』의 저자들은 사람들을 주의 깊게 관찰할 것, 함부로 예측하지 말 것, 기호가 만든 폭정에서 벗어날 것을 주문합니다. 그리고 이런 과정을 통해 삶을 긍정하고 온전히 누리는 기쁨을 체험할 수 있다고 거듭 주장하지요. 그것이 곧 부활의 삶이라고 말이지요.

독서를 많이 하면 뭐가 좋을까요? 독서를 많이 한다고 해서 인생에서 생기는 문제나 불행을 비껴갈 수 있는 것은 결코 아닐 것입니다. 책에서 배운 것들을 일상에 잘 활용해서 지혜롭게 문제를 해결할 가능성은 높겠지만, 그렇다고 아예 고통을 단절시키거나 피해가는 처방전을 얻는 것은 아니니까요. 누구나 태풍이 불어닥치면 흔들리듯이 불행한 일이 생기면 두려움과 불안에 압도당하게 마련입니다. 인생에서 생기는 문제와 고통 앞에 공포를 느끼지 않는 사람은 없습니다.

왜 우리는 '읽기'를 계속해야 할까요? 이에 대해 저는 독서가 일종의 '저축'이라 말하고 싶습니다. '근육 만들기'와 같은 것입니다. 우리의 생각과 반응은 우리 몸과 정신의 근육을 만듭니다. 뇌 과학에서는 이를 '인지적 비축분'이라고 합니다. 비축된 정신 근육의 힘이 삶의 위기 때 쓸모가 있을 거라는 것이지요. 요즘 유행하는 '회복 탄력성', '마음근력' 같은 것입니다.

우리가 '읽는 인간', '읽는 존재'가 되어야 하는 가장 중요한 이유는 『이 진리가 당신에게 닿기를』의 저자들이 강조했듯이, '언어'를 통해 우리 존재의 존엄성을 일깨울 수 있고, 삶을 긍정하고 살아갈 힘을 얻을 뿐 아니라, 좋은 메신저, 즉 천사가 되어줄 수 있기 때문일 것입니다.

『이 진리가 당신에게 닿기를』, 돈 미겔 루이스 외 2인, 노윤기 옮김, 페이지2, 2022
『단순한 기쁨』, 아베 피에르, 백선희 옮김, 마음산책, 2001

나를 돌보는 묵상독서

초판 발행 2023년 12월 5일

지은이 임성미
펴낸이 김정순
책임편집 김유라
편집 허영수
디자인 이강효
마케팅 이보민 양혜림 손아영

펴낸곳 (주)북하우스 퍼블리셔스
출판등록 1997년 9월 23일 제406-2003-055호
주소 04043 서울시 마포구 양화로 12길 16-9(서교동 북앤빌딩)
전자우편 editor@bookhouse.co.kr
홈페이지 www.bookhouse.co.kr
전화번호 02-3144-3123
팩스 02-3144-3121

ISBN 979-11-6405-226-4 03100